小川家の人々

原作 小川 博嗣
OGAWA Hirotsugu
編著 小梨沢 優
KONASHIZAWA Yu

文芸社

目次

登場人物

博嗣　小川家の当主。うめの五女一男の末っ子。
知子　博嗣の妻。騒動の被害者。
うめ　博嗣の母。
千恵子　長女。博嗣の理解者。
英子　次女（死亡）。
冴子　三女。作家志望の夢追い人。小川家の騒動の中心人物。
恵子　四女。千葉在住。
寿美子　五女。冴子の黒幕。騒動の扇動者。
愛子　博嗣・知子の次女
N子　寿美子の子。

プロローグ

博嗣はカーテンの隙間から漏れる一筋の光に目を細めた。春の彼岸を過ぎた今朝、まだ六時前だというのに東の空がうっすらと赤く光っている。博嗣は掛け布団をめくって、手を上に伸ばし、足を交差して体を左右にゆすった。手足が自由に動く、大丈夫、今朝も生きている。

それを確認すると、ベッドから身を起こす。立ち上がるまでに多少の時間がかかるが、静かに身支度を整えて、カーテンを開ける。暖かい陽光が部屋いっぱいに差し込む。坪庭の垣根越しに、満開の梅や黄色い福寿草が咲き乱れている。博嗣はゆっくりと歩行器を引き寄せ、それに頼って洗面所に向かう。それから玄関へ行き、新聞を手にして、キッチンの扉を開ける。

ご飯の炊きあがったいい匂いが部屋いっぱいに漂っている。今朝の味噌汁は大根と油揚げにするか、そこに卵を入れてポーチドエッグ（落し卵）にしよう。粕漬けの鮭を焼き、あとは海苔と野沢菜の漬物でいい。梅干しもある。蕗《ふき》の薹《とう》味噌が残っていたはずだ。博嗣

プロローグ

はトントンと軽快な音をたてて大根を千切りにする。出汁《だし》を入れて味噌汁の味を整える。焼き上がった魚をお皿にのせ、テーブルに箸をおいて朝食の用意を終える。それから、神棚にご飯と水を供え、柏手を打って今日の無事を先祖に祈る。

博嗣は椅子に腰かけ、一番茶をすすりながら、新聞に目を通す。ようやく妻の知子が起きてきた。「おはようございます」と言い、にこやかな笑顔で食卓に向かう。二人の間に特別な会話はないが、お互いの顔をみて微笑み、ほっと安心する。最近は、食事の支度を含め家事の大半は、博嗣の日課となっている。〝家事は女性専科〟と考える同世代の人々の常識に反し、博嗣は、家事を嫌だとか面倒だとか思ったことはない。家事をこなすことが体調管理のバロメーターとなっているからだ。それに、たまに体調を崩す知子がおいしそうに食事をする様子を見ると、博嗣も幸福な気分になれるのだ。

朝の仕事を終えた博嗣はダイニングキッチンの隅に置かれたロッキングチェアに身をゆだね、ＢＯＳＥのスイッチを入れて『バッハ』に耳を傾ける。昼食の用意をするまでの短い時間は博嗣にとって至福のときだ。こんな穏やかな日常がいつまでも続いてほしい。そんなことを思いながら、もうすぐ九〇歳を迎える博嗣は、苦しかった過去の姉妹弟の諍いをとぎれとぎれに思い出す。

「本家跡地の売却を巡る騒動」「道祖神の敷地を巡る騒動」「無言電話でっちあげ事件」等々……。ただし、博嗣を翻弄した姉たちはもうこの世にいないか、音信が途絶えて久しい。皆の喜びや悲しみがぎゅうぎゅうに詰め込まれたこの〝家〟は、騒動なんて幻だったかのように今も静かに田園の中に建っている。

夢追い人冴子

小説家になる夢

冴子は、大正一四年（一九二五年）に小川家の三女として出生した。終戦時は二〇歳。戦争中の暗い世相から一転、それまでの物の考え方や秩序が根本から崩れ、女たちは男と同等の権利を得て、社会に活躍の場を広げる時代になった。子どもの頃から本を読んで空想にふけることが好きだった冴子は、平林たい子や林芙美子にあこがれ、いつか〝小説家になる〟夢を抱いていた。

冴子は女学校を出ると近在の小学校で一時、代用教員をしていたが、そこに心ときめく同僚がいた。T大で文学を専攻したK氏。長身で端正な顔立ちをした好青年で、余人を圧倒する読書量に裏づけられた教養高い雰囲気を醸し出している。そんなK氏に冴子は心を奪われた。しかし、やがて彼は東京の新聞社に職を得て上京し、松本を去った（後に彼は、日本の代表的な週刊誌の編集長として名を馳せた）。

夢の実現のために、冴子は東京のW大学に行くことを決意した。戦後の混乱した世相のなか、当然のことに父は強く反対した。世間知らずの田舎娘が生き馬の目を抜く東京で一人暮らすことへの心配、作家になるという絵空事のような話、婚期を逃すことへの不安等々、両親の心配は尽きなかった。しかし彼女の意思は固く、入学して『W文学』の一員となることへの喜びと同時に、上京すればいつかK氏と再会できるだろうという淡い期待を胸に、意気揚々と故郷を後にした。

病気療養のために帰郷

昭和四〇年（一九六五年）十二月、四〇歳になった冴子は横浜に住んでいたが、肺結核に侵されて入院した。その入院に際しては、千葉に住む四女の恵子が奔走してくれたと後に聞いた。

冴子から連絡がなかったため、実家ではしばらくの間、そのことを知らずにいた。恵子から聞くや否や、病院に食べ物などを送ったが、凍餅《こおりもち》はバラバラして始末が悪いとか、田舎くさいものは駄目だとか冴子は文句をたらたらと言うだけで、実家の心遣いに対する感謝の言葉はなかった。

冴子は翌年夏の初めに治癒し退院したが、病後の療養のために帰郷し、実家をサナトリウムとして数か月間滞在した。その後、小康を得て横浜に帰った。

この頃、実家の小川家は、六姉弟の末弟である長男博嗣が〝跡取り〟になっていた。博嗣は昭和三〇年（一九五五年）から中学校の教員となり、三年後に知子と見合い結婚した。その後、二人の娘に恵まれ、母うめを中心に、和やかな家庭生活を送っていた。

博嗣の姉たちのうち、長姉千恵子は松本の裕福な商家に嫁ぎ、四女恵子は千葉でサラリーマンの妻に、五女寿美子は松本で小学校教員の伴侶を得て、それぞれ堅実な家庭を築いていた。次女の英子は基幹産業の技術者だった夫が戦後松本に帰って興した会社を手伝って忙しく働いていた（後に三人の子どもを残して五五歳の若さでこの世を去った）。

冴子の病後滞在以降、博嗣の妻の知子は「将来、娘たちを巻き込んで、冴子おばさんの面倒を見なければならないようになったらどうしよう」と不安でいっぱいになり、健康がすぐれない日々が続いた。そのため農作業に支障をきたし、当時博嗣の勤務していた中学校の生徒たち五、六人が藁まきの手伝いに来てくれたこともあった。後に、この時に感じた知子の不安は少なからず的中し、冴子の巻き起こす騒動は他の姉妹も巻き込んで、長い間、博嗣・知子夫妻を悩ませることになった。

冴子の虚栄心

冴子は上京して以来、生計をたてるために洋裁や保険の外交員など職業を転々とした。小説家になることへの情熱は次第に薄れてきているようだった。五〇歳を過ぎた頃は保険の外交員をしていたが、月に二五万円位の収入があり、だいぶ気分が高揚している感じがした。たまに実家にご機嫌伺いの電話をかけてきたが、「知ちゃん、ケセラセラよ、昨夜は二時まで飲んじゃったのよ！」と言ったこともあった。このセリフは知子の不調を激励する気持から発したものだったかもしれないが、「冴子姉さんは将来の生活設計をどう考えているんだろう」と、刹那的で軽薄と思える言葉に、知子の心はなおさら傷つき病んだ。

冴子は景気のよいときには母親に布団を送ってきたり、実家に帰ってくる折には、割合に高価な額入り油絵や置物などの土産を買ってきた。そしてその土産品を自賛した。こんなとき、母はしばしば冴子を叱った。「分不相応な土産を気遣うよりも、将来の生活に備えて貯えろ」と。博嗣もこちらの好みを無視して購入してきたうえに、それを自慢する神経のズレに腹を立てた。だから、そんな絵画は一度も壁に掲げたことはない。

冴子は基本的に相手の気持を汲むことに疎い。この頃、博嗣の上の娘は東京の私大に在学していたが、その間冴子は一度も声をかけてくれることはなかった。姪を気遣う余裕がなかったのか、あるいは冴子の虚栄心を充たす条件が揃わなかったのか。主観的に自己の虚栄心を満足させる条件が整っていると思えば、少なからず声をかけてきただろう。冴子は〝自己中心主義的〟な性格の持主だとの博嗣の評価は不的確で、〝出てたとこ勝負〟の単にチャラい人間なのであろう。

度重なる送金

冴子は実家に連絡してくるときは噯《おくび》にも出さなかったが、昭和五〇年（一九七五年）頃から周囲に生活の窮状を訴え、金の無心をするようになっていたらしい。主に長姉の千恵子に対してだが、千葉に住む四女恵子も数万円を融通したらしい（後日、恵子には返却した由）。この頃はまだ妹の五女寿美子には送金依頼をしていないようだった。実家では、冴子がお金に困っていることをまったく知らず、冴子は調子よくやっているものだと思っていた。

実家への送金依頼は、昭和五五年（一九八〇年）頃から始まった。「すぐに送金してくれ」と言ってきたときは、勤務中の博嗣に代わって知子が松本のK銀行までバイクを走らせたこともある（当時は地方銀行から都市銀行に直接振り込むことができなかった）。寿美子からは「おばあちゃんの年金を送ればよい」という提案があったが、年寄の手前そんなこともできず、博嗣の預金を引き出して送金した。

昭和五八年（一九八三年）の正月明け早々に五万円を送金した。度々《たびたび》の無心に音をあげた博嗣は、冴子に関する今後の対応策を姉たちと話し合う機会をもとうと考えた。まずは正月のあいさつに訪れた松本に住む二人の姉、千恵子と寿美子との間で話し合うが結論に至らず、皆ただ困惑するのみ。千葉に住む恵子とは電話で話し、博嗣が除籍や手切金について考えていることを了承してもらった。

二月に入って、博嗣は冴子の求めに応じて一六万円を送金した。博嗣にとって、このお金は除籍や手切金（三〇万円）の一部前払いのつもりだったが、このことは冴子には知らせていない。

博嗣は除籍や扶養義務について、役場や福祉事務所に尋ねてみた。扶養については第一に母、そして兄弟姉妹となるが、妻の知子や娘たちもその義務を負うことがあると聞いた。除籍はダラダラと金銭をせびられる苦痛から免れたいと思ってのことだが、役場では除籍ではなく分籍という扱いになるとのことだった。分籍して戸籍を別にしたからと言って、血を分けた姉が困窮し救助を求めていると聞けば、実家では「縁が切れている」と言って知らんぷりをすることができるだろうか。

母うめはどうしてよいかわからず、ただ涙するのみ。博嗣は、冴子を実家に呼んで姉妹弟が一堂に会して、皆で善後策を相談する以外に方策はないと考えるに至った。長姉千恵子は、二月末を目途に姉妹弟会を開いて、冴子の善後策を考えるという段取りに快諾してくれた。寿美子は扶養義務のことになるとけんか腰になり、「自分は嫁に出た身。小川家を継いだ博嗣が面倒をみるのが筋ってもんだ」と言い張る。千葉の恵子からの電話では、冴子は〝独り立ち〟を覚悟しているし、保証人は友だちがいるから困らないと言っていると聞く。

冴子のことを周囲の皆が心配し、将来への不安にかられて堂々巡りの思案にくれているのに、当の本人は電話をかけても〝どこ吹く風〟の態で、大事な点をつくと体調（風邪）を口実に逃げ腰になり、一方的に電話を切ってしまう。恵子は、「冴子姉さんは〝独り立ちの覚悟〟ができているのだから、もうあれこれ言うこともない」と楽観視している。

実家では、〝独り立ち〟の意思がどうしても甘く頼りなく見え、おそらく入手できるだろう〝手切れ金〟欲しさの一時の衝動によるものだろうとの疑いを払拭できない。知子が言い出して、冴子に帰省費用として二万円を送付した。

二月末の会合に合わせて博嗣は千恵子や寿美子とは何回も話し合ったが、名案が浮かばない。縁切りといっても、血を分けた姉弟の仲ではそう簡単に割り切れるものではない。さりとて、この先ずっと言われるままに送金を続けることなどできるわけがない。途方に暮れていたとき、義兄（千恵子の夫）から「そう度々の送金ではやりきれないだろうから、こちらに呼び寄せたらどうか」という提案があった。

冴子の帰郷

横浜から松本へ

新聞の求人欄などで東京方面での職探しに奔走した冴子だが、思うにまかせず、義兄の忠告もあって、結局、昭和五八年（一九八三年）二月末に故郷に戻った。上京してから三〇年余りの歳月が経過し、冴子は五八歳になっていた。

職安の紹介で松本近辺の数か所の職場にあたったが、条件がままならず容易に仕事は見つからなかった。無理もないことだ。当時は、基本的に女性の労働は男性の補助でしかないと考えられ、現在のような男女同一の労働条件をとる職場は公務員や教員などに限られ、他には看護婦のように女性が特権的にとれる資格をもつ者に限られていた。定年にも男女差があり、大方の会社では女性の定年は五五歳であった。

そんな折、たまたま博嗣が、「時期的に年度替わりでもあるし、T高校で使ってもらえないか」と思いつき、当たって砕けろの気持で高田久兵衛校長に面会した。教員免許がないためか交渉は難航し一旦は断られたが、最終的に寄宿舎の舎監（寮母）として採用されることになった。

三月の末に冴子は横浜を引き払い、松本に引っ越した。引越しは知子の弟R君の勤務する運送会社に頼んで、松本への空車を廻してもらった。引越しの手伝いには、知子が一人で横浜まで行った。当日は土砂降りの雨のなか、玄関からトラックまでシートを張っての家財積込みは大変な作業だった。雨に濡れた体は寒さが身に沁み、知子は随分とみじめな気持になった。

それだけではない。荷物の大半は知子には考えられないほどのおびただしい数の服や五〇足を超える大量の靴であり、それらを見て知子はあ然とした。冴子はといえば、敬愛するK氏の写真を誇らしげに見せたり、大きなトラックを自慢げに喜んだりして、松本への道中、運転手と知子と冴子三人並んで座った運転席では、異常なほどはしゃぎまくっていた。

冴子の脳裏には、東京で暮らした日々の嬉しかったこと、悲しかったこと、苦しかったことなどが去来し、夢破れたことへの無念、故郷に帰る安堵感、再出発への不安などが胸中に交錯していたのだろう。傍からみれば異様とも思える冴子の高揚ぶりは、内心の動揺を隠す行為だったのかもしれない。しかし、冴子の饒舌ぶりからは、自分の置かれている立場についての認識や、狭い車内空間での周囲への配慮を欠く言動としか考えられなかった。冴子の軽薄な言動は知子の神経を逆なでし、怒りを超えて奈落に引きずり込まれるような絶望を覚え、知子の心は張り裂けんばかりだった。

窓外は雨が上がり、春の芽吹きに備えてかすかに陽炎《かげろう》が立っているように見える。義母に仕え、田んぼや畑を夫にかわって耕作し、子育てをし、家屋敷を守って、日々の幸せをかみしめてきた。そんな知子の日常が、冴子によって少しずつ崩壊に向かっているのではないか。軽やかな車の走音に重なって、シロアリが柱を食い荒らすようなガサガサという不気味な音が聞こえたような気がした。

トラックはあらかじめ借りていたアパートに到着したが、荷物を下ろさずに、冴子と知子は実家に帰った。翌日、R君と共に知子も荷下ろしの手伝いに行った。R君には礼金四万六千円を支払った。引越し費用のほかに、年金の未納付分の補填、横浜での借金返済や質屋の決済など、全部で一三〇万円位かかった。

アパートとT高校の寮、二か所に部屋をもったので、生活用品がダブって必要となったが、実家にあったものを利用した。とにかく冴子の帰郷については、細々したことも含めすべて知子が活躍してくれたおかげで、転居は無事に完了した。

長姉千恵子からの援助を巡る騒動

この頃、長姉千恵子が「実家では冴子のことで大変だし、お金もかかるから」と、見舞金二〇万円を知子に手渡してくれた。ところが、そのとき冴子も同席していたので、後になって、冴子は「あのお金は自分にくれたものだ」と言い張り、知子と博嗣にその引渡しを強く要求した。

冴子は新しい職を得て、松本の生活に落着きを得ているように見えた。しかし、松本に転居して一か月ほどが経過し、帰郷後初めて実家を訪れたとき、母と激しく言い争い、朝食もとらずに帰ったことがある。その朝、知子は博嗣を学校まで送って行ったが、帰宅すると冴子が家を飛び出すところだった。知子は急いで握り飯を作って冴子に手渡した。冴子は握り飯の受取りと引換えに、「私にあの二〇万円をよこせ！」と激しく言い放った。

初めは博嗣も知子も、千恵子が手渡してくれたお金の処置に迷ったが、せっかくの善意だから有り難く頂戴し、冴子に今後ともかかるであろう諸経費に充てようと考えていた。ところが、冴子は知子が横領したかのようなことを妹たちに言いふらすので、博嗣も知子も冴子の無礼・非常識・狂気等々に驚き、あきれ、怒った。

そのため、「そんな風に言われるお金は当方では受け取れない」という思いから、知子は博嗣と相談のうえ、千恵子に全額返すことに決めた。返却の方法として、千恵子が夫（義兄）には内緒で援助してくれたお金かもしれないと思い、何かの折に直接千恵子に手渡してもらうべく、寿美子にあつれた（預けた）。

なぜ直接返さず、そんな複雑な方法をとったかには理由がある。数年前から、千恵子は誰にも内緒で冴子に送金していたらしい。冴子が送金を依頼する方法は、まず千葉の恵子に窮状を訴える、恵子は松本の寿美子に連絡し、寿美子が千恵子に送金を依頼するという手順だった。そんなとき、何かの手違いで五万円の入った封筒が差し戻されたことがあり、それが夫（義兄）にばれて千恵子はこっぴどく叱られたと聞いていたからである。

知子は千恵子への返金に際して、①寿美子宛に手数をかけることの丁重な依頼文と、②千恵子姉宛に返金の理由を書いた手紙と現金の包み、の二つを寿美子に渡した。ところが天下の常識を知ってか知らずにか、寿美子は冴子とともに、千恵子宛の手紙まで開封して読んだのだ。信書の秘密は明治憲法にも保障されていたし、通信の秘密として現憲法にも保障されている！　開封して読むことは違法行為なのだ！

そんなことにはお構いなく、二人は千恵子に「えらいことが書いてある」と連絡し、呼び出した。知子の書いた内容は、お金を受け取れない理由と、冴子の帰郷について「家に娘が一人増えたと思えばよいので、頑張る」というものだった。この表現に冴子は怒ったらしい。「姉を娘と同列に扱うとは何事だ！」と。しかし、この表現は事前に母と話して納得した知子の覚悟を表す正直な気持だった。娘たちと同じように家族の一員として義姉の冴子を認識し、面倒を嫌がらない！　このような覚悟を決めることで、知子は心のバランスを保つことができた。この表現を素直に解釈してもらえば、冴子にとって感謝以外の何物でもないはずである。

千恵子は知子に電話をかけ、「そんなもの、返すことがあるか！　知子さんを見損なった。実家のためを思って実家で使えばいいと思ったのに！」と怒ってきた。この二〇万円は千恵子の許へも実家へも返されず、むろん冴子の懐にも入らず、寿美子は冴子のために預金しておくという方法をとったらしい。

このお金の結末がどうなったかは不明である。それにしても、この種の援助を受けるときは、特に冴子のような人種には〝絶対に内密にすべきもの〟という教訓を得た。

冴子の実家訪問（八・一五）事件

昭和五八年（一九八三年）八月一五日の午前中、冴子は突然、実家を訪れ、こちらが玄関に出ていく前から、つかつかと上がり込んできた。知子が母を呼び、母が冴子を下座敷に通した。博嗣は書斎にいたが、知子に呼ばれ冴子の来訪を知った。

どのように対応すべきかしばらく考えながら、博嗣はゆっくりと座敷に出て行った。そのとき冴子は仏壇に土産を供え、線香をあげ、手を合わせていた。博嗣は冴子の姿を目にした途端、怒りを抑えることができなかった。「帰れ！　帰れ！」と何回も大声で叫んだ。そして、「どのツラ下げて来た！　よくも来られたもんだ！　一体全体、あの手紙はなんだ！」と、顔を真っ赤にして言った。母は無理もないことと思ってか、博嗣のそういう出方に対して一切注意をしなかった。

博嗣は一か月ほど前に、冴子から手紙を受け取っていた。手紙は、再読できないほどの人間の良識をはみ出した、あるいは書いた人の感覚の異常性を疑いたくなるような、直情的で子どもっぽい破廉恥極まりない内容で、人としての基本的な礼を失するものだった。手紙では、知子を呼び捨てにし、泥棒呼ばわりし、狂人扱いにしている。知子は母に巧いことを言っているが、その実は母を騙している等々。何を言いたいのか、まったくもって意味不明。とにかく知子の悪口雑言を並べ立てている。おそらく、千恵子からの援助金二〇万円が自分の懐に入らないことへの不満を爆発させて、その原因が知子にあると一方的に決めつけ、そんな超主観的な推理にもとづいて知子を攻撃し、人間性を否定しているのであろう。

内容・筆法ともに、これが乞われるままに送金を続けてきた弟夫婦に向ける言葉か、食い詰めて帰郷した姉に精一杯救いの手を差し伸べた弟夫婦に対するものか、にわかに信じがたく、博嗣は知子に見せるまでもなく手紙を焼き捨ててしまった。

博嗣の剣幕に、冴子は「なんだか知らないが怒っているというから、謝りにきた。それと家賃の二万円、約束したことなので貰いにきた。千恵子姉さんから、知子さんが積み立ててくれていると聞いた。ついでに、家賃の支払通帳もあるはずだから、それも貰って帰る」と言う。

そして、手紙のことについては「なんて博嗣のケツの穴は小さいんだ！　もう前のことじゃないか。済んだことだ。それに本当のことだ」と言う。続けて、「私は姉妹みんなが言っていることを代弁しただけ。私たちは仲がいい。千恵子姉さんは八方美人でうまいことばかり言っている。金持ちだからいい。寿美子はしっかりしていて頭がいい、そして親切だ、一番幸せだ……」などと、言うことは支離滅裂。

「みんなが言っている」というのはいつもの手で、意地悪で低俗な少女趣味、教養を疑いたくなる論法だ。それから、「手紙は弟のあんたが可愛いから書いたのだ、知子に騙されないように忠告したのだ、私は思うことを包み隠さず言う女だ。三〇年も苦労してきて……云々」と言いたい放題。

あれほどのことを書きながら、謝りにきたというにはまったくもって反省のかけらすら感じられない言葉の数々に、博嗣は泣き出しそうになった。そして理性を失い、冴子に殴りかかった。冴子は逃げまどい、外に飛び出し、坪庭から母の部屋の方に走った。

うめは「なんでこんな所まで来た？」と怒った。先程まで、冴子と博嗣の争論を黙って聞いていたうめだが、「こんな娘に育てた覚えはない」と嘆き、頭を垂れた。だがそれにも増して冴子をあわれに思い、「これを形見といって五万円を渡そう」と突差に思いついた。

うめが自室に戻っていたのはそのお金を用意するためだった。

冴子を追いかけた博嗣の怒りはおさまらず、軒先にかかっていた物干し竿を強くゆすった。ガタンと大きな音がして、竿が敷石の上に落ちた。

知子はコップ一杯の水を出しただけで、後は奥に引っ込んでいた。

冴子は、「お茶もメシも出してくれない！　みんな話してやる！　きっと罰《ばち》があたる」と捨て台詞を残して二時過ぎに帰って行った。

謝りにきたと言いながら、弁明を通り越して喧嘩を売るような冴子の言動によって、皆が後味の悪い思いを引きずっていた。実家に頼る以外、自力で生きることができない今の境遇を顧みれば、どうしてあんな振舞ができるのか。うめも口を開けば冴子の繰り言になっていたが、「もう嫌になった」と言い出した。

特異な思考回路

冴子はどうしてこんなに世間の常識とかけ離れてしまったのか。知子は千恵子から二〇万円入りの封筒を直接受け取った。〝冴子のための出費が嵩んで、実家（博嗣・知子夫婦）は大変だろうから〟という理由である。冴子に贈与するものなら、千恵子は同席していた冴子に直接手渡しただろう。誰に贈与したか、千恵子の意思は明確だ。したがって、「二〇万円は自分が貰ったもの」という冴子の主張を正当化する論拠は皆無である。さらに、冴子が「誤解」したと解する余地もない。

冴子は一部始終を見聞きしていたのだから、このお金が実家に贈与されたものであることは十分に理解していたはずだ。ただ、生活に困らない博嗣夫婦の懐に入ることが許せないのだろう。「あのお金が欲しい」という思いが募って、「あのお金は自分のもの」と思い込んだのだろうか。お金の使途が「冴子のために使うもの」という一点をもって、「二〇万円は自分のもの、博嗣夫妻から取り戻さなくちゃ」と考えたのだろうか。

こういう思考回路はおそらく熟慮の結果ではない。大都会で生き抜くために身についた冴子の処世術のなせる業と言えるだろう。自己の利益になることなら、自己の主張を正当化するために平気で嘘をつく。ただ困ったことに、〝嘘をつく〟自覚はないのだ。そして、相手も自分と同じように考えている（嘘をついている）と思っている。だから、強弁に白を黒と主張すれば相手は根負けして冴子の我意が通ってしまう。

冴子は〝吐いた唾は飲み込めない〟という格言を知らないのだろう。言葉の暴力は相手を傷つけ、人間関係を破綻に導く。正直はよいと言っても、どこまで自己の心情を吐露してよいかは相手や周囲の反応を見て決めること、それがわかっていないから、独り善がりの言動で周囲と衝突を繰り返してきた。にもかかわらず、冴子はこんな処世術を肯定的に、否むしろ自負して生きてきたと思われる。

博嗣にはまだ解決すべき問題が残っていた。冴子のアパートの家賃、テレビや電話設置などの経費のことだ。一つの結論を得て、千恵子に連絡し、義兄からも賛同を得た。冴子の実家訪問から一週間後に千恵子宅に伺い、立替分の一〇万円を返却し、お昼をご馳走になった。ここはいつも好意的に相談にのってもらえる家族だ。その足で寿美子宅にも寄り、二万六千円を返却する。久しぶりに義兄（寿美子の夫）と話した。胸糞悪さが残るものの、一応話がついたので安堵する。ただ、寿美子の金銭感覚にはいつものように違和感を覚える。

知子の苦悩

知子は深く傷ついていた。一八年前に結核療養のために実家に戻っていた冴子に感じた不安が、今、現実のものとなって、その不快感が知子の心に重くのしかかっている。

博嗣からみて、知子は気持が真っすぐで正義感が強いうえに、思い遣りの心篤く、心根に不純さはゼロに近いと保証できる。もちろん、知子にだって欠点はあるし、夫つまり博嗣に対する不満がまったくないとは言えない。時には小川家の姉妹たちには理解できない発想や行為もあるから、誤解されることもある。しかし、元は他人なのだから、そんなことは当たり前だ。母も、知子を気心の知れた娘の一人のように思い頼っている。

博嗣も知子も、母ですら、冴子の心が理解できない。ようやく故郷に落ち着いたのに、心静かに老後の再出発をはかるというわけにいかないのだろうか。千恵子の援助（二〇万円）を巡る今回の騒動にしても、冴子がおかしなことを言い出さなければ、実家を中心に仲よく助け合う麗しい姉妹弟愛ということで丸く収まっていたはずだ。

震源地はいつも冴子。あることないこと姉妹に言いつけ、些末な出来事が大事件になってしまい、挙句の果てに知子の悪口を言いふらして留飲を下げている。弟の家庭円満がジェラシーの的か、これが世にいう〝小姑の嫁いびり〟なのだろうか。

他の姉妹弟からみると、冴子は自由奔放に生きてきた。そんな冴子は気楽に、周囲に借金をしたり金をせびったりする。しかし、実家は冴子の無尽蔵な第二の財布ではない。昔のように、秋になれば年貢米が集まってくることはない。今は広い田畑があっても自ら耕作しなければいけないし、耕作費用や農薬代などを引くとわずかな儲けにしかならない。

博嗣がまじめに教鞭をとり、知子が農作業のかたわら家庭を支えて、堅実な生活をしているから、「家」を維持できている。独り身で貯えのない冴子は気の毒だとは思うが、人は生きてきたように死んでいくのだ。今からでも遅くない。破壊するのではなく幸福を盛り立てる人物として、感謝の気持をもって周囲と協調してほしいと願うばかりだ。

本家跡地の売却を巡る騒動

本家跡地の売却

昭和六三年（一九八八年）三月に、明治の中頃まで本家の屋敷があったその跡地九〇〇坪を、A開発㈱に売却することを決めた。この土地は戦前から水田として三軒の耕作者（昔流にいえば小作人）に任せていたものだが、その中に農地を返したいという家が出てきた。しかし、返されてもわが家では耕作できないので、熟慮の末に、他の二軒の耕作者からも返してもらい、それに自家用の畑（九〇坪）を含め、全体を宅地転用し手放すことにした。

この土地は駅から近く、南向きで日当たりもよく、地価は高いに違いないとの下馬評だった。しかし、本通りから少し入った所なので、近隣の宅地に比べて単価は少し下がる。また、消防上の道路幅員規制や通り抜け可能という宅地造成条件から道路をロータリーの形にしたこと等々、公共に用する土地を差し引くと実際の宅地面積はかなり減少する。A開発からの支払いは六〇〇〇万円、税金を引くと実質五〇〇〇万円余りであった。この頃はバブルの影響から土地の値上りが地方にも及んでいたので、よい条件で売却できたと喜んだ。

宅地転用には、面倒な手順を踏み、煩雑な手続きに決断を要することが多々あった。しかし、職業がら亭主不在の中、知子はよく動いてくれた。八戸の団地となったこの宅地は、住んでいる人たちにも好評で感謝の声さえ聞かれる。

土地の名義人

売却した土地の一部九〇坪は、先代のときから母うめの名義になっていた。そこは〝せんぜえ〟(自家用野菜を栽培する畑)として使っていたが、昭和四七年(一九七二年)に博嗣名義に変更されていた。その経緯は単純である。

たまたま、うめが知子とテレビを見ていたとき、相続に関する番組が放送されていた。農家を継いだ長男でも、親が死亡すると農業を継続できない場合もあるというのだ。生活基盤である農地であっても、相続権のある兄弟姉妹一人一人から権利放棄の承諾を貰わなければならず、中には「土地を売却して兄弟姉妹で分けるべきだ」と言う者すら出てくる。後日の面倒を回避するためには、「遺書を書く」とか、「親の生前に後継者に名義変更をしておくとよい」という内容だった。

うめは編み物をしていた手を止め、「私もそうしておくだいね～」と言って、知子に同意を求めた。その頃の時代風潮からして、うめは後日権利を主張する娘たちが出てくるとは思いもよらず、また冴子が将来生活に困窮するような事態は想定していなかった。ただ相続時の手続の面倒を回避しようとして決めたことだった。母から意見を聞かれた博嗣も、気楽に賛同した。

寿美子の反応

博嗣は、姉たちに土地売却の決定について事後報告した。売買代金について聞かれたとき、「まあ、数億はいかねえけど……」と実際の価格をはるかに超える予想額を、やや吹聴的に伝えた。この戯言に他意はない。姉たちに一部始終を話す義務はないと思っていたし、順調に話がまとまったことがうれしくて、気楽に話したのだ。

しかし、このことを聞いた姉たちは動揺した。特に寿美子の反応は少なからざるものがあった。寿美子は売却する土地の一部（畑）が母親名義であったことを知っていたので、母から博嗣に所有者が変わっていたことに驚き、「知子が欲にかられて母に強いたもの」と邪推した。

寿美子は、まず近所の司法書士に電話をかけて、名義変更手続の時期や経緯をしつこく聞き出した。また、近隣に片っ端から電話をかけて、近辺の宅地相場や「実家の土地がいくらで売れたか」を聞き回った。隣のM氏やB氏は執拗な電話に閉口していたが、寿美子は「私はいいが、遠くにいる姉が生活に困っているので……」と、穿鑿《せんさく》の理由を言い訳した。Mさんは「遠く」を「千葉」と早合点し、「恵子おばちゃんが困っているんだってねえ……」と知子に話した。知子は迷惑をかけたことを詫び、千葉の恵子ではなく冴子の間違いであることを伝えたが、どうやら寿美子の電話は小川家の内輪もめという恰好の話題を近所にまき散らしているようだった。

寿美子は、博嗣・知子夫婦が「姉妹を出し抜いて母の財産を横取りした」と思い込んでいるから、穿鑿する行為を「恥ずべきもの」とは思っていない。実家に暮らしている人たちに迷惑がかかることも意に介していない。

寿美子の不満

父は昭和三五年（一九六〇年）に亡くなったが、父の遺産については博嗣が包括承継し、姉たちは相続を放棄していた。当時は戦前の家督相続の風潮が残っていたから、家を継ぐ者は何もかも相続するのは当り前と一般に考えられ、今日のように兄弟姉妹が相続財産を巡って声高く主張することは少なかった。特に農家では農地を手放せば生活の基盤を失うことになるし、売買の対象としての価値や流動性も低かったからであろう。博嗣も「菓子折り」一つ持って軽く放棄をお願いに行き、姉たちも簡単に了承してくれた。寿美子も快く応じてくれた。

時代は変わり、寿美子は実家に帰る道すがらそこここに小さな家が増えているのを目にして、「実家の田畑は宅地化の対象として高い価値をもつ。売れば大金が入る」と感じていた。その予感が的中した。しかし、土地の一部（畑）は知らぬ間に母から博嗣の所有名義に変わっていて、売買代金は博嗣が独占する。寿美子は癪にさわって身悶えし、「絶対に許さない！」と泣き崩れた。

寿美子が実家の土地に執着するのには理由がある。彼女は嫁ぐ前、実家の農業に熱心に従事していた。そのため、「家の財産を守ったのは自分である」と自負していた。実際、戦後の農地解放の折に小川家では大して農地を失わずに済んだが、それは、寿美子が〝作大将〟として実労働していたことに負うところが大きい。

また、彼女は実家の家屋敷や田畑に強く愛着を感じていた。寿美子は幼時に中耳炎を患って以後軽度の難聴があったが、日常感じる不便さを親にも姉弟にも誰にも理解してもらえず、切ない思いを一人胸に秘めていた。そんな彼女の孤独な心は、屋敷の草むしりをしたり田畑を耕すこと、植物や動物などの自然を愛でることによって癒された。

上の姉二人は嫁いでいたが、冴子は半ば勝手な家出気味に東京の大学に遊学し、恵子はいわゆるホワイトカラーの銀行勤めをしており、地元の大学に通う博嗣は気紛れに農作業を手伝うだけだった。そのうえ、病気がちな父が冴子の無心に応じて送金することが、寿美子にとっては不快だった。姉弟はきれいごとを言うばかりで、毎日汗をかいて土にまみれているのは自分だけ。しかも自分は〝タダ働き〟なのに……と悔しさが増幅し、姉弟への羨望と入り交じって、「この家は自分一人の犠牲の上に成り立っている」という思いを強くしていた。

寿美子は嫁入り後も実家で過ごした記憶が心地よく、実家のことが気になって仕方なかった。だから、土地が処分されると聞いた瞬間、「今、実家が安泰なのは誰のお蔭だ！土地を手放して大金が手に入るなら、私にも分け前をよこせ！」という権利意識が強く芽生えたのだ。

実家の戸惑《とまど》い

寿美子の「私には分け前を貰う権利がある」という主張に対して、母は次のように反論した。「父さんがいたじゃないか。土地を守ったのは父さんが銀行勤めをしていたからだ。それに誰も遊んでいたわけじゃない。皆それぞれの生きる道で苦労してきた。お前が嫁いだ後も、残った者が働いて土地を守ってきた。それにお前には嫁ぎ先の財産があるじゃないか。お前の働いた分はどうしてくれる？　分け前を請求したらいいじゃないか？」。九〇歳を超えた母の独自な〝理論〟は傍から聞く者には十分な説得力をもっていたが、寿美子の気持は収まらない。母は「あの子は〝勘定〟が強いから」と言って、肩を落とした。

博嗣と知子の言い分は以下だ。①第一に母名義だった土地は全体の一〇分の一にすぎない。そして、名義変更は母の意思を尊重してスムーズに行われたものだ。したがって、姉たちに分与すべき義務はない。②嫁入り前の三〇年以上も昔のことを持ち出して〝土地に執着する〟寿美子はおかしい。③自分たち夫婦は三〇年以上も泥にまみれて農地を守ってきた。農地があることは決して生活の豊かさやゆとりを約束してくれなかった。④嫁の知子は姑に仕え、介護してきた。その労苦は計り知れない。⑤冴子の存在はどうしてくれる？生涯つきまとう心理的・経済的な負担は大きい。老齢化する冴子の病気への対策はゼロ、わずかな年金では将来の生活の見通しはまったく立っていない。自分たち夫婦も老境に入り、他人のことどころではない。そういう立場になって考えてほしい。⑥しかも冴子の珍妙・不可解・エキセントリックな性格には手を焼いている。自尊心は人一倍高く、自分本位の思考に固執し、ことごとく邪推し、他を批判して平気で人を傷つける。しかし理解や記憶があやしく、その場その場でコロコロと考えを変えて自分では気づかないこともある。非常識で短気・直情的な言葉は礼儀を欠き、感謝の言葉を知らない。世間知らずで現実生活への見通し甘く、いまだ夢を追い、しかし最後には実家の援助を見込んでいる。〝死すとも帰るまじ〟、〝石にかじりついてもやり抜く〟根性が見えない。⑦実家では長年ことあるごとに冴子の送金依頼に応じ、援助の手を差し伸べてきた。現在も家賃補助などの名目で毎月仕送りをしている。これがいつまで続くのか、その不安と不快によって、自らを処せられない者への怒りは募るばかりだ。⑧冴子は、時々、信じられないほどの語調で嘘と勘違いの混じった無礼な電話や手紙をよこして、当方を仰天させる。小康を得てほっとする暇もなく、常に不安な精神状態に置かれている。

こんな特殊事情を背負う側に、寿美子は「平等に財産の分け前を要求する」と真顔で言えるのか。博嗣の言い分は正当な論拠として衆目の一致するところであり、寿美子の要求は完全に拒否することができるだろう。

さりとて、博嗣・知子夫妻、とりわけ知子には、寿美子の〝生い立ち〟や家族のなかでの〝立場〟、その〝心情〟に対して同情を禁じえず、〝いくらかでも気持を表さなくちゃいけない〟との気遣いがなかったわけではない。実際、五〇〇万円位は分けてあげようと内々で話していた。ただ、相手の出方が性急で、しかも博嗣や知子を誣告《ぶこく》するような言動をもって近所にまで迷惑をかけた。博嗣も知子も、寿美子を気遣う気持は消え失せてしまった。

寿美子の落胆

平成二年（一九九〇年）、寿美子夫妻は正月の挨拶を兼ねて、母の見舞に実家を訪れた。寿美子は土地売却の話を聞いてからあちこち調査したが、真相の把握には至らず、売却代金のことが気がかりだった。博嗣の「数億円……」という戯言を真に受けていた寿美子は、〝分け前〟を期待していた。

しかし、この日博嗣から予想をはるかに下まわる真実の価格を聞いて、〝自分の取り分がない〟という絶望感からか、ほとんど発作に近い症状を呈して倒れ込んだ。傍らの義兄が必死になってなぐさめている光景は、気の毒を通り越して哀れに見えた。

二〇万円返せ事件

寿美子の金銭に対する執着は徒事《ただごと》ではない。平成になってからのことだが、寿美子がした冴子への資金援助を巡り、冴子が激怒したことがある。冴子の窮状に妹として種々、援助の手を差し伸べていたなかで、寿美子は冴子に二〇万円を渡したのだが、そのお金の性質を巡って喧嘩になった。冴子は〝貰ったもの〟と感謝していたのだが、寿美子は〝貸したもの〟だと言って、後に「利子をつけて返せ」と言ってきた。

冴子は母に言いつけたが、「自分で借りたものは自分で返せ」と素っ気なく言われた。だが、そんなお金が冴子にあるはずもなく、仕方なく博嗣が用立てて、一緒に寿美子宅に返しに行った。その帰り道、冴子は寿美子のことを洗いざらいぶちまけた。実家の土地売却について近所に電話して真相を調べようとしたこと、寿美子はこのことについて、「えらいことをやってのけた」と有頂天になり、博嗣を責めたつもりでいること等々。

冴子は、「帰郷にあたり実家や姉妹の家庭に迷惑をかけたが、この二〇万円はそのとき寿美子宅から頂いたものだ」と断言する。「定期にしておき」という寿美子のアドバイスから、N銀行で定期預金にしておいた。お金のことに人一倍厳しい寿美子のこと、貸したお金なら必ず借用証書を書かせたはずだ。しかし、借用証はない。二〇万円は断じて寿美子から借りたものではない！　寿美子は、「実家には土地売却代金がたくさん入っただろうから、今後、一切自分は冴子姉さんに資金援助をしない。実家が出せばよい」と言っていたそうだ。

他家に嫁いで三〇年も経ち、急速に変化している時代のなかで、代替りしている実家の財産を姑息な手段で調査することは卑劣な行為であり、精神の異常を物語るものではないか。そんな警察や探偵のするような行為によって嗤われ者になったのは寿美子だ。だが、寿美子はその愚かさに気づいていない。

畑の名義変更は母が自ら言い出したことで、司法書士が正当な手順を踏んでその手続をしたものだ。にもかかわらず、寿美子は誤った思い込みを正そうとしない。結局、寿美子は実家に土地代金がたくさん入ると聞いて心が乱れ、ものごとの判断がつかなくなってしまったのではないか。冴子に与えたお金を取り戻すだけで満足せずに、利子までとろうとした。こんな強欲な行為は高利貸だって真似できまい。

寿美子の真意は何か。気の毒な冴子にお金をあげたが、実家に大金が入ることを聞いて惜しくなり、お金を取り戻そうとした。冴子に「返せ」と言ってもそんな余裕のないことはわかっている。冴子は実家（博嗣）に泣きつき、結局は実家（博嗣）が返してくるだろう。だったらついでに利子までとってやろう、と考えたのだろう。寿美子は何たる吝《りん》嗇《しょく》、何と卑しい根性の持主だろう。

このときの冴子は、冷静で博嗣に好意的だった。「他所のことについてはわからないし知ろうとも思わない。私は身体の続く限り働くことが課せられた現状だ」と殊勝なことを言っている。いつもこんな風だといいのに……と、かわいそうな姉を思い遣った。

塀、団地、アパートの完成

道路の拡幅と塀の建替え

昭和六三年（一九八八年）の暮れに、屋敷の東側塀に乗用車が激突し大破する事件があった。そこで全部で長さ七間の塀を建て替えることを決めた。Y建設に依頼し六月に着工して、九月には完成した。

平成二年（一九九〇年）、本家屋敷跡地の宅地造成に伴い、小川家の西側の道路の拡幅が必要になった。ちょうど同じ頃、北側の村道も拡幅されることになり、屋敷の北および西の立木が全部伐採・伐根された。欅三本、栃、楢、松、桜、真柏等の懐かしい木々や、西の道路沿いの雑木の垣根も嘘のようになくなってしまった。

それまで家の北側の道路沿いには、西の端までブロック塀が続いていたが、東側の壁とは〝木に竹を接いだ〟格好をかこっていたので、東側と同じに白壁の塀にした。東側と同じくY建設に依頼したが、土蔵の端まで続く優雅な塀が完成した。母は「立派になった」と喜んでくれたが、この塀を見た冴子は「何様が住んでるの？」と、複雑な笑いを浮かべていた。

オガワダンチ

宅地造成地は平成元年（一九八九年）に完成し、八戸の団地になって売り出された。博嗣は〝オガワダンチ〟と命名した。団地に至る道は、もともとは〝中屋敷〟（屋号）に通ずる道なのだが、車一台がやっと通れるような細い道だった。〝中屋敷〟では当初、団地ができることを残念がっていた。静かな環境が壊されるので無理もないと、博嗣は内心詫びる気持だった。しかし、道路が大きく拡幅されたことで、大型車も楽に通行できるようになった。従来の風景は大きく変わったが、中屋敷では道路事情の好転により便利さを得たことを喜んでくれた。

通常、道路拡幅は両側の所有者が負担することとされているので、博嗣は、西側の田の所有者Ｋさんに「いくらか土地を提供してもらえないか」と話を持ちかけた。ところが、はっきりと断られたので、一方的に東側（小川家の土地）を削って、道路用地として提供した。あの広い道ができたのは、小川家が公共用地として無償で提供したからである。今ではＫさん宅の来客もこの道路に駐車している。

メゾン・パストラル（アパート）

平成三年（一九九一年）、〝オガワダンチ〟に遅れて一年、隣接する土地に3DK二戸、2DK四戸のアパートが竣工した。施工はSハウスに依頼し、総工費は約四五〇〇万円であった。下水道は当初合併槽だったが、後に村営の下水道網が完成したので、直結工事を完了した。

アパートは〝メゾン・パストラル〟と命名した。博嗣はあれこれ考えたがどれもパッとせず、いとこのJ子さんに「日本語名は野暮ったい」と言われ、気張ってこのフランス語名に決めた。フランス語では〝田園〟を意味する。博嗣が田園交響曲（ベートーベンの交響曲第六番）をこよなく愛していたことが主な理由である。のどかな田園の中に建つ白亜の建物は、この名にふさわしい温かな雰囲気を醸し出している。入居は九月から始まったが、一か月以内にすべての部屋が順調に埋まった。

アパート経営は〝左うちわ〟のイメージがあるが、維持・管理等が結構大変で、長期的にみれば利益率は非常に低いと言う人も少なくない。それでも、現在の小川家の特殊事情を考えると、新たな収入源を得たことは非常に喜ばしいことだった。アパートの完成後、博嗣は高齢で働けなくなった冴子へ一か月七万円を送金している。冴子の収入は月額三万円の国民年金だけ。夢を追う生活をして定職に就くことがなかったので、厚生年金はなく国民年金、それも現金ほしさに六〇歳から受給を始めたので、最低額である。博嗣の共済年金だけでは、とても冴子に送金することはできなかっただろう。

寿美子はアパートの建設に反対して、「家を建て替えればいいじゃん」と言っていた。詳細な理由は不明だが、単純に博嗣の家が〝ぼろい〟からという理由だけでなく、おそらく家賃収入が入ることへのジェラシーからではなかったろうか。しかし、アパートがなかったなら、どうなっていたか。もちろん冴子は現在のような援助額を安定的に受け取ることはできなかっただろうし、他の姉妹にも冴子を援助するための拠出をお願いすることになっていたかもしれない。少なくとも冴子にはラッキーだった。他の姉たちも、寿美子だって、冴子の問題であれこれ頭を煩わせなくて済む。うめはほとんど寝たきりになっていたが、団地やアパートの完成を喜んでくれた。

道祖神の敷地を巡る騒動

道祖神の敷地

北側の道上のＭ氏宅東側に、道祖神が祀られている。その敷地はわずか一四坪だが、おそらく、昔々、小川一族がこの地に住み着いて以来の〝集落の土地＝入会地〟であると思われる。明治に入り登記制度ができて、小川太郎衛門ほか二一名の〝共有地〟として登記され、以後登記上の名義人はそのままに、各家の家督相続人によって引き継がれてきた。戦後、個人を基礎とする相続制度に変わったため、登記上推定される相続人は膨大な数にのぼり、それらの人々の〝共有〟となっている。

土地の由来・使用形態からみて、この土地は集落のもの（入会地）と推察できる。明治初期、登記制度ができたときに、登記上の便宜から〝共有〟としたのではないか。登記上は共有となっていても、入会地であるから、この場合には家を継いだ者（先祖の祭祀を承継する者）だけが権利を有する。登記上の名義人として推定される者であっても、この地の共有権を主張することは難しい。小川家の場合、入会地の権利を持つ者は博嗣だけである。嫁に行ってこの地を離れた者たちは、権利を主張することはできない。

ただし、共有持分の登記を博嗣一人の名義に変えるには、母うめ、長女千恵子、死亡した次女の英子の子ども三人、三女冴子、四女恵子、五女寿美子の合計八人の承諾を必要とした。

三〇〇万円押捺事件

平成三年（一九九一年）の正月明けに、役場からこの土地の名義人を整理するようにとの依頼があり、博嗣は八人それぞれから書類への押捺と印鑑証明書を貰うことになった。博嗣は母を除く七人への依頼文に加えて〝ご足労料〟として一万円を添付した。千恵子と英子の子どもたちY、D、Mの四人は即刻に必要書類を送付してくれた。あまつさえ、お返しの品を送ってきたり、御足労料の全額を返金してきた。

道祖神の敷地は〝集落のみんなの土地〟であるから、姉たちが快く協力してくれることは当然のことのように思われた。しかし、ことはそう簡単には運ばなかった。

寿美子は本家跡地の売却代金の分け前が自分にもあると主張したが叶わず、悔しい思いをしていた。そのうえ、土地売却代金を独占してアパート建設に充て、安定的に収入をはかろうとする実家（博嗣・知子夫妻）を羨望していた。そんな折に、この依頼がきた。「神は私を見捨てていない。道祖神こそ救いの神だ！」。寿美子はこの依頼を〝お金を分捕る千載一遇のチャンス〟と捉え、必勝作戦を思いついた。そのアイディアとは「ハンコは押す。ただし、その条件に、〝金をよこせ〟」というものだった。そして、冴子と恵子にも同調するように指示したのだ。

押印依頼の電話をかけた博嗣に、寿美子は「なんたってハンコはつかない」と高飛車に言い、博嗣が「じゃあ、どうすりゃいいですか？」と問うと、「三〇〇万円よこしゃ、いい！ハンコついてやる！」と答えた。博嗣は〝恐喝か？〟と怒り心頭に発したが、この卑劣な要求に頭を抱えた。売却した土地のうち畑は母が合法的に博嗣に生前贈与したもの、この道祖神の敷地は入会地である。どちらも寿美子に主張できる権利はない。ただ、道祖神の建つ敷地の登記を一本化するには寿美子の押捺も不可欠だ。

そうこうしている間に、早めに印鑑証明書を用意した千葉の恵子は、「三か月を過ぎるとまた役所に出向いて印鑑証明書を取り直さないといけない」と、その手間を恐れて焦り出した。遂に手紙で、「寿美子に三〇〇万円やってほしい」と言ってきた。博嗣は、登記をほったらかしておくと、こんな矮小な土地（二一戸で共有するわずか一四坪の土地）にまつわる〝わずらわしさ〟が今後際限なく続くのかと思い、今、博嗣に名義変更して登記をスッキリさせておかないと将来に禍根を残すことになると痛感した。また、いつまでも書類が揃わなければ、姉たちの醜態や博嗣との不仲が近所の噂になりかねない。恐喝者のような卑劣な手段を弄して実家から金銭を巻き上げようとしている姉たち三人を軽蔑しつつ、博嗣はその条件を飲まざるを得なかった。当然というか、あの〝ご足労料〟も三人の姉たちから戻ることはなかった。

この地で生まれ育った姉たちなのに、この地で暮らす世間の暗黙のルールやマナーを忘れてしまったのだろうか。〝金〟が姉弟の仲を裂いたのか、それとも〝姉弟は他人の始まり〟という格言を地で行くのか。実家（弟）と不仲になってまで、目に見えて〝金が大事な人たち〟なのだとつくづく思い知った。

実家と断絶した寿美子

平成三年（一九九一年）三月、博嗣は寿美子の口座に三〇〇万円を振り込んだ。その後しばらくして寿美子は実家を訪れた。そのときの寿美子は今まで見せたことのないような明るい表情で、軽快に〝お礼の言葉〟を口にした。博嗣はその豹変ぶりが訝しく、むしろその〝現金さ〟に恥ずかしさを覚えて、対座することができなかった。

博嗣は外に出てあてもなく暗い道を歩きながら、恐喝者のような振舞で自分を苦しめた寿美子だが、別な角度から考えるとかわいそうな気がしてきた。そして自分の方が相手に無礼をしているような感覚に陥った。難聴による不自由さ故に彼女はどれだけ周囲の心ない言葉に傷ついたか。他人に劣後する負い目は誰にも理解してもらえず、そんな孤独を癒してくれたのは実家の自然であった。実家への愛着はいかばかりであったか。そのことに気づかず配慮を欠いてきた自分の方こそ反省すべきではないのか。博嗣は心の整理がつかないまま、夜更けて帰宅した。

同年八月、お盆のお参りを兼ねて、寿美子は一人で母の見舞に実家を訪れた。その頃、売却済みの本家屋敷跡は宅地造成中だったが、従前の土地測量図に誤りがあり、修正のため工事が中断していた。ぼうぼうと草が茂り、荒れ放題の土地には、かつての緑なす肥沃な田畑の面影はなかった。寿美子は昔の美田を懐かしみ、嘆いた。そして、未練と絶望と非難が入り交じった複雑な表情を浮かべながら、しかし、きっぱりと「私はもう何も言わないだ！」と断言した。

このとき以来、寿美子は母の見舞にも来なくなった。生きている母と会うのはこれが最後の機会となった。寿美子は実家の母や博嗣・知子夫妻、千恵子姉にも不満を抱き、夫（義兄）を巻き込んで交際を絶った。

分配金のゆくえ

寿美子は振り込まれた三〇〇万円を直ちに冴子と恵子に分配した。冴子にいくら渡ったかは不明だが、恵子には八〇万円が分配された。このことは三人の秘密だったが、後に冴子の裏切りによって発覚したのである。

寿美子がなぜ等分としなかったか、またなぜ独り占めしなかったか、大いに疑問だ。分配は寿美子の侠気か陰徳か、それも不明だ。ただ一つ推測できることは、寿美子はこの作戦の成功によって、〝自分のレーゾン・デートル〟(存在理由)を他の姉弟に知らしめることができたということだろう。

二人の姉たちは、「寿美子は頭がいい！　すごいことを考えるものだ！」と感心した。〝雪隠詰め〟にされ白旗を上げた博嗣も、「エラい姉だ！」と恐れ入った。寿美子にとって〝お金〟は、汗にまみれて労働するだけだった青春の〝代償〟であり、家を守ったことへの〝報償〟であり、愛着する土地(自然)を奪われた〝賠償〟であった。

寿美子は〝償金〟を得て、屈辱の過去を忘却し、実家への愛着を断ち、ただ自身の将来をみつめて明るく歩き出したということであろうか。二人の姉たちへの分配は共闘への報酬という意味もあろうが、姉たちに〝寿美子のレーゾン・デートル〟を確実に認識させるための担保という意図もあったのではないだろうか。

三姉妹共闘の密約

平成三年（一九九一年）の初めに、千葉の恵子が母の見舞に訪れた。この頃はまだ博嗣も知子も、寿美子に送金したお金が他の二人に分配されていることは知らなかった。しかし何となく三人は共謀しているのではないかと疑っていた。そこで、この折、知子は思い切って恵子に聞いてみた。「お姉さんも、お金を貰いましたか？」と。思いがけない知子の問いに恵子は狼狽し、ものすごい剣幕で「貰うわけないでしょ！」と言い切った。

知子の思い切った質問に恵子は動揺し、早速に冴子と寿美子にこのことを報告したらしい。恵子から報せを受けた冴子が、八月半ばから矢継ぎ早に博嗣に手紙を送ってきた。内容は「おしゃべり知子！　実家の財産は知子に関係ない！　等々……」と知子非難に終始するもので、常軌を逸した沙汰とも思えるこうした言動に、知子は深く傷つき病んだ。それだけでなく博嗣も気が変になりそうだった。

三人で分配した秘密は、意外なことをきっかけにバレた。紅葉の頃になって、恵子はまた母の見舞と言って実家を訪れた。このときは冴子も一緒だった。恵子は千葉から来ているので実家に泊まったが、冴子は松本に自宅があるので、泊まるように勧めなかった。これに怒った冴子は、「恵子だけ泊めて、私を泊めない。恵子はズルい！　恵子だって分け前を貰ってるのに……」と秘密を暴露する裏切り行為に及んだ。

恵子は「貰ってない」と言った嘘が知子にばれて、バツの悪い思いをしたようだ。鬼のような形相で冴子を睨み、そしてハラハラと涙を流した。密約した冴子の裏切りが悔しかったのだろうか。しかし、知子に一言も詫びを入れることはなかった。もしかして、内心では知子を憎んでいたのかもしれない。あるいは分配金を貰ったことへの一縷の正当性を口走りたかったのかもしれない。知子は一瞬驚いたが、〝さもありなん〟と疑惑が的中したことが妙に腑に落ちてしまい、恵子の顔を凝視した。

母うめの死

黄泉への旅立ち

平成五年（一九九三年）五月四日、母うめが永遠の眠りについた。母は明治二九年（一八九六年）生まれ、九六歳六か月の生涯だった。うめは三年前の秋から寝たきりの状態になっていた。知子は忙しさのなか義母の介護を親身にしたうえに、車椅子でよく近所を連れ歩いた。うめは散歩の機会をとても楽しみにしていた。外の空気を吸い、周囲の木々や草花などを愛で、自然の移り変わりを肌で感ずることができたからだ。また、車椅子での外出は、当時としては画期的なことで、他にはあまり見られない光景だったので、近所の人たちから微笑ましく思われていた。

うめは、一二歳で小川家の養女となった。そして、小川家の女主人となるべく義母に厳しく躾けられた。幼いうめはそれが辛く、また話したりじゃれ合ったりする姉妹がいないことが寂しかった。長じて婿養子をとり、家を仕切り、使用人や出入りの商人などを管理して、冷徹・公正に人間関係を捌《さば》いた。

うめは、子どもたちに対しても誰彼差別することなく教育熱心な母親だった。軽度に障害のある寿美子にも同様だった。そのことで寿美子は他の姉弟にコンプレックスをもったのかもしれない。知子に対しても嫁だからといって特別厳しくあたるわけではなく、娘たちと同じように公明正大、是々非々に接した。母うめは芯の強い〝明治の女〟であった。

うめの晩年は多事多難であったというべきか。冴子の巻き起こす騒動が絶えなかったし、知子の体調も心配の種だった。知子は冴子の療養帰郷以来病むことがあり、必ず回復し元気になるのだが、うめは口に出さないものの心底案じていた。アパートの新築など喜びごともあったが、心に痛みを秘めてこの世を去ったのかと思うと、断腸の思いで博嗣の胸は張り裂けそうだった。

お葬式

母の死去当日、博嗣・知子夫妻は知子の姪（妹の娘）の結婚式があって上京中で、母の臨終には立ち会えなかった。留守居と看病は次女の愛子がしてくれた。緊急時に備えて知子は愛子と入念に打ち合わせをしていたので、愛子はその内容に従い、方々への連絡、来客への対応、さらに湯灌《ゆかん》まで喪主に代わってかいがいしく行った。

このときの完璧なまでの愛子の振舞は、後々まで語り草になっている。また、友人のA氏は母へ真情こもる落涙をたむけたうえに、喪主にも勝る気働きでつつがなく葬式にまつわる諸事進行を助けてくれた。そのことを後から聞いた博嗣は、日頃の不愛想の陰で、またなんという優しい心根の男よ！　A man in need is a man indeed! と心底感謝し、感動した。

「母死す」の報せを受けた千恵子夫妻は、すぐに実家に駆け付けた。他方、寿美子家では連絡のずれから少し遅れて実家に到着した。寿美子は、「声を掛け合い、一緒に駆け付けるべきじゃないか」と千恵子に不満をぶつけたが、それに対して千恵子の夫（義兄）はそっと呟いた。「日頃の人間関係の良し悪しが根本にある。信頼関係を欠くことが、こんな事態を招いたのだ。良好な間柄なら、自然に声を掛け合うもの、そうあるべきものだ」と。寿美子には日頃から実家に対する不満や非難があって、千恵子の実家への出方が気に入らず、千恵子を誹謗し、反発することが多かった。義兄はそのことを陰ながら諌めたかったのだろう。

うめの娘たち四人はそれぞれに母の死を悲しみ、涙を流して泣いた。千恵子は長生きした母に「疲れたね〜。ゆっくり眠ってね」と言いながら、はらはらと涙を流した。寿美子は二度と帰らぬ母に「かあちゃん、ごめんね」と謝罪の言葉をかけ、素直な心に戻って泣いていた。恵子は満面に悲しさを滲ませて、こみ上げる嗚咽を抑えて涙を拭いていた。冴子も涙にくれて手を合わせて、時々しゃくりあげた。冴子の胸中はいかがなものであったか。心配ばかりかけて夢を実現しえないわが身のふがいなさと、ひそかな期待を持ち続けた母へのすまなさが、涙で撹拌されて胸深く滲み込み、悔恨の情がさらなる涙を誘ったようだ。

葬儀をはさんでの一連の儀式の間、隣近所や同姓・親戚の者など大勢の人々が忙しく立振舞っていた。そんななか、冴子は世間の慣習に無頓着で相変わらずの天真爛漫さを発揮し、気づきや礼を欠く場違いな態度で周囲の顰蹙《ひんしゅく》を買っていた。

五〇日祭の喧騒

三〇〇万円押捺事件のしこり

平成五年（一九九三年）六月、亡母うめの五〇日祭が行われた。千恵子、冴子、恵子、寿美子そして博嗣と知子、小川家の姉妹弟と嫁が一堂に会した。互いに例の三〇〇万円押捺事件（道祖神敷地の放棄と引換えに寿美子に三〇〇万円渡した件）のことが胸中にわだかまっていた。あのアンフェアなやり方によって彼我《ひが》の気分に残るしこりは、母の死によっても消えることはなかった。双方とも、依然として自己の正当性を主張して譲らず、抑えてはいたが、和めない空気が漂っていた。

そのうち、寿美子が「博嗣から金をとってくれた」と笑いに交ぜて誤魔化しながら不用意に言った。「はっ」とその場に緊張感が走った。誰の耳にもあの仕打ちの真意を寿美子自らが暴露するセリフに聞こえた。

博嗣は推理が的中したうれしさで、〝取る〟〝奪る〟〝盗る〟の三字を頭の中に並べて、「どれなんだ」と思った。そのとき、冴子が「〝とった〟なんて言っちゃいけない」という意味のことを言い、妹をたしなめた。〝分別ある姉〟冴子の姿が垣間見えたのには、一同驚いた。一方は急に変身した良識人、一方は自己利益のみ追求の人という対照的な二人の姿が映し出された。

寿美子の怒り

「母に申し訳ない」との思いは共通にあったが、この場は〝呉越同舟〟の緊張感がみなぎっていた。寿美子の怒りの発端は実に些細なことだった。博嗣が冴子に銀行の金銭引出し時間について注意した時だ。冴子がATMで引き出すときは手数料一〇三円を引かれることが時々あったので、「その時間を避けるように」と博嗣は注意した。博嗣側の通帳には記載されるが、冴子の側には記載されないこともあってか、冴子は有料・無料の時間帯があることも知らないでいた。しかも、「手数料は一三〇円よ」などと気楽に高い金額を言ったりした。

そんな博嗣と冴子のやりとりを少し離れた席で聞いていた寿美子が、「あんな細かいことを言っている」と、人もあろうに〝金銭に人一倍計算高い人〟が博嗣を嘲笑するように大声で言った。博嗣は反論したかったが、口に出せば喧嘩になると思い、黙って我慢した。心中では、「自分が関係なきゃ、もうあれか！　やむを得ず送金する側にしてみれば、一〇〇余円の無駄遣いは気分的にも許せない。どうしてこっちの立場をわかってくれないのだ！」と叫んでいた。そんな気持で寿美子を見た。

突然、寿美子が「博嗣が自分だけに嫌な目つきをする、自分ばかり嫌っている」と怒り出し、「帰る、帰る」と言って席を立った。道路まで飛び出した寿美子を、知子が必死になってなだめ、引き留めようとした。二人は重なって道路の真ん中で転がり込んだ。知子は寿美子の腕を掴んで力いっぱい引っ張り、南の垣根沿いのあぜ道に引き寄せて家に連れ戻そうとした。そのとき寿美子のストッキングがその辺りにあった針金に引っかかって破れてしまった。寿美子の荒れた心は一層怒りを増したが、知子の「おばあちゃんの形見分けをするから、まだ帰らないでね」という言葉を聞いて、しぶしぶ元の席に戻った。

形見分け

元の座に着いた寿美子は「早く形見を出せばいいじゃん」と知子に向かって不機嫌に言う。知子は急いで日頃まとめておいた義母の形見になる品々を二階から運び、小姑たちの前に展示した。

普通なら、故人の遺品を手に取って見ながら、在りし日の姿を偲んで互いに思い出を語り合い、しみじみと涙する。やがて誰からともなく遠慮気味に「私はこれを貰おうかしら、いい？」とか、「これはあなたが似合っているわ」などと周りに気を遣いながら、静かに皆でできるだけ平等な配分を決めていく。博嗣はそんな情景を想像していた。

ところが、バーゲンセールよろしく、欲張り婆の姿を臆面もなく見せて、鵜の目鷹の目の品選びをし、忘我の境をさまよった御仁がいたのだ。寿美子は目ぼしいものをかっさらい、呼びつけた夫の車にぎゅうぎゅうに詰め込んで、意気揚々と引き上げた。これには〝敵味方〟の区別なく呆然とした。他の者は残された品で我慢せざるを得なかった。あまりの驚きの故に、この話も後々の語り草になっている。

母の貯え

母の年金は、いつも知子が農協に貯金していた。たまにわずかだが補充することがあり、その額が一六〇万円に達していた。姉たちの了解を得て、このお金は冴子にあげることにし、実家からの月々七万円の仕送りは二二か月間停止し、二三か月目は一万円を送金すると決めた。このときも寿美子だけが、「本当は自分たちにも分け前があるのだが、しょうがない」と不承不承《ふしょうぶしょう》に認めた。そのときの寿美子の表情が思い出されて、博嗣は「実家は冴子への仕送りで大変だろう」という考え方がどうしてできないのか、と苦々しく思った。

後日、知子が一六〇万円を冴子の口座に振り込んだが、冴子は「母の年金はもっとあるはずだ」と言って、農協に電話で調査を依頼したのだ。この発想は冴子一人のものではなく、おそらく〝黒幕〟寿美子の入れ知恵だと思うが、受けたＪＡでは相手の言うことがよくわからなかったようだ。貯金額は貯金証書があればすぐにわかるのだが、相続の場合には払戻し終了後はＪＡがその証書を処分することになっていたので、証書は知子の手元に返っていない。ところが、最初に電話に出た職員が質問の意味をよく理解しないまま、「引出し者が証書を持っている」と冴子に回答したらしい。冴子は「証書は知子が持っているから、まだ残金があるに違いない」と言ってきた。当惑した知子はＪＡの所長にねじ込んだが、「まあまあ……」程度で、ついでに跡取りの嫁の立場を同情されてお仕舞となった。冴子からその後の追及はなかったが、とにかく実家への驚くべき猜疑心の固まりで、しかも無神経に一度ならず世間に恥をさらして顧みない。彼女には裏で操る悪趣味の卑しい〝ブレーン〟がいることは確かだが、どうしてそんなことをするのか博嗣にはさっぱり理解できなかった。

実家と断交した寿美子

寿美子は近くに住んでいながら、亡母の五〇日祭を最後に実家へは二度と足を踏み入れていない。新盆にも一年祭にも五年祭にも来ない。招待状を出しても、なんの音沙汰もなく、欠席している。それでも母に詫びるのか、彼岸などに密かに墓参りに来て、花や線香を手向けていく気配がある。実家とは絶交だが、母には会いに行くという意向を、千恵子か誰かに伝えたと聞いた。

どうしてそんなに博嗣は嫌われてしまったのか。博嗣は生来の短気で反省することが多いが、いわゆる〝言いっぷり〟が悪く、〝手が速い〟と自分でも認めている。明らかな不正や不条理が許しがたく、目をむいて怒る癖がある。妻知子との対話を傍で聞いている人が、「おっかない」と驚くこともしばしばある。

それに比べて寿美子の夫は穏やかな〝もの言い〟や〝目つき〟だから、日頃そのことに習慣づけられた寿美子は、博嗣の表情を怖いと思ってしまうのかもしれない。絶交の原因となった五〇日祭での博嗣の〝目つき〟を「私ばかり嫌ってる、憎んでいる」と誤解したのは、無理からぬことかもしれない。

寿美子は思い込んだら絶対に他の説明や意見を受け付けないで、なりふり構わずわが道を行くことの多い性格だ。実家との絶交を決めて、コンタクトをとる機会がなければ、こちらの〝自省を交えた微妙な事情〟を伝える術もない。そして、絶交なら一切お構いなしにしてくれればよいものを、冴子を裏から操って、実家を陥れようとしている様子が見てとれる。したがって、博嗣は積極的に姉弟の仲を修復しようとする気持が失せてしまっている。

冴子、長野へ

松本から長野へ

冴子はT高校に職を得て、小康を保っているようにみえた。給料は月額九万円弱だったが、その他に毎月家賃補助として博嗣から二万円＋αが振り込まれていた。特別な出費がなければ日々の生活に困らない収入が確保されたはずだ。だが、冴子の金銭感覚は相も変わらず収支に無頓着で、早々に千恵子に三万円を借用したり、家賃に充当するはずの金銭を買い物に使って平然としていた。高校は問題を抱える子どもたちが学区外や県外からも進学してくる学校で、親元を離れて寮生活をする子どもたちとの付合いは容易ならざるものがあったようだ。子どもたちから慕われることもあったが、反抗的な子どもに悪態をつかれて傷つくこともあった。生活のために仕方なく耐えたが、持ち前の正義感からか校長への不満が重なり、結局、六年後に学校を辞めた。

平成元年（一九八九年）、冴子は六四歳になっていた。T高校のS氏の口利きで長野の警備会社に就職が決まり、三月にT高校を辞して四月から長野市へ転居した。松本のアパートは借りたままで長野のアパートに移ったため、家賃を両方に払わなければならず、実家では二か所の家賃（二万円×２）を援助することになった。

七月に入って、松本のアパートを引き払った。このときも知子がアパートの撤去作業の手伝いに行き、不要物や焼却物の整理をし、実家へ運搬した。マーチで合計七往復。多くの衣類、履物、こうもり傘、書き残しの原稿、古い敷物等々、持ち帰った大量の不要物は実家の焼却炉で焼いた。長時間の使用で焼却炉は高熱となり、炉のブロックが壊れてしまった。荷物搬出後のアパートの清掃は、博嗣の娘二人も手伝った。後日、知子はアパートの庭の草取りをしに行った。大量の草でビニール袋七つがいっぱいになり、それを実家に持ち帰った。最後に、知子と千恵子が一緒に、家主さんにアパートの鍵を返しに行った。

冴子はその後半年位して、警備会社を辞めた。仕事が厳しいのか合わないのか、辞めた理由は不明だが、しばらくは失業保険を受給していた。その間に小説を書いたという。失業保険の切れた後は長野の県民文化会館の清掃員となった。

八王子病院に入院

平成二年（一九九〇年）、県民文化会館で清掃の仕事についていた冴子は、足の親指が曲がって痛む外反母趾症を手術するため、東京の八王子病院に入院した。長野の医者の紹介だという。入院期間は三八日だった。博嗣が冴子のために「入院補償一日につき三千円」という郵便局の簡易保険に加入していたので、一一万四千円の保険金が出た。そこで、冴子に「お見舞」として一〇万円を送金した。

ところが、見舞の金額に不満を持ったのか、冴子は「手術金も出ているはずだ」と郵便局に問い合わせた。手術の程度が小さいので手術給付金は下りていないと聞き、ようやく見舞金の額に納得したらしい。

弟であっても信用できないのだ。人を信用できないのは、自分が気楽に嘘をつける体質だからだろうか。一度ならずこんな破廉恥な行為をしても、冴子は恥ずべきことをしたと反省することはない。博嗣は〝失礼千万〟とその都度腹を立てるが、冴子の強烈な個性の前に根負けしてしまう。

胆石を病む

平成六年（一九九四年）四月、六九歳になった冴子は胆石を病んだ。冴子からの連絡はいつもまず寿美子へ、寿美子から千恵子へ、そして博嗣（実家）の順にくる。恵子には連絡しないようだ。それにしても、一番世話になる博嗣（実家）へ直接連絡しないのはなぜか。言いにくいのか、遠慮なのか、罪の意識か、非常識か、いずれにせよ博嗣には頭にくることだ。何があっても最終的には、博嗣・知子夫妻が責任をもって援助しないわけにはいかないのに……。

博嗣は今回の病気入院についても、千恵子からの連絡で知った。冴子は入院するまでに友人たちに種々世話になっているというので、実家が知らん顔をしているわけにはいかない。翌日、博嗣は知子と共にN病院に握り飯持参で出かけた。知子は二人の友人へのお礼を各一万円ずつ、冴子へも入院費用など当座の出費のための八万円を病院近くの銀行で下ろし、熨斗袋なども購入して、冴子に渡した。

冴子は実家からの心遣いに恐縮したのか、「貯金はあるが自分では引出しに行けないし、友人にキャッシュカードを預けるわけにはいかないので、このお金は貸してくれ」と言った。後になって保険給付が下りないとわかったためか、「返せない」と話は変わった。友人に渡すお礼についても一人は受け取らなかったということだが、冴子は当然のようにこれを懐中に入れて恥じない。博嗣に返すべきことには気づかない。相も変わらず金銭については ルーズだ。だらしないのか、ずるいのか、わからない。

冴子の病気(胆石)については、病院側は検査には危険を伴うので、もしもに備えて保証人の承諾が必要だという。あれやこれやで長野まで来たのだが、これまでの冴子の実家に対する数々の無礼な言動を思い出すと、怒りが込み上げてきた。そこに先が見えない苛立ちと終りの定まらない不安が加わり、博嗣と知子は同時に「ふーっ」とため息をついた。

帰宅後、博嗣は誰かに話してほんの少しでもこの閉塞感を理解してもらいたいという思いから、恵子に電話して実家の立場を率直に訴えた。「言わんこっちゃない。こんなことがある度に実家で冴子姉さんを見ていくのだ。出費だけでなく心理的な負担だって大変なんだぞ。加えて毎月七万円の仕送りをしている。こんな事態が起きることを予想できながら、あの三〇〇万円をとったのか? 冴子姉さんは姉妹弟みんなで見るべきじゃないか」

これを聞いた恵子は、自省したのか、博嗣に同情したのか、三〇〇万円を送ってきた(正確には取得した八〇万円のうち五〇万円を手元において三〇万円を返してきた）。ちなみに三〇〇万円押捺事件の首謀者の寿美子なら、一円だって出し惜しんで返却することなどあり得ないだろう。寿美子は「冴子姉さんの面倒は自分とは無関係、実家の義務」と傍観者の態度をとっている。それだけならまだしも、冴子をけしかける真似をして、冴子が実家に迷惑をかけ、実家がそれによって困窮することを望んでいるようにすら思われる。恵子がいくらかでも実家の大変さを理解してくれたことで、博嗣も知子も心の重石が少しだけ軽くなったような気がした。

冴子の検査結果から、開腹手術はせず、薬で胆石を溶かすことになり、入院は短期間で済んだ。そのため実家でかけていた郵便局の簡易保険の給付金は出なかった。以後薬餌療法を続けたが、痛みが再発し、六年後の平成一二年（二〇〇〇年）に内視鏡手術で胆のうを剔出《てきしゅつ》した。

県営住宅へ転居

平成七年（一九九五年）四月、冴子は平成元年（一九八九年）四月以来居住したアパートから長野市三才駅近くの県営住宅に引っ越した。その手伝いには寿美子夫妻が車で行ったらしい。冴子は寿美子夫妻に大いに感謝し、夫妻の〝温情〟への虫唾が走るような誇大な礼賛に終始する手紙を博嗣に送ってきた。これは手伝いに来ない実家への当てつけだろうか。しかし、実家へは何の連絡もなかったのだから、手伝いに行けるわけがない。

寿美子夫妻は、冴子に頼まれたから妹として並みなことをしたに過ぎないだろう。そのときだけの親切なんて、それで終わるから立場は楽なものだ。それに比べて実家の〝親切〟はエンドレスだ。ことあらば実家の世話になってきたし、これからもそれしかないだろう。そんな自分の置かれている立場を自覚するなら、どうして目先の物理現象だけを感謝や怨念の材料にして、過去を顧み将来を案ずることができないのだろうか。「たまに来る娘の親切を喜び、日々世話をする嫁の悪口をいう姑」という図式に似ている。

この転居の諸経費八万円、給湯設備・シャワー取付費用二二万円、計三〇万円は恵子からの返金を充てた。これに対し、冴子からは多少の感謝の表明があったし、シャワーはとても嬉しそうだった。冴子は特別気に入ったことがあると、それまでの悪態はどこへやら、相手への評価を一八〇度転換して、その豹変ぶりを気にもかけない。〝君子豹変〟なんかじゃない。無節操、無定見、付和雷同、平たくいえばチャランポランなのだ。

地獄耳と邪推

車の事故と邪推

冴子が県営住宅に移転する少し前、知子が自動車事故を起こしたことがある。家に着く寸前の気の緩みからか、ちょっと〝うとうと〟したらしい。博嗣も同乗していたが、踏切手前のMさん宅のブロック塀にぶつけた。

この日は、塩尻のKさんの四九日法要に招かれ、塩尻で精進落しの宴の後、帰路についた。知子はこの方面の道は初めてで、おまけに激しい雨降りのために山がかすんで見えず、方角が定まらないのでぐるぐると迷い巡り、大層時間がかかってしまった。知子はそんな運転に疲れていたのだろう。また知子は同じ時期、春から夏の初め頃まで、義兄（千恵子の夫）の病気入院に伴い、請われて病院での看護や義兄の店の手伝いに通っていた。そんな苦労も重なっていたのか、疲れ気味だったのだろう。

事故の原因は、慣れない長距離運転の疲れと、家が間近に見えたときの安心感が重なった一瞬の睡魔である。実際、事故の一分位前には、隣に座っていた博嗣が「無事に着いてよかったなあ」と運転する知子をねぎらったばかりだった。車は買ったばかりの新車（マーチ）だったが、ボンネットが大破し、また新車を買い換える羽目になった。しかし保険でカバーでき、出費は三〇万円位で済んだ。幸い、二人とも怪我はなく、人身事故でなかったことを「小難で済んだ」と安堵した。

ところが、この事故のことをいち速くキャッチした寿美子は、多分恰好の話題にと冴子に報せ、二人の間に誤った推理が飛び交った。「知子は睡眠薬を飲んでいた」というのだ。だから知子の車には怖くて乗れない、博嗣にも「危険だから乗るな」と忠告しなければいけない、県営住宅への引越しも怖くて頼めない、等々。この二人の間では実家の動向にきわめて関心が強く、アンテナを高く張って常時どこかから情報を入手しているらしい。そして、些細なことでも尾ひれがついて膨らみ、邪推がやがて二人の断定になる。電話でのおしゃべりは低俗世界の流言飛語の見本のよう、そして二人は〝砂上の楼閣〟で踊る愚人のようだ。

二人は特に実家の〝金遣い〟が絶えず気になるらしい。新車を二度も買い替えたという知子の〝高価な無駄遣い〟が何にも増して癪の種なのだ。だが、睡眠薬も無駄遣いも日頃の〝偏見〟と〝えせみ（嫉妬）〟の証左であって、実際とは違う。後になって電話で事故の原因を知子から聞いた冴子は、「ちっとも知らなかった。話してくれないからいけない」

という意味のことを言ったそうだ。こんな言葉を聞くと普通の人の脈を感じ取ってほっとしてしまうのだが、「知らなかった」のではない。噂を聞いて知っていたのだから、見舞の電話をよこすのが普通の間柄というか、人の道であろう。

知子はよく働き気働きもよいし機動力もあるので、とかく人に頼られる。塩尻の法事も普通の義理ではもう関りが遠く、わが家は招かれないでよい立場なのだが、ぜひ来てほしいと言われたのも知子を頼りにしているからだ。知子のそんな日頃の奮闘を知らず、姉二人は事故を知ってあらぬ憶測をでっちあげ、見舞の言葉の一つもかけてこない。第一、睡眠薬を飲んで運転する馬鹿がいるか？　こうした初歩的な判断力の欠如が共通項として二人の絆を強めているのだろうか。

冴子と寿美子の緊張関係

冴子はよく言えば天真爛漫、時々の気分次第でコロコロと言動を変え、場の空気を読めない。その場限りの嘘をつくが、故意に人を陥れたりすることはない。策を弄しても見え見えだ。それに反して、寿美子はよく言えば頭脳明晰、計算高く、悪知恵が回り、行動力がある。〝金は天下の回りもの〟を地でいく冴子、〝金に異常に執着する〟寿美子。出たとこ勝負の冴子と、狙った獲物は執念深く絶対に捕る寿美子。〝夢追い人〟冴子と、〝現金人〟寿美子。実家にまつわる〝悪企み〟の首謀者は寿美子、冴子は付和雷同するが、必ず冴子のおしゃべりで秘密が暴露される。性格の真逆な二人は、くっついたり離れたりの緊張関係にある。

道祖神の建つ敷地の名義変更を依頼したときの話。寿美子は、冴子に八王子病院入院時の見舞金として一〇万円を渡した話を、ご足労料二万円を渡したと聞き違えて、「冴子にばかり二万円やって、私たちには一万円なのに！」と怒った。とかく寿美子は金銭にしわく（厳しく）欲張りだ。

冴子は気楽に千恵子から借金していたが、たまに千恵子は「誰にも内緒よ」と言って、冴子に贈与することがあったらしい。そんなとき冴子は〝内緒〟を真に受けて誰にも話さない。こんなときこそ密約を破り、皆に話して共に感謝するのが〝人の情〟というものではないか。他の姉妹弟に話しても千恵子は怒ったりしないだろう。冴子はそんな微妙な心の襞《ひだ》を肯《がえん》じえない。

寿美子の「二〇万円返せ事件」のとき、返却を迫られて怒った冴子は実家を味方につけたいと考え、寿美子を中傷する手紙を書いて、博嗣に「こういう手紙を出す」からとコピーを送付してきた。ところが、寿美子の真意が「実家（博嗣）に出費させること」であるとわかった途端、寿美子への攻撃を一変させ、博嗣に出した手紙の返却を要求してきた。博嗣は返すべきか否か迷ったが、相手の懇願を優先させて返却した。しかし、後の動かぬ証拠にと〝目には目を、歯には歯を〟の教訓もあるとばかりに、再コピーしておいた。もしも寿美子がこれを読んだらどういう騒動が起きるか、密かに想像してほくそ笑むのみ。冴子は軽率な行為（博嗣への〝変な信頼〟を前提にして、出した手紙を返送させたこと）に潜む危険性を気にも留めない。その子どもっぽい能天気ぶりが不思議でさえある。

博嗣と冴子の往復書簡

博嗣から冴子へ

平成七年（一九九五年）三月、博嗣は四〇年間勤めた学校を退職した。秋口になって落ち着いた頃、冴子に将来のことなどを確認するために手紙を出した。以下はその内容である。

……ところで、引越しの片づけは終了しましたか。大変だろうと思い、困るようなら連絡するようにと千恵子姉さんに伝えておきましたが。いずれにしろ、色々な意味でよい所に入れたと、当方も喜んでいる次第です。……保証人を前提にしていることなので、すべてに十分注意を払い、他に迷惑をかけないことを第一に心掛けてください。

姉に向かって〝釈迦に説法〟で恐縮ですが、姉妹弟間でもお互いに家庭があり、心情的なものに勝って、社会的に他人の間柄の色合いが濃くなっています。このような互いの立場を理解して頂き、基本的なことを確認してください。

①　こちらの送金に関して、七〇歳医療費免除の件です。それまで援助費用は五万円だったところ、病気がちで医療費がかさみ、生活費が食われるので、その分援助してほしい、

そのつど医師の受取りを証拠として送付するのも煩雑だからということで、二万円アップして七万円にしました。七〇歳を迎えて、「ほっときゃいい」では済まされません。このことの対応処理をどうしようと考えていますか。

② 県営住宅の家賃のことです。認識されている通り、今までより大分安いわけで、当初の約束である「家賃は援助する」という建前から、当然当方の負担も軽減されると大変有り難いわけです。

以上の二点について、この時期になっても何も連絡がないというのは、普通に考えてやはり変です。既述のように、〝他人の関係〟という心配りを考慮して、早急にお返事ください。

冴子姉さんのプライドに触れることを恐れますが、こちらは一般に「困っている人にはできる範囲で援助してあげる」という立場をとっています。これはお互い様です。明日はわが身ということもあるのですから。だから、色々とお願いするのも意地悪や非情や冷酷やエゴイズムなどからでは毛頭ありません。当方の〝優しさ〟なるものを信じてほしい。

ただ順序や筋、つまり人として当然のあり方を基本に置いてほしいのです。人の心の襞を描写する文筆に親しむことをライフワークにしてきた姉に対して、こんなことを求めても決して無理なことではないと確信しています。連合いの知子も私と同様の考えや立場をとり、かつ実践していると評価しています。

こちらは今年の三月をもって教師の仕事から完全に身を引き、現在無職です。地区の公民館の〝旗振り〟を仰せつかって、その方に専念しています。いうなれば社会教育的な仕事で面白い面もあるが、楽じゃないボランティア活動です。少し賑やかっぽいけど、いわゆる年金生活者としてのつましい生活をする階級に属しています。

さりとて私は今まで四〇年近くも苦労の連続の教員の仕事を続け、また妻は泥だらけになって農業をしてきました。これらを思い偲ぶ時、これからはいくらかでも余生を楽しみたい、過去の苦労の代価として、誰にも咎められない権利があると主張したくなるのは当然のことです。だから趣味を深めたい、快適な日常生活をしたい、たまにはうまいものを食べたい、旅行もしたい、適当なスポーツも手がけてみたい……のです。

もともと〝家〟を維持する費用は馬鹿になりません。固定資産税などの税金、保険掛金（国民健康保険料の高いこと）、度重なる義理の出費（親戚や近所付合いにかかる慶弔費など）、家屋の修繕費、坪庭の手入れ（庭師の日当二万円、隔年で一〇日位はかかる）、屋根の葺替え（昨年の夏土蔵の瓦葺替え一二〇万円）、車の維持費等々。これに加えて趣味や娯楽の費用を捻出するのは大変です。

長野の姉さんはこちらの実情をいくらか考慮に入れてくれてるのかな？　と思っています。嫌味っぽいけど、こういう意味では本当に姉さんは気楽ですよ。率直に言って毎月七万円わが家で使えたらどんなに楽かと思うし、先の見えない無制限さにも困惑しています。

アパート収入は確かにあるし、今のところそのために財政が成り立っていて、送金が可能になっています。有り難いことに今は満室ですが、今後それが続く保証はありません。この頃はこの辺にもアパートが多く建ち始め、古くなるほど条件は悪くなり、空室が出る可能性は常にあるわけです。また次第に修理が必要になり、その費用も貯えておかなければいけません。言いたいことは、アパートがあるからいいとか、ご先祖様から見てもらうからいい（そちらの言葉）ということがいかに現実的でないかということです。

ついでに言いますが、寿美子姉さんは「家を建てればいいじゃん」とアパート建設計画に反対し、無論冴子姉さんも同調したのです。挙句の果てに今では先祖様論です。ご先祖様がどうやって金を融通してくれるのですか。ご承知のように、日本農業が根本的改革を迫られている現在、わが家のアパート経営への一部転換方針は、いくつかの意味で先見性があったと自負しています。アパート経営がなければ冴子姉さんに送金する余裕はありません。

③　もう一つ、将来を展望してどういう見通しをもっているかということを聞かせて頂きたい。姉さんも大いに気にかけていることだと思いますが、長寿社会となり八〇、九〇歳まで生きることが普通の時代です。お互い寝たきり老人になったときの介護のことをどう考えているのか。老人ホームに入るにしても莫大な資金が要るし、こっちも他人事じゃない。何とかなるだろう式、場当たり的な考え方は一時しのぎの逃げの姿勢でしかありません。周到な見通しで今後の生き方に万全を期することが大切です。この点どのように考えているのか、ベストの方法をいろいろと勉強して探ってみてください。

私たちがそちらを介護することはとても考えられませんし、そちらも望まないでしょう。こちらにはこちらの分しか資金はないし、娘たちに見てもらうことで精一杯です。兄弟姉妹の一人や二人見てやろうという器のでっかい男も広い世の中にいるとは思いますが、そんなイメージをこちらに重ね合わせてもらっても困ります。

いろいろと遠慮なく書きましたが、気丈な姉さんに対して故とご理解ください。

お互いのことながら、他人の立場がわかる、なんてことを安易に言ったり思ったりしてはいけません。本当に難しいことです。自分は相手の立場はほとんどわかっちゃいないのではないか、と自己反省するところからスタートラインに着くべきだと、この頃しきりに考えます。

長い駄文になりました。理由の数パーセントはワープロにあります。知らずにこんなに長くなっちゃいました。小説を書くにも現代はワープロで、の時代でしょうか。

向寒の折、ご自愛ください。

平成七年一〇月二九日

博嗣

冴子姉上様

冴子からの返信

冴子からの手紙を開封するときは毎度毎度、不安と嫌悪と心臓の痛みを伴う。よくもまあこんなひどいことを書けたものだという驚き、激情を制御できずありったけの憎悪を筆に託して書きなぐる狂気への恐怖、文章に感ずる変にペダンティックな陶酔調に対する生理的な反発、こちらの思いと噛み合わない非論理性への苛立ち、無意識に露呈される女性なるが故と思われる甘えや開き直りや屁理屈等々のマイナスインパクトに、思わず破り焼き捨てることが何回もあった。こんな実家の弟いじめや嫁いびりの欺瞞と策謀が見え見えの手紙文をこの世に残すことが許せなかったのだ。

今回の手紙も、怒りに震えて焼き捨てた。知子は手紙がきたことを知らずにいたので、博嗣は長い間黙っていた。こんな話題の出た後は必ず不眠に苛まれ苦悶の日々が始まることを知っていたから、知子に悪影響が出ることを何よりも恐れたのである。大分後になってこのことを知った知子は、博嗣が黙っていたことを悲しがり、沈黙の理由を理解してくれず、焼却したことを責めた。証拠として保存しておけば今後有用なときもあるというのだ。なるほど、知子は少なからず過去の文書を整理保存している。

一読して焼き捨てた手紙の内容をおぼろげに記憶を辿ってみると、以下である。

① 自分の籍は実家にあるので、自分は実家の一員である。だから、実家に送金してもらうのは当然のことだ。自分はご先祖様から見てもらっていると理解している。

② 知子への人権侵害ともいえる中傷を羅列。自分のことを棚にあげて勝手なＤＮＡ論を

展開し、実家滅亡論で博嗣や知子を脅かそうとする残虐趣味。知子が読むことを予想し知子がダメージを受けることを計算した文面。この悪辣な意図は許せるものではない。

③ 売却した土地の一部である畑は知子が強引に母から博嗣に名義変更させたもので、自分にも相続権があったはずだ。知子にしてやられたという思い。（「二〇万円返せ事件」のときには母からの名義変更は正当な行為であったと言っていたが……）

④ 博嗣の酷評。公民館の役職を務めることなんか博嗣に合わない。家に引っ込んで絵でも描いてりゃいい、等々。

⑤ 土蔵なんてものはこれからの時代は無用の長物だ。そんなものに金をかけていくなぞ馬鹿げている。

⑥ 生活が大変だから月七万円は頼みたい。

将来の具体的な見通しについて、一切応答していないのは、万策尽きたという自覚があるからか。答えを要求することに酷な面があったかもしれないが、あまりに大平楽なので、ことの重大さを認識させ、緊迫感を持たせようとする意図もあった。しかし、まあ……、「実家からの送金は当然のこと、ご先祖様から見てもらっている」なんて理屈は世俗離れしている。そして七万円の送金を続けてほしい……なんて。そんな風に開き直られると、今すぐ冴子とは一切の交流を断絶したい怒りにかられた。

まじめに教育に携わってきた博嗣には、冴子の思考がどうしても理解できない。冴子は、実家に変な誇りをもち、虚栄心が強く、根拠のない主観的エリート意識をもっていて、〝普通の人〟に差別や偏見を抱きやすい。裏返せば、優れた頭脳や肩書にあこがれ、そんな人種を異常に賛美し、接点があれば自分もそれに近いのだという気分になりやすく、しかし、その愚に気づかない。

〝人間一人の尊厳〟という現代民主主義の基本理念がいまだ身についていない！　と、高所大所から説教してやりたい。女流作家に憧れ、自立した女性として生きたいと学問を修めるために都会に出た、あのときの〝青雲の志〟はどこに行ったのか。貧しい老婆になってても、世間が納得するような凛とした精神だけは持ち続けてほしい。博嗣はそう思ったが、「無理だわな……」と、今回もまた仕舞には諦める他に途のないことに苛立ち、手紙に火をつけたのだ。

無言電話でっちあげ事件

知子への無言電話疑惑

平成九年（一九九七年）の初め頃、博嗣は千恵子から、「『知子は家の新築で忙しいらしく、この頃無言電話をよこさない』と寿美子が言ってる」と聞いた。「無言電話なんてどこの家にもくる。うちだってちょいちょいくる。寿美子はどうかしてる」と、千恵子は強力に寿美子を諭したらしい。

博嗣は「そんな馬鹿な！」と頭から否定し、知子には長い間黙っていた。女房はそんな愚劣なことは絶対にしないと信じていたから、あえて言う必要をまったく認めなかった。もしも知子に無言電話疑惑の真偽を確かめるようなことをすれば、夫婦の信頼関係崩壊の端緒になりかねないし、そのことが原因となって知子が不眠症に陥ることを心配したからだ。博嗣はこんなアホな話は〝問題外の外〟、拘《かかずら》う時間がもったいないと無視した。

寿美子の疑惑断定理由

寿美子にどうしてそんな発想が生まれたのか。千恵子が訊ねたところによると、知子だと断定する理由は驚くなかれ、「無言電話をよこすなんて、すべての親戚・知り合いのなかで知子しか考えられない」と言うのだ。人間誰しも腹のなかだけならしばしば人を疑うことがあるのだが、腹のなかに収めておけず、疑惑を断定的に他の姉や寿美子の娘夫婦、婿の実家等にまで口外するとは。そして遂に、娘の家や婿の実家にくる無言電話まで知子の仕業だと決めつけるに至ったのである。

なぜ「知子しか考えられない」と思ったのか。実家が怪しいと思うなら、博嗣もいるではないか。一般に無言電話なんぞを趣味にするのは男性より女性が多いと思う女性自身の暗黙の認識があるのではないか。ということは女たる自分もやり兼ねない〝気〟があると寿美子も思っているので、知子もそうだと疑うのだろう。寿美子こそ実家へ無言電話をかけたことがあるではないかと、からかいたくなる。

知子は気にかかることや精神的なショックがあると不眠になり、年に数回は医者の薬を服用する。寿美子の推測は、そんなとき知子はいらいらして健全な気分を保てないから、日頃恨みをもつ寿美子家に嫌がらせの電話をよこすのだろう、そうに違いない、それしか考えられない、絶対にそうだと、なっていったのだ。

寿美子の被害妄想

知子への勘ぐりは第一に、寿美子の心のなかに巣食う被害妄想にあるだろう。以前には、知子の具合が悪いときなど寿美子はちょくちょく手伝いに来てくれたし、母を義兄の車であちこちドライブに連れ出してくれたりもした。ただ、座布団の使い方などについて知子のやり方に〝箸の上げ下ろし〟まで干渉するのが常だったので、知子は小姑の実家訪問に神経を遣っていた。寿美子は嫁ぐ前の〝我〟を通したいのか、実家の主婦となった知子に君臨するかのように振る舞っていた。

知子が次第に小川家の主婦としての貫禄を身につけると、実家への愛着を捨てがたい寿美子は知子を羨望し妬むようになった。そこで実家の動向がとにかく気にかかり、近所に監視網を広げて目を光らせ耳をそばだててきた。しかし、自分の出る幕が少なくなったことに気づいたとき、寿美子の実家への愛着は反感に変わった。そして、母への反感、博嗣や知子への憎悪、千恵子への誹謗、時には冴子への非難や恵子への敵視なども混ぜながら、自らの孤立を生み、頑固さを増し、僻み、猜疑し、年を重ねるとともに従前のノーマルな性情を変えていったように見える。

「三〇〇万円押捺事件」は、博嗣や知子に対する憎悪が頂点に達した表象であろう。しかし、あんな卑怯な手段で金を奪ったことに良心の呵責を招き、復讐されるかもしれないという不安が胸の奥に引っ掛かっているのではないか。そんな気の弱さや善良さが普通人であることの証なのだが、今回の「無言電話でっちあげ事件」は寿美子に残る一片の良心が被害妄想を生み、正常な判断力を鈍らせ、証拠もなく知子を陥れる結果となったのではないか。

無視を決め込む博嗣

寿美子は母の五〇日祭以降、博嗣が便りを出しても〝梨の礫《つぶて》〟で、お盆も一年祭も実家の行事はすべて欠席している。実家（博嗣）とは断交しているが、陰では実家の様子を探って冴子と情報交換し、邪な策略を練り、実家（博嗣夫妻）を困らせている。「ご先祖様に面倒を見てもらってるから、送金をしてもらう権利がある」なんてことは、冴子一人では考えつかない。寿美子が冴子を陰で操り、実家から〝とれ、とれ〟とけしかけているのだ。そして、今度は「無言電話事件」をでっちあげて、知子を犯罪者に仕立てようとするのか？ こんな前代未聞、言語道断、無礼千万な話は、誰も信じない。普通人の常識を一〇〇パーセント欠いた話、これが誣告罪とか名誉棄損罪にあたらずして何があたるというのか。

話せばわかる人間なら自分の非を悟ることができ、初めからこんな人非人のようなことはしない。目には目を、歯には歯をということでしか、鬱憤を晴らす方策がないのではないか。もはや我慢にも限界、博嗣は素《す》っ飛んで行って気の済むまで寿美子をぶん殴ってやりたい衝動にかられた。

博嗣はまた、「証拠はあるのか」と詰め寄りたい。しかし、証拠を求めるということは、「そういうこともありうる」と知子を疑うことになる。そんな愚挙に出ることなど、知子に限って金輪際あり得ない。一体全体、寿美子家に無言電話なんぞして、知子にどんな得があるというのだ。無言電話なんて陰湿なことをしなくても、裏表のない知子の性格なら、言いたいことがあれば正々堂々と寿美子に直接ぶつけるだろう。

おそらく寿美子は「知子は気が変だから……」と言うだろうが、知子は不眠になり憂鬱な気分になって落ち込むだけで、静養して心が落ち着けば必ず治る一過性のものだ。第一、落ち込んでいる人が、無言とはいえ人を傷つけるような積極的な行為に出ることは考えられない。寿美子の思い込みと勘繰りこそが、自身の心中に巣食う被害妄想に繋がるものだ。ほとんど一種の病気なのではないか。結局、無視することが得策と、博嗣は〝だんまり〟を決め込んだ。

送金日と無言電話のこじつけ

寿美子と冴子は離合集散を繰り返すが、この頃は実家を共通の憎しみの対象としていた。冴子は実家を大事にすべき立場なのに、寿美子に「もっと実家から金をとれ」と煽動されていた。寿美子は冴子を少しも評価していないのだが、実家を苦しめる手段として冴子を利用しているのだ。寿美子は当然のことに、この無言電話のことを冴子に知らせた。そして、二人は次のようなお粗末な推理をでっちあげ、互いに一層始末の悪い思い込みを増長させていった。

冴子は毎月十日までに翌月分の生活費を実家から送金してもらっていたが、博嗣側の都合で日は特定せず月によって送金日は異なっていた。ところが、送金日が四日の月が続いたので、いつの間にか冴子は四日が約束の送金日だと決め込んでいた。他方、寿美子は無言電話がくる度にカレンダーの日付に印をつけていた。そして、カレンダーの印から無言電話がかかってくるのは「四日の午後一時頃に決まっている」ことに気づいたという。

ここで、二人の短絡的な邪推が一致した。「知子は銀行で冴子に送金した後、必ずその辺の公衆電話から寿美子家に無言電話をしている」と決めつけたのだ。そのうえ、他の日の無言電話も知子に違いないと邪推をエスカレートさせ、あまつさえ娘のN子の家にも、その婿の実家にかかってくる無言電話も、すべて知子の仕業だと言い切るに至った。まさに正常な神経とはいえない。

知子の驚き

知子は半年位、〝知らぬが仏〟の蚊帳の外に置かれていたが、遂に知ることになる。平成九年（一九九七年）十月四日のことである。その日、冴子は銀行に出かけ、いつものようにお金を引き出した。知子が無言電話をする日だという邪推は続いていた。そこで、寿美子に電話すると、やはり一時頃に無言電話がきたという。冴子の短絡的な回路に火がついた。そして実家に電話したのだ。

知子が電話口に出ると「なんで寿美子家に無言電話なんかするのよ。言いたいことがあるなら、私の方に直接しなさい！」と冴子が言ったのだ。知子は何のことやらさっぱりわからず、狐につままれた気分で「何のことですか？　私は寿美子さん家《ち》に電話なんかしてませんよ……」と言った。途端に「嘘言ったってダメよ」と怒り、なぜか「寿美子に電話しなさい」と言うのだ。

冴子の唐突な言葉にあっけにとられた。そのうえ、どうして「寿美子に電話しろ」と言われるのか、知子は話の脈絡がさっぱりわからない。言われるままに知子は受話器をとったが、寿美子家の電話番号がとっさにわからない。昔、博嗣が語呂合わせで作った句「南は五」をおぼろげに思い出したが確かな数字に換えられず、電話帳を見て電話をかけた。寿美子とは音信不通だったから、久しく電話していないことを痛感した。

知子は「しばらくでございます」と寿美子に自然に切り出した。そうしたら、DEVIL（悪魔）にまがう挨拶が返ってきた。博嗣も傍にいて相手の声が聞こえるように操作しておいたので、およそ次のような興奮した剣幕が聞こえてきた。いまだに耳に残っているほどの強烈な体験だ。

「しらばっくれて！　いつも無言電話をかけてきて！　そっちは正常じゃないんだから！もう絶対かけないで！」と寿美子は金切り声で叫んでいる。知子は寿美子の剣幕に驚いて、冴子のときと同じようにただひたすら「そんなことはしていない……」と必死になって、否むしろ相手の度を越した激昂に呆れ果て、かえってなだめるように極めて冷静に話した。寿美子は一切聞く耳をもたず、頭から相手の言い分を聞く姿勢など持ち合わせていないようだった。一〇〇パーセント以上も無言電話の主は知子だと信じ込んでいる寿美子の次の対応は、「ガチャン」と音をたてて受話器を置くことだった。

どうやら無言電話の嫌疑がかけられているらしいことが、知子に理解できた。「私は寿美子姉さん家の電話番号すら忘れていた。無言電話なんて私には関係ない」と寿美子に強く抗議したかった。だが電話口に向かって〝ごまめの歯ぎしり〟をするのが精一杯だった。

先天性擬似記憶喪失症？

さらに信じがたいほどの筋書きが続く。寿美子への電話の後、間もなくまた冴子から電話がかかってきた。知子が「もしもし」と言うと、冴子は「寿美子に電話したか」と聞くので、「しました」と答えると「何て言ってた？　『知子は気を病んでる』と言ってたでしょう？」と言う。「いいえ、そんなことは言いませんでした。正常じゃないって言ってました」と知子はありのままを答えた。

人を罵倒する最大の侮辱に〝気を病む〟も〝正常じゃない〟も一緒じゃないかと、傍にいた博嗣は思わず舌打ちした。知子はこの期に及んでも「姉上様……」と丁寧語を使っている。自分なら「脳足りんの、すっとこどっこいのクルクルパーの……」とありったけの罵詈雑言を浴びせるところだ。知子にだってその権利が認められると思うのだが……。

その後、また冴子から電話があった。どうやら、寿美子とその後の様子を話し合ったらしい。これがまた素っとぼけた内容で、「さっきは『博嗣が寿美子に電話した』って言ったでしょう？　本当は知子がしたってじゃん！　嘘つき！」と言うのだ。「冴子姉さんはボケてる？」と知子は思ったが、ここに至ってはっきりと日頃感じていた相手の脳機能の軽微な障害、〝先天性擬似記憶喪失症？〟を再確認した。

知子のアリバイ

アリバイも糞もあるものか、もともと相手の妄想なんだから……と博嗣は思うものの、知子には明確なアリバイがあった。

冴子は、知子が送金したのは一〇月四日で、その日に無言電話をした、と決め込んでいるのだが、〝どっこい〟一〇月は博嗣が一日に振り込んでいたのだ。知子は第一にその点を冴子に指摘したのだが、そのとき冴子は「あれ、そうだったの?」とか何とかつぶやいて、誤魔化した。二人の「四日に振り込んだ後、必ず無言電話を寿美子家にする」という決めつけはこれで崩れる。

第二にその日の時間的アリバイだ。一時頃に電話があったと言っているが、その日のその時間には水道工事業者のFさんが来ていて、無言電話なんかしている暇はなかった。知子がそれを指摘すると、冴子はあわてて他の時間帯にすり替え、「ああ、じゃあ〇〇時頃だったかしら?」と言うのだ。実にいい加減である。

すべてにこんな調子で、知子にはいい迷惑だ。アリバイを実証したくなるなんて、まるで犯罪の容疑者の立場に立たされているということだ。二人はそんな迷惑を他人に与えていることの重大性がわかっていない。好き勝手に嘘をついて相手を侮辱することを言っていいわけがない。知子だから訴訟沙汰にならないものの、安易にそんな言葉を他人に浴びせると侮辱罪やら名誉棄損罪で訴えられる羽目になる。二人はそんなことにまったく気づいていない。一人前の大人になっていない証拠か、はたまた年老いたから認知症になったのか。

知子の歯ぎしり

知子は、相手はもう惚けた老人だと思おうとするものの、二人の言葉に傷つき、悔しがり、二人の知性を疑った。「なんで私がそんなことをするのか！　一文の得にもならないことを誰がするの？」。誰もが同様に思うことだ。知子の吐露した心情は以下だ。

無言電話なんて、病的な関心や、ひしゃげた愛情や、骨髄に徹する恨みをもつ者がすることじゃないのか。あるいは相手の如何《いかん》に関係なく、電話口でとまどう様子を想像して、悪戯に快感を求めるような変質者のやることだろう。私は寿美子に軽い批判をもっていることは事実だが、それはお互い様だと思う。しかし私には相手の立場を考える余裕があるから、そんな下劣なことは絶対にしない。寿美子の〝我を張る〟性格は知らない間に誰かを傷つけ、恨みを買った誰かに嫌がらせの無言電話をされているのではないか？

だから、冴子や寿美子が自ら非を認め、心から詫びてくるまで、私は死んでも死にきれない。それともそんな要求をする方が無理なほど、相手方にこそ病的な何かの欠陥があるのではないか？　まさかとは思うが、相手が謝らない限り、そう思わざるを得ない。

不当な犯人扱い

知子への不当な〝犯人扱い〟は平成一〇年から平成一二年（一九九八年から二〇〇〇年）の間、晴れることなくずっと続いた。知子にとって頼りの博嗣は、「愚者への復讐は無視に限る」との態度を変えない。それに、無言電話は相変わらずきているはずだから、そのうち知子ではないことに気づき自主的に詫びてくるだろう、それまで待つのが「最も賢明な道だ」と考えていた。

しかし、相手方にそんな良識ある態度を期待できないだろうとも感じていた。何かの証拠から知子ではないとわかっても、あの二人には謝るなんてことができるだろうか？　否できないだろう。どのように抗議しようが怒りをぶつけようが、「誠に申し訳ありませんでした。大変な迷惑をかけたことを心からお詫びします」なんて、内心思っても絶対に口に出さないだろう。大体、寿美子は強情で我執の塊みたいな性格、何より自分の利害を最重視して他を二の次にする頑固な生活信条が根底にある。だから、頭を下げる情景なんてまったくイメージできない。したがって博嗣の対処は「ほっとけ！　馬鹿馬鹿しい」であった。

あるとき、博嗣は怒りのあまり、千恵子に「訴訟を起こす覚悟がある」と言ったことがある。千恵子がそれを寿美子に話して〝人違いであることの反省〟を求めたところ、「やればいいじゃん！」と言ったそうだ。もう後に引けぬやけくその心境が伝わってくる。あるいは〝やりっこない〟という楽観があるのだろうか。

寿美子の娘N子夫婦との出会い

平成一〇年（一九九八年）十二月末、知子は隣町のスーパーマーケットで、久しぶりにばったり寿美子の娘N子夫婦に出会った。N子夫婦はこの時期、無言電話のことを知っていたと思うが、そんなことは話題にせず、盛んに知子の娘たち（従妹）のことを質問してきた。故意に話をそらせて、明るい話題にしたのだろうか。知子はこの偶然のN子夫婦との接触を機に、N子夫婦に無言電話のことをどう思っているか聞いてみたくなった。しかし、その機会がないまま時は過ぎた。

知子は屈辱感に耐えながらも積極的に相手方に接触して自分の潔白を晴らすことを願い、博嗣に何回も提案していた。博嗣は「愚物は相手にせず、腹では最大に軽蔑せよ」との方針を変えようとしなかった。知子は博嗣にある程度賛意を表したが、憤懣《ふんまん》やるかたなく、自分の方から切り込む機会を狙っていた。

恵子の実家訪問

平成一二年（二〇〇〇年）春に、千葉の恵子が娘CとCの婚約者を連れて実家を訪れた。それに関わって、恵子が寿美子に電話をかけた折に、寿美子は「まだ無言電話がくる。昨夜も夜中にN子のところにきた」と話したそうだ。依然として知子の仕業だと信じて疑わないようだ。まったく馬鹿につける薬はないと言いたくなる。そこで知子はますます自力で解決したいという気持が高まった。

その前に、「N子さんに電話するが、恵子おばちゃんから聞いたという前提で話していいか」と恵子に確かめる必要があった。なぜなら、恵子は冴子と寿美子の反応を恐れ、「私が言ったことは絶対に伏せておいてね」と言って、実家に情報を提供してきたからである。彼女は以前から「真実の如何よりも姉妹を敵にまわさないことに重きをおく」というスタンスをとってきた。その理由として、「体が弱いから二人の誤りを正す体力がない」という大義名分を掲げていた。しかし、恵子は今回の「無言電話事件」の真相がわかるにつれ、実家の博嗣や知子の立場を理解し同情して、冴子と寿美子を批判し、あまりの酷さを非難さえするようになってきていた。しかし、こちらが期待するような姉妹の一人としての〝捨て身〟の忠告や説諭には至らなかった。それでも恵子は「私なりに努力したが、相手が〝問答無用〟式に電話を切ってしまうので絶望的だ。気長に待つしかない」と言うのだ。

知子は恵子に手紙で「冴子と寿美子から被っているいわれなき冤罪」への憤りを切々と訴えた。義兄（恵子の夫）は大いに知子に同情して冴子と寿美子の非道を強く非難したと聞いた。それだけでも知子の凍りついた心は少しだけ温もった。

寿美子の娘N子への電話

恵子が訪れた日からしばらくして、知子は恵子の了解を得て、寿美子の娘N子に電話した。初めは恵子の娘Cの訪問についての話題で、N子は盛んにCの婚約者の様子を尋ねた。やがて知子は思い切って本題を切り出し、「N子さんも私が無言電話をすると思う?」と聞いた。この決死的? な質問の答えに「NO」を期待したのだが、受話器の向こうの声は「思う」だった。まずは驚いたが、反射的に「どうしてそう思うの?」と訊くと、逡巡せずに「なんとなく……」と返ってきた。万事休す! まさに「ブルータス、お前もか!」だった。博嗣と知子は、まだ若いN子の感覚を疑った。現代人らしい多様な価値観や広い視野から、母親の頑迷な硬直しきった思考過程での不合理性や客観性のない感情論、普通人の良識に背く言動などをたしなめるべき立場にあるものを! N子よ! わかるだろう? 確たる証拠がないのに〝ただ何となく〟という理由だけで〝あの人〟だと公言し、しかも当人に直接宣告することの罪の深さを! その人の驚きや口惜しさを! その人の心の痛みがどれほどかを!

N子もしょせん同じ穴の狢《むじな》だった。〝まさか〟と〝もしや〟の両方を想像したが、また〝やはり〟の感じをもった。率直に言って義兄は何をしているのかと思わざるを得ない。自分が同じ立場にいたら断じて〝家族の浅はかさ〟を放置できないと思うのだが……と博嗣は苛立った。それとも自由な意見交換さえできない専制君主のような寿美子による一種のファシズムが家庭を覆いつくしているのか？　そんな時代錯誤のなかに現代感覚が埋没させられてそれが習慣となり、シャーマン的存在（寿美子）により洗脳され、「無言電話は知子に決まっている」というオカルト宣告になっているのではないか。そうでも推測しないと、まさか〝家族ぐるみ〟狂っているとは考えられないのだ。ともかく狂信！　狂信と気づかないでいることが狂信の証だろう。

寿美子家のその後

寿美子とは、平成九年（一九九七年）一〇月四日、冴子に言われて知子が電話して以来、何の音沙汰もない。N子とも何の接触もない。博嗣は「その後も寿美子家に相変わらず無言電話がきているはずだが、どうなのかな?」と大いに関心をもっている。普通ならそれが知子でない証拠となり、「詫びを入れてくる」希望を抱かせるからだ。被害者知子は日常折々に思い出しては冤罪を晴らす手立てを考え、歯ぎしりして相手方を呪い、何か手記を残している。

どこからかの情報で、N子家では無言電話対策に、相手方の電話番号がディスプレイされる電話機に替えたという。そこから無言電話の主がわかる! あるいは今後の予防策になる! と思いきや、無言電話の主が〝公衆電話を使う〟という抜け穴があることに頭を悩ませているらしい。

冴子の病気と回想

胆石の手術

平成一二年（二〇〇〇年）三月八日、冴子から電話があった。冴子は七六歳になっていた。「一三日に胆石の手術をするが、事前に担当医から本人と家族に話があるので来てほしい」とのことだった。こんなときだけいやに低姿勢な猫なで声で、金銭の無心や保証人としての来院を頼んでくる。今までの電話や手紙による狂気の暴言を思い出すと、忌々しいことこのうえない。こういう事態がくることをどうして想定できないのか。

しかし、いつになく哀願されれば行かざるを得ないし、見殺しにもできまい。こんなときこそ「寿美子家に頼め」と皮肉りたくもなるが、寿美子に頼んでもそれは「実家の義務」と言って断固拒否されることがわかっているからだろう。それなのに、なぜ、ことごとく寿美子の尻馬に乗って実家に逆らってきたのか。なんたる不条理！　と博嗣は天を仰いだ。

わずか数日前には、「手術をするが、〝素寒貧《すかんぴん》〟なので一〇日（毎月の約束の日）まで何も言わず、すぐに送金してくれ」と一方的な調子で言ってきていた。実家から医療費分として月々二万円の送金があるのだから、いくらかの貯金はあるはずだ。嘘をついて病気を口実にお金をせびろうとしているのだろうか。

一体全体、七六歳になる老人の一人暮らしで毎月一〇万円以上何に使っているのか。周囲を見回してもそんな裕福な一人暮らしの老人はいない。潤沢な収入のある老人は過去に賢明な生き方をしてきた人たちで、人生の周到な生活設計の当然の報酬を老後に享受しているのだ。それを羨み、同じにと望むなど、とんでもない甘ちゃんと言うべしと、繰り言は尽きない。相手が同じ認識不足を繰り返すからだ。

ああだこうだ言っても、結局、〝改悛と謝罪〟を条件にすることを声高に要求して、遠路病院まで行くことに決めた。

無償の愛

〝ならぬ堪忍、するが堪忍〟と言うが、その度合いによっては〝ならぬ堪忍、堪忍ならぬ〟だ。〝宋襄《そうじょう》の仁〟（無益の情け）という諺だってある。人が聞いたら博嗣の方が「アホちゃうか」と言われそうな馬鹿がつくほど〝お人よし〟の話だ。

博嗣は、冴子の暴言に「やめた、知らん」と怒って、何もかも放り出したいと思うときがある。そして、「おまえはアホか」と自問することがある。しかし、人が困っていればできるだけ援助してやるのが人の道だ、兄弟姉妹なら猶《なお》のことだ、と気を取り直す。怒っても泣きそうになっても、援助を欠かしたことはない。博嗣も知子も他人に負けない位姉を思い、その気持を表す実践を継続している。決して、我利我利亡者や守銭奴ではないし、親切を恩に着せたり見返りを要求することもない。絶対に冷血漢なんかではない。

しかし、援助を受ける側が援助をする側に常習的に敵意を示す言葉を繰り返し、感謝の気持をもってくれないとすれば、どうしたらいいだろうか？　キリスト教徒なら「愛を惜しみなく与えよ」とか、「右の頬を打たれたら左の頬をも出せ」と言うだろうか？　現実には馴染まない話だ。だから、博嗣と知子は「きっと自分たちの好意は〝天〟に届いている。神が知り、神が本人に代わって『ありがとう』と言ってくれるに違いない」と思うことにしている。そして、博嗣も知子も自分たちが施される側ではなく、施す側にいて、健康面でも経済面でも善行を施すことができる状況にあることを神仏に感謝している。

久しぶりの再会

三月一〇日、病院に着いたのは午後二時四〇分頃だった。冴子は背を丸めて歯を磨いていた。後ろ姿が随分と痩せて見える。振り返り、弟を見つけた瞬間、弟に対する今までの仕打ちへの罪悪感と、依頼に応えて来てくれた寛大さへの謝意が混じったような複雑な笑みを浮かべ、小さな声で「すみません」と言った。

談話室で二人は久しぶりに対面した。まず、「無言電話でっちあげ事件」での知子への無礼千万な嫌疑、知子を呼び捨てにすること、知子には世話にならないというセリフ、知子が病みがちであることについての本人への暴言などについて、博嗣は冒頭から冴子を怒鳴りつけた。博嗣はこんなときとばかりに懸命に非を悟らせようとしたのだが、相手の加齢による難聴と、こちらの無理からぬ短気な物言いと、相手の反発的な眼差しに加え、周囲への気遣いもあって、もどかしさのみが先行し、われながら話すことに説得力がない。

冴子は近くを通る人たちに聞こえるのを恐れ、博嗣の大声をしかめっ面でなじる方が先で、自らの罪状を顧みることは二の次のように見えた。なにしろ院内の職員や患者たちに自分をよく見せたいという思いが強いのだ。それはいつもの虚栄心なのだが、そういう目で訪れた身内を監視し、世話を焼くのが常だ。

こんな俗物性をしばしば覗かせるのは凡俗な性《さが》だと言いたくなるが、本人は自分を異端者だとか変人だとか言って非凡な才能の持主であると自認し、それを支えに生きているような人間を気取っている。それがおかしくて、一層腹立たしさが増幅し、静かに反省させる環境が整わなかった。

博嗣の焦燥

明らかな悪行や非礼の事実にも、冴子から「悪かった」という一語を引き出すことができなかった。依頼の電話のときにそれらしき言葉が出たし、再会したときは「すみません」と言っていたが、それらは緊急時の泣落し手段かと言いたくなる。

今回も対座しているとき、激怒して思わず手持ちのバッグで冴子の頭を軽く一回叩いてしまった。冴子は血相を変えて、「先生に言いつける」と言って部屋を飛び出して行った。

博嗣は手術前の〝女性〟にすさまじい行為をしてしまって、弁明の余地なし、〝紳士の恥〟だと青くなった。しかし、釈明を許されるなら、冴子はまた時もあろうに知子を呼び捨てにしたのだ。知子に対する無礼を抗議しているまさにその場で、当の抗議者の神経を逆なでするような言葉を発したのだ。自らの裁きに情状酌量の余地を認めた所以《ゆえん》である。

冴子は先生に言いつけるはずもなかった。自分の恥をさらすことに等しいからだ。ちょうど婦長さんから呼出しがあり、書類に記入押印等をした後、担当医の手術に関する説明があった。

かまとと冴子

担当の〝先生〟は、内臓の略図を手書きしながら丁寧に説明してくれた。素人でも概略は承知している内容だったが、そのときの冴子のオーバーな頷きの連続がまことに気障りなのだ。説明を受ける際に一つ一つ了解の返事をするのは自然な反応であり、また礼儀にも適うことだが、わかり切ったことにも不自然に納得の応答をする冴子に、〝かまとと〟

的気取りを感じてしまう。もしかして本当にこんなに無知だったのかと思ってしまうのだが……。

しかも人生経験豊富で該博な知識をもっていると自負する博嗣が一応医者の前でかしこまって聞いているのを暗に指して「まったくの素人ですから、丁寧に説明してください」などと要らざることまで言うのである。こんなときは今までの数々の無神経な悪役ぶりが思い出されて、その同じ人間がこんなにも細かい〝配慮〟をすることが辻褄に合わず、どことなくうさん臭さを感じてしまうのだ。

博嗣には、まだ冴子について気に入らないことがある。〝すぐに人に惚れる〟のだ。確かに担当医は男らしくて紳士的な雰囲気を醸し出している。そして何よりすばらしい腕前で評判の高い外科医である。その先生に首ったけの口振りで褒めそやし目を輝かせて、そんな先生の執刀で手術を受けることをわが身の誇りのように語るのだ。「確かによい先生だ」と共鳴したら、「そうでしょう！　先生に言ってやるわ。きっと喜ぶわ！」と言って、幸せそうな表情をした。

普通の人は、執刀医に対してそんなことまで考えないだろう。惚れっぽいのか、人物批評が好きなのか。そういえば彼女が出会う人は褒められるか、貶《けな》されるかのどちらかである。中間はない。中間に区分けされる人は有象無象の屑と思われて頭から除外される。冴子は〝中庸の徳論〟を知らないのである。そして自分自身は棚上げするか、自分を上等のランクに置きたがるのである。

仮初《かりそめ》の情け

病気のとき、周りの知人たちがとても親切にしてくれたと、大いに感激している。それはよいが、初めて人情に触れたような言い草で、けちな思いかもしれないが、〝実家の親切〟は感じていないのか！　と博嗣は内心また頭にくる。冴子が県営住宅に引っ越したときに手伝いに行った寿美子夫婦への感謝と同じである。〝仮初の情け〟の方にことさらに感激するのだ。

冴子は団地の選挙管理委員をしているそうで、その職責によって自分の存在感をささやかに確かめているようだ。その委員会で知り合ったMさんという若い女性が、この入院についてて大層親切にしてくれたそうだ。こちらとしても感謝の一語につきるわけで、冴子に頼まれてお礼の電話をしておいた。なるほど、明るい屈託のない若い美声に真の優しさを耳で感じ取り、ついでに美しい容姿を想像したものだ。

ここまではよいのだが、親切を受けた当人が〝地獄で仏〟のような有り難がりようなので、怒って（怒らされて）ばかりいる実家は、〝地獄の鬼〟と思われるだろうと僻んでしまう。僻むのは狭量の表れでよくないとは思うが、何度も〝迷惑のかけっぱなし〟の相手の前で他人の親切をことさらに強調することは、普通はなんとなく控えるものだ。他人の心の機微を知り自我の言行を抑制するのは、人間本来の美徳であり特性の基本であるからだ。

小説家になる夢

前後する話だが、婦長さんに呼ばれて移動し、病室の前の廊下でしばらくベンチに座って待っていた。やや冷静さを取り戻したなかで黙っているわけにもいかず、話題を探した。傍に待合室のロビーがあり、大勢の患者がいたので、耳の遠くなった冴子と大声で話ができず、またまた苛ついた。

「文学があるから生きている」などと言っている。今まで幾つの作品を書いたのかと訊くと、四つだという。世に出るには金がいると悔しがる。「女流作家が続出しているじゃないか」と意地悪に言ったら、複雑な表情をした顔に焦燥感がにじみ出た。能力・天性の持合せをまたまた繰り返し論じたら、「死ねということか」とむしろ穏やかに返事が返ってきた。この究極の返答にはさすがに博嗣もたじろいだが、現実の厳しさに直面する冴子の真剣さに初めて触れた思いがして、その真実性を承認し共感し同情した。

「小説を書くことはまったく難しいことだ」と、博嗣の書いた紀行文などと比較して冴子は真剣に話した。それはもう博嗣も同感で、だから若いときから「夢の夢を追い求めるな」と忠告してきたのだ。

五〇余年前の忠告

冴子が三五歳を過ぎた頃、博嗣は冴子に長い手紙を書いた記憶がある。自分の夢を追って勝手気ままな生き方をしているが、将来に非常に不安を感ずるという内容だった。他家に嫁いだ姉たちは、はっきり言って〝知らんぷり〟できる立場だから、今のところ冴子に淡い期待のようなものだけを抱いている。母もどちらかといえば楽観的だ。しかし、博嗣は、冴子に何かあればその度に実家に負担がかかってくることが心配になってきたのだ。

無論どんな成功者でも始めから栄光に輝くわけではなく、最初はリスクへの挑戦であり、賭けであり、生きるか死ぬかの冒険である。そして何よりもその夢の実現を阻む能力の壁がある。そのハードルをクリアできて初めて夢が実現するのだ。わが姉冴子もその道中にあるのだという漠然とした理解はあったし、一回だけの人生、希望に向かって邁進する姿勢は肯定したが、その見込みについては弟として厳しい判定を下していた。

だから、「早く身を固めろ」と忠告したのだ。結果論ではなく、ほとんど確実に〝困った事態になる〟ことがその時点でわかっていたといえる。実際、あれから五〇余年を経た現在まで、心配していた通りの結果になっている。そして、当人はまだ夢を追うこと、自称〝文学する〟ことだけを生き甲斐とするしかないのだ。

実家への甘え

普通、厳しい社会生活の中で夢を追い求めるだけじゃ生活していけないこと位、小学生だって知っている。冴子だって糧を得るために長年苦労してきただろうし、むしろその苦労が文学活動のネタになるという計算があったのではないか。

しかし、困ったときには実家があったし、現に父も存命中は何回か泣きつかれて退職後のなけなしの金を送っている。これは上京時の約束である「実家の世話にはならない」ことに反する。当惑した父が「最後だ」という条件付きで送金したことや、〝勘当〟という語を使ったことも博嗣は記憶している。

そんな〝実家への甘え〟が両親の死後も続いて四〇年以上が経過し、なお旧態依然として〝文学〟は実らないのである。加えて数々の傍若無人ぶりは何をか況《いわ》んやである。

あこがれの林芙美子

冴子には「デビュー前の作家は、貧乏がつきものだ。その多くが身内に多大な迷惑をかけたものだ」という観念があって、それを自分に重ねてきた。「自分ばかりではない、いつかは願いをかなえて罪滅ぼしをするから」という思いが根底にあった。

必ず故郷に錦を飾るという野望を抱き、その日の到来を自分でほとんど確信していた。そういう過去の著名作家の多難な人生行路を美化し、憧れ、それと同じ道程にあえて自分を置き、同じ到達点に至った自分の栄光の虚像に陶酔するあまり、自分の実像を見失ってしまった、と思われる。有り体にいえば、自分を林芙美子や平林たい子と同列に置く大錯覚を起こしてしまったのだ。

林芙美子は単身上京し、職業を転々として、筆舌に尽くしがたい苦難を重ねながら、合間に書き貯めた日記、『放浪記』によって世に出た。人口に膾炙した林芙美子はなかんずく冴子のアイドルであって、似ている道を自ら選んだと思われる。もしかしたら滑稽にも、同じ経験をしたなら自分も同じ結果を得られるという大誤算をしていたのかもしれない。

夢の挫折と軌道修正

若い頃の大それた夢は大抵途中で挫折し、自分の力の限界を悟り、自分の能力・適性をより正しく把握するようになり、現実的な職業選択をしていく。それとて意のままにならない現世なのだが、それが賢者の選ぶ普通の賢明な生き方なのだ。賢者ほどその軌道修正は速いし、また新たな道で成功を収める確率が高いといえる。

知子が嫁ぐとき、知子の親は冴子の存在を〝風の便り〟で知り、行く末を心配して間接に当家に確認したそうだ。父は「あれは勘当したから」とか、「本人は意地があるから生家に迷惑をかけるようなことをしない」などと、冴子は居ないに等しいことを確約したそうだ。話がやや古色蒼然としているが、今から六〇年以上前の〝見合い結婚〟だから、親は格別娘の嫁ぎ先の諸事情を事前に〝調べた〟ものだ。

そういった経緯のあるなかで、数年後に冴子は結核療養で実家に帰省し滞在したり、送金を無心するようになったりし始めた。知子は当然のことに「約束が違う」と思ったろうし、その後の冴子と寿美子の共闘による弟いじめとも嫁いびりともいえる状況には深く傷つき、心を病んだ。本当にかわいそうだったと、博嗣はすまない思いでいっぱいだ。だから、定年になってからは、家事の多くを博嗣がやっている。博嗣にとって掃除や洗濯をしたり、献立を考えることは楽しいことだし、これが知子に対する精一杯の償いだと思っている。

またまた冴子の無心

八月の終り頃に、またまた長野の冴子から金を無心する便りが届いた。言いたい放題を九枚も書きなぐっている。博嗣は心臓がバクバク鳴って、異常をきたすのがわかる。知子への影響が心配なのが加わって胃も痛む。

借金証文や質札を同封してある。合計一〇万円弱。何に使ったのかの説明はない。ただ「命にかかわるから助けてほしい」と最後に記してある。オーバーな憐れみを乞う言回しと、それとは相反する博嗣夫妻を侮辱する文言は相も変わらずだ。胆石の手術前と何ら変わらない。手紙には、知子に無言電話の嫌疑をかけたことなど一切触れていない。つまり〝詫び〟の一言もないのだ。

病院で同席したときあんなに説明したのに、まだ〝思い込み〟は続いているのか、幾分でも己が愚挙に気づいてくれたか、それらはまったく不明。肝心な重大無礼を棚に上げて「金を送ってくれ」という。その神経の粗雑さにただただ呆れるばかりだ。

博嗣は手紙を知子に見せた。手に取った知子の神経はかえって活性化し、文面を熟読した。その非常識と筋違いの場当たり的思考に、またまた驚いている。博嗣は即刻断りの手紙を書こうと決めた。

博嗣の返事は当然、「寿美子と連名で詫びをいれろ！　さもなくば、こんな援助はできない」であった。「月に七万円の送金を怠ったことはない。送金は七万円が限度。その送金に感謝し、その枠内（年金を合わせて一〇万円以上）で生活しろ」と書いた。実際働かずして気楽な生活ができる金額なのだ。何の借金をしたというのか。甘えるのもいい加減にしろ！　騙してお金を巻き上げるようなマネはやめろ！　こちらは冴子に振り回されるようなことは何もしていないのだ！

その後、三か月近く経っても音沙汰がない。〝命にかかわる金〟を送らないのに、無事でいるらしい。かくも出まかせの言葉をそのときの都合に合わせて使い、それを端から忘れていくいい加減さ！　こんなことを何十年も繰り返しているのだ。もう、そろそろ心静かに平穏な老後を送ってほしい。博嗣は八百万《やおよろず》の神に祈るばかりだ。

姉たちのその後

音信の途絶えた寿美子

寿美子は三〇〇万円で故郷と実家を捨てたのだろうか。母の五〇日祭以来、実家に足を向けることはないし、電話をよこすこともない。寿美子は家族ぐるみで、実家と一切の交流を絶っている。

博嗣は、形式的かもしれないが、義理や世間的な礼は尽くしてきたつもりだ。また、いつか千恵子の夫（義兄）の法事で会ったとき、「こんなんじゃいけないなあ……」と話しかけて和解の糸口を探ってみた。そのとき、寿美子は「知子おばちゃんは大丈夫？」と言いながら、口元に歪んだ冷笑を返してきただけだ。博嗣は〝取り付く島もない〟寿美子の態度に失望したし、その言葉の意味を解しかねた。その後、形式的な言葉のキャッチボールも続かず、歩み寄りの試みは不成功に終わった。もはや万策つきた感。博嗣の心はどうしようもなく空虚だ。

寿美子は実家に対すると同様、千恵子とも距離をおいている。千恵子が街で寿美子の夫に出会っても、片言の挨拶をする程度だとのことだ。万事休す！　おそらく〝実家に関わる様々な思い〟と完全に決別したいのであろう。

強情な寿美子は「私は百歳まで生きる」と常々言っていた。音信が途絶えているので寿美子の様子はまったく不明である。しかし、新聞の「お悔やみ欄」にはまだ出ていないから、きっと存命なのだと推測している。

冴子の最期

平成一九年（二〇〇七年）七月一三日未明、博嗣はけたたましく鳴る電話の音で目を覚ました。時計は午前二時を指している。「今頃誰だろう」と不審に思いながら居間に行き、恐る恐る受話器を取り上げた。

久しく電話のなかった冴子が、「もしもし」といつになく沈んだ声を出している。続けて「夜中に具合が悪くなったので、救急車を呼んで今さっき病院に入院した」と言うのだ。博嗣は病院の住所などを聞き、「近々、見舞に行くから」と言って、電話を切った。騒がしさに気づいた知子も居間に入ってきた。

二人は「一人で救急車を呼んだとは……。さすが気丈な姉さんだ」と感心し、「自分で救急車を呼んだのだったら、大したことはないだろう」と勝手に憶測して、動転する気持を落ち着かせた。そして、「ともかく夜が明けるのを待って千恵子姉さんに連絡しよう」ということになった。再びベッドに戻ったが、寝つかれず、いつも騒々しい冴子とは思えない妙に落ち着きはらった声が気になっていた。結局眠ることができず、博嗣は空が白々と明るくなる四時前に床を離れて、縁側に腰かけて坪庭を眺めた。

千恵子に連絡すると、博嗣の話を聞くや否や、「今日にも行こう。タクシー代は私がもつから」と言った。千恵子は同居している長男の嫁さんと一緒にタクシーで実家に寄り、博嗣・知子夫妻を拾って、須坂の病院へ向かった。皆、気ぜわしい思いからか、口数は少なく、緑が一段と濃くなった窓外の景色に関心を示すこともなかった。

病床の冴子は、かなり痩せたように思えたが、割合と元気な様子だった。「お揃いで来てくれ、ありがとう」と素直に喜び、「県営住宅の町会の世話役をしている」とか、「選挙管理委員をしている」とか、散歩の折に寄る近所の公園には「大勢のお友だちがいて親しくお話をしている」とか、細々した近況を静かに話した。

医者からは〝肺がん〟と聞かされたが、「すぐにどうこうはなかろう」とのニュアンスを得たので、皆、ほっと一安心してタクシーで帰途についた。

それから二日後、冴子は八二歳の生涯を閉じた。「苦しんだ様子もなく一人静かに眠っていた」と、病院から聞かされた。博嗣と知子は病院に出かけ、遺体を引き取り、お骨にして実家に戻った。冴子の骨は小川家代々の墓地に埋葬されて土饅頭となり、卒塔婆が立てられた。

お参りに来た千恵子は、「静かになっちゃったねー」と言いながら長い間手を合わせていた。その直後のこと、「これ、これ」と小声でつぶやきながら、突いて歩いてきた杖で土饅頭の山を二度三度と突いた。同行してきた博嗣はこの千恵子の行為に仰天したが、千恵子がどれだけ妹の身を案じてきたのかと、その思いの深さに心を打たれた。

冴子の家の後片付けには、博嗣、知子、娘の愛子が一〇回以上通った。本人にも死の予感はなかったのか、炊いたままのご飯が電気釜に残っていたり、おかずの煮物が残る皿がテーブルに並べてあったりして、それは見た者の哀れを誘う情景だった。しかし、部屋を見回すと、玄関には何足ものハイヒールなどの靴箱が積まれ、箪笥にはドレスや着物が詰まっていて、箪笥の上には宝飾品が置かれていた。サファイアの指輪は月賦で買ったらしく、五〇万円ものローンの支払いが残る契約書が机の引出しに入っていた。

博嗣は家に入って一度は冴子の最期を哀れに思ったものの、高価そうな身の回りの品々を目にした途端、忘れていた怒りがむらむらと込み上げてきた。知子も同じ思いだったらしく、何から片づけたらよいのかボーっと思案して、行動を起こすまでに長い時間を必要とした。

荷物の多くは実家に引き取ったが、それを見ると、またまた博嗣は「先祖に見てもらってる」なんて言って実家からお金をせびりながら、それがこんな身を飾る品に化けていたかと思うと、何ともやりきれない気持になった。

死人に対して「憎たらしい」なんて気持を抱くことは自身の品位を落とすことだと恥ずかしく思いながらも、その思いを打ち消すことができなかった。しかし他方で、「やっぱり、かわいそう」という気持も湧き上がった。「人間は希望がなければ生きられない。生きるには支えがいる」「結局冴子姉さんは分不相応な高級品を身につけることによって、生きる希望を得ていたのだろう」と考えるに至った。

博嗣には今でも屁理屈をこねてお金をせびり取られた口惜しさが残っているものの、一時は意気軒高だった冴子の晩年の寂しさを思うと、〝憎たらしさ〟と〝可哀そう〟の気持が交錯して心が乱れた。

千恵子と恵子の最期

裕福な商家に嫁いだ千恵子は、お金で苦労することはなかった。しかし、嫁いだ当初は厳格な姑が家を取り仕切っていて、何事も自由にならず、戦争中に疎開したまま居ついた小姑一家も同居していたから、そんな家族間の人間関係では随分と苦労があったようだ。ただ、千恵子の夫は妻を気遣って優しく接してくれたので、千恵子は苦労に耐えることができた。夫に次いで長男に先立たれるといった不幸にも遭ったが、長男の嫁とは良好な関係を保ち、孫たちに「おばあちゃん、おばあちゃん」と慕われて、穏やかな晩年を過ごした。

その千恵子が亡くなったのは、冴子の死の翌秋だった。入浴中に心臓麻痺を起こしたらしい。日頃から熱い湯が好きだったから、寒い外気から熱い湯船に入ったことが、心臓麻痺を起こした原因のようだ。病院に運ばれたが、二度と目覚めることはなかった。突然のことだったから皆びっくりしたが、眠るような死というのは〝幸福な死〟と言うべきだろう。八九歳の生涯だった。

千葉の恵子は物静かで、絵を描くことが好きな少女だった。今も実家に残る子ども時代に描いた絵は、絵画コンクールで優秀賞を貰ったものだ。恵子は子どもの頃から病弱だったが、女学校を出て銀行勤めをし、平凡なサラリーマンに嫁ぎ、平和な家庭生活を送っていた。恵子は遠方に嫁いだこともあり、実家の騒動では積極的にどちらかに加担することはなく、〝病弱〟を理由に中立を保っていた。八〇歳前後から認知症になり、長く介護施設に入っていたが、今年（二〇二一年）老衰で亡くなった。九三歳だった。

エピローグ

『小川家の人々』は小川家の姉妹弟、特に冴子と寿美子の二人と実家を継いだ博嗣・知子夫妻を巡るドキュメントにもとづく。〝仲良きことは美しき哉〟とは縁遠い醜悪な姉妹弟間の喧嘩の話であるが、その底流には〝家〟の観念が横たわっている。だから、喧嘩は個人間の争いというよりは、〝家〟を巡る騒動と捉えることができる。換言すると、〝家〟を中核とする、利己心と他人愛との間で揺れる姉妹弟間の感情のもつれが喧嘩の原因であると考えられる。

核家族となった今日では考え難いことだが、一昔前まで、個人は〝家〟という制約のなかで捉えられていたし、家長となった者は家を維持・継続・発展させ、家族全員の面倒を見ることが義務づけられていた。そんな〝家〟の観念が残る小川家の姉妹弟間の憎悪やジェラシーそして姉妹弟愛などが、ここでの主題である。〝家〟の観念が消失されれば、冴子のように甘えたり、寿美子のように憎んだりする対象としての〝家〟の観念はなくなるだろう。博嗣も、家庭外の姉たちまで大家族として包摂する気遣いをしなくてよくなる。知子はなおさらのこと、いわれなき〝いじめ〟を最初から受けなくて済む。ただ、何があっても最後に頼るは実家という一昔前の〝家〟の観念は、昔の話としてだけでは割り切れない家族愛の神髄を考えることに繋がる。

喧嘩は両成敗と言われるように、大方は裁かれるべき要因が双方にある。したがって、相手ばかりを批判し憎んだりする自分を抑え、顧み、相手の立場に自分を置き換える心の余裕や互譲の精神、理性や客観的思考、思い遣り等の持合せが必要だ。それらは社会の潤滑油であり、人間の誇れる特殊な資質であり、平和や共存の持続を約す……なんて理屈は誰でも知っているが、その実践は容易ではない。それは、あらゆる種類の紛争がこの世に絶えないことが証明している。だったら話し合えばよいというが、話し合いに至るまでの土壌作りに骨が折れる。決別するより、仲良くすることの方がはるかに難しい。特に〝家〟のもめごとは近親であるが故に愛憎が交錯し、一旦もつれた糸は簡単にほぐすことができない。

ここでは博嗣の立場からみた〝小川家の人々〟について著した。だが、冴子や寿美子にもそれぞれに言い分があり、彼女たちの言い分が十分に汲み取られ反映されているかどうかは疑問だ。もしも彼女たちが自分の立場からこの姉妹弟の問題に取り組んだら、まったく別の観点から語られることになるだろう。どうであれ、博嗣は書き残したことでカタルシス効果だけはあったと内心喜んでいる。

ただ一つの心残りは、今は亡き両親に対する哀切の情である。「子どもたち仲良く！」というのは昔も今も変わらない家族間の思い遣りと支え合いの結実であって、それを望まない親はいない。しかし、兄弟姉妹であってもそれぞれに個性があり、性格は異なる。冴子はまるで〝フーテンの寅さん〟のように天真爛漫な愛すべき人物であったかもしれないし、寿美子は一代で大企業を起こすような類まれな経営手腕を発揮する才能をもっていたかもしれない。博嗣は、姉妹弟が良好な関係を続けられなかったことを残念に思い、また家長としての務めが不十分であったのではないかと恐縮し、両親に申し訳ないという思いがいつも影のように付きまとっている。この小説を著した動機は両親への謝罪が原点にあったと思う。

最後に、小川家に嫁いだが故に姉妹弟の諍いに理不尽にも巻き込まれてしまった妻知子に衷心から詫びるとともに、いわれなきいじめの実態を公表したことで無念を晴らしてもらい、残る人生の一日一日を支え合って生きたいと願っている。

二〇二一年三月吉日

やがて花でいっぱいになる春まだ浅い清明の安曇野にて

小川 博嗣
小梨沢 優

著者プロフィール

原作：**小川 博嗣**（おがわ ひろつぐ）

昭和６年（1931年）、安曇野（旧三郷村）に生まれる。
昭和30年（1955年）から中学校の教師として教壇に立ち、教え子の多くと現在まで交流が続いている。編著者の小梨沢優もその一人である。

編著：**小梨沢 優**（こなしざわ ゆう）

昭和23年（1948年）松本市生まれ。本名は宮守代利子。
令和元年（2019年）に社会科学博士（早稲田大学8242号）となる。
著書に『景観共同体としての地域―里山景観を持続させる権利』（晃洋書房）がある。

小川家の人々

2021年12月15日　初版第１刷発行

原　作　小川 博嗣
編　著　小梨沢 優
発行者　瓜谷 綱延
発行所　株式会社文芸社
〒160-0022 東京都新宿区新宿１－10－１
電話 03-5369-3060（代表）
03-5369-2299（販売）

印刷所　株式会社フクイン

ISBN978-4-286-23175-4

かわいいに出会える旅

オランダへ

最新版

福島有紀

はじめに

オランダと聞いてなにを思い浮かべますか？ 風車、チューリップ、木靴、チーズ……。ほとんどの日本人はこれくらいではないかと思います。水面よりも低い土地ポルダーがあって、スケートやサッカーが強くて、鎖国時代にもオランダとは国交があって……まで知っていたらオランダマニア。オランダに住みはじめて13年、今ではもっとたくさんあげることができます。たとえば ――


ジャガイモ、ビール、牛乳の消費量がものすごい。

オランダ人は世界でいちばん背が高い。

子どもの幸福度ランキングが1位。

なにもかもが自由。すべて自己責任。

山のない平らな土地を、自転車でどこまでも行ってしまう。

太陽と花が好き。休日は外で過ごすのが基本と、ワイルド。

家族との時間をなによりも大切にしている。


そのなかでもとくに大好きな一面は、古いものを大切にする保守的な部分と、新しいものをどんどん取り入れていく革新的な部分がとてもバランスよく成り立っているところ。斬新な色使い、デザインだけれど昔ながらの使いやすさ、親しみやすさが融合している――。それがモノだけでなく社会や文化にまで根づいているのはさすが！と感心します。


本書はそんなオランダを紹介したい気持ちで書いた本の最新版です。刻々と変化を遂げているアムステルダムを中心に、最新のスポットを集めました。

「ダッチデザインに触れられるところは？」

「買いものが楽しめるスポットは？」

と、友人にたずねられたらぜひ連れて行きたいところばかりです。

みなさんのアムステルダムの街歩きのお供に役立てていただければ幸いです。

Goede reis!
（いい旅を！）

Inhoudsopgave 目次

オランダ各地へ

※本書掲載のデータは2020年10月現在のものです。店舗の移転、閉店、価格改定などにより実際と異なる場合があります。また、予告なく休業する場合があります

※2020年10月現在、新型コロナウイルスの影響により、オランダのミュージアムはチケットや観光パスの有無にかかわらず、オンラインでの入館時間の予約が必要です。詳細は各施設のサイトでご確認ください

※本書では基本的に、通常の営業時間や定休日を記載していますが、新型コロナウイルスの影響等により、変更される可能性があります。各施設のサイトで最新情報の確認をおすすめします

※「無休」と記載している店舗でも、一部の祝祭日は休業する場合があります

※本書掲載の電話番号はすべて現地の電話番号です。オランダの国番号は「31」です

NEDERLAND

正式国名	オランダ王国 Koninkrijk der Nederlanden
面積	41864㎢(九州とほぼ同じ)
首都	アムステルダム
人口	約1741万人(2020年)
政治体制	立憲君主制、EU(欧州連合)加盟
宗教	キリスト教(カトリック28%、プロテスタント19%)、イスラム教(6%)、無宗教・その他(47%)
言語	オランダ語、フリースランド語(北部の一部地域)。全土にわたって英語がよく通じる
通貨	ユーロ(€) 1ユーロ=123円(2020年10月現在)
日本との時差	8時間。3月最終日曜から10月最終日曜まではサマータイムで7時間

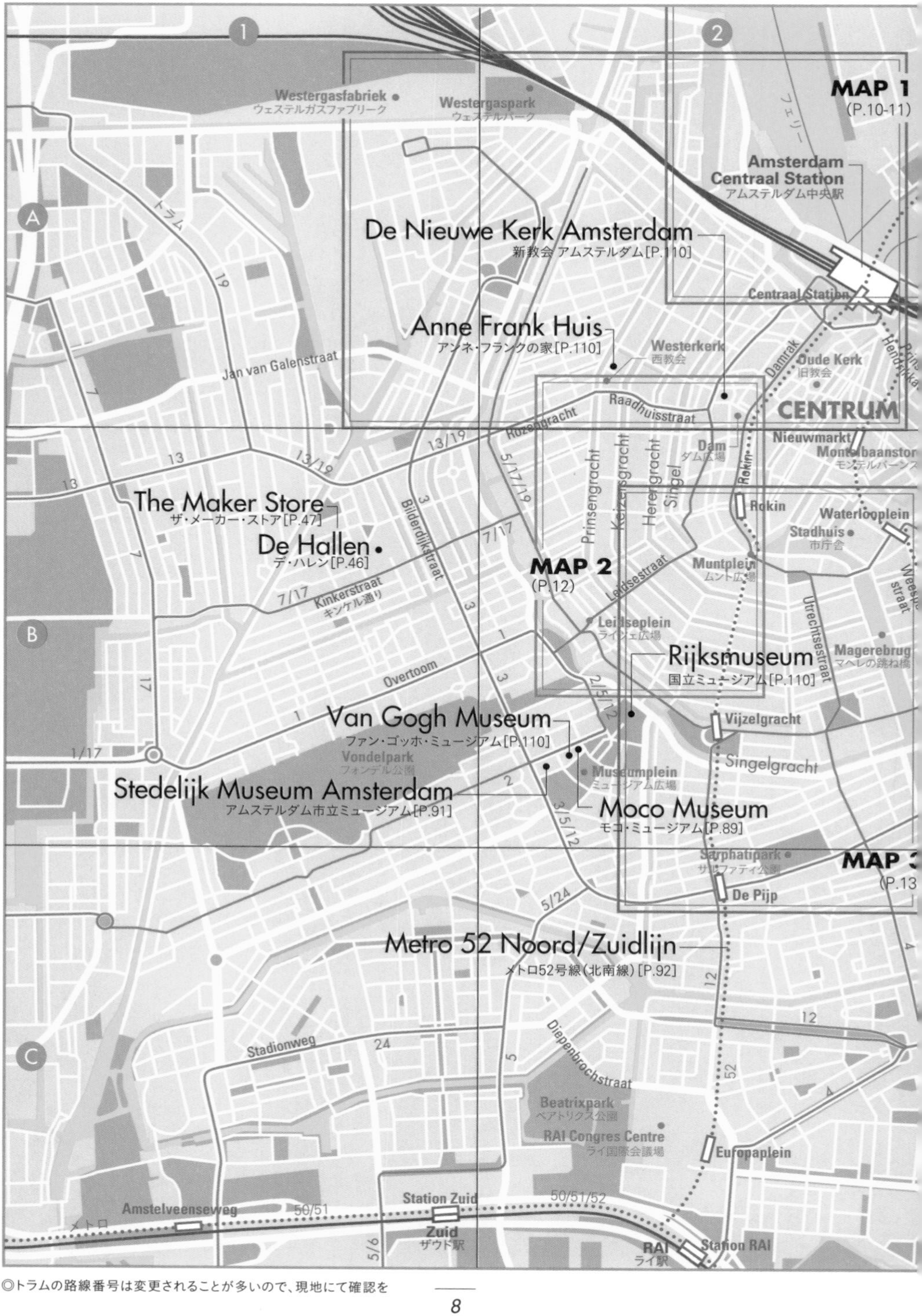

◎トラムの路線番号は変更されることが多いので、現地にて確認を

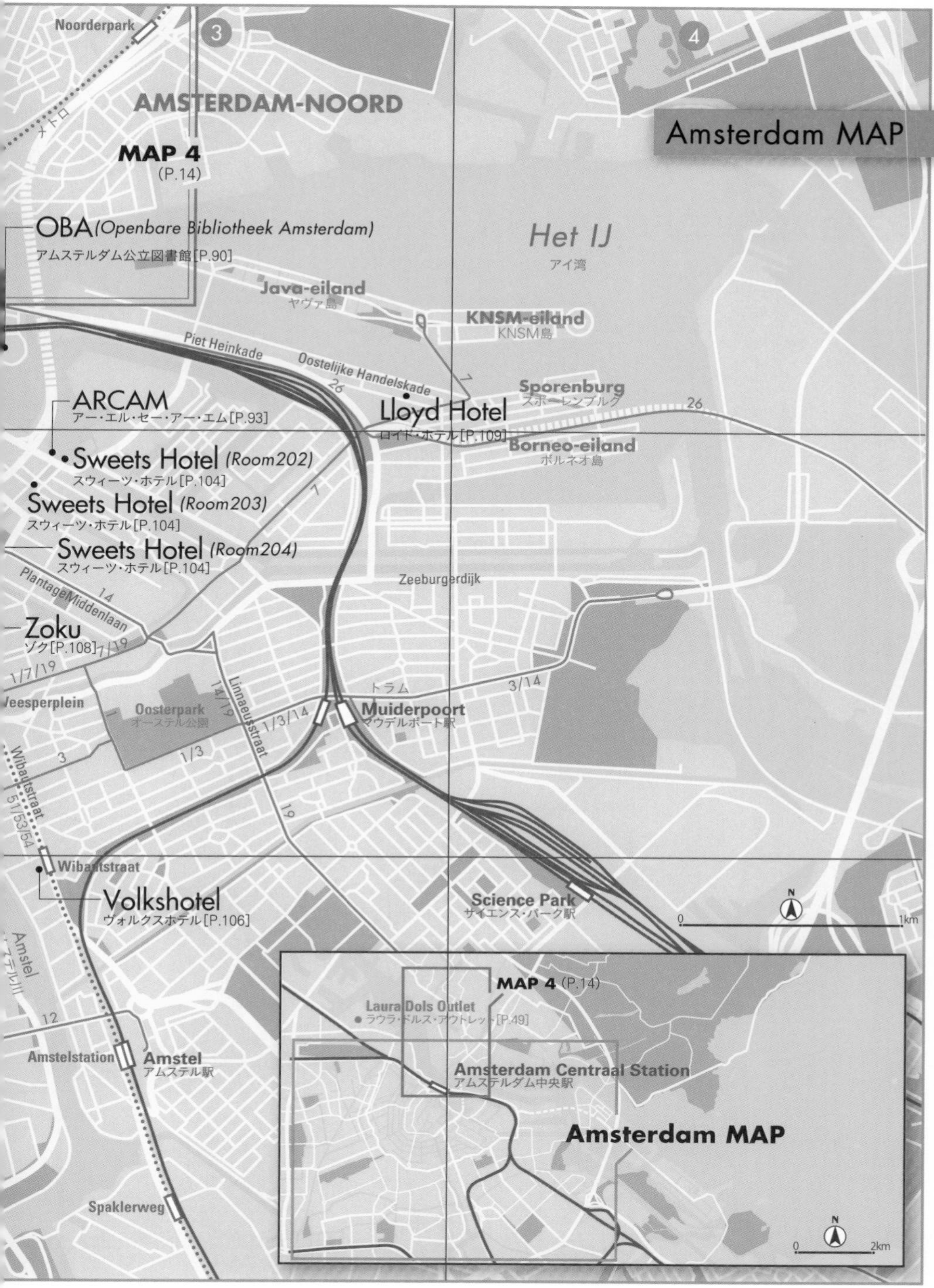

Noorderpark
AMSTERDAM-NOORD
MAP 4
(P.14)
OBA (Openbare Bibliotheek Amsterdam)
アムステルダム公立図書館[P.90]
Het IJ
アイ湾
Java-eiland
ヤヴァ島
KNSM-eiland
KNSM島
Piet Heinkade
Oostelijke Handelskade
Sporenburg
スポーレンブルグ
ARCAM
アー・エル・セー・アー・エム[P.93]
Lloyd Hotel
ロイド・ホテル[P.109]
Borneo-eiland
ボルネオ島
Sweets Hotel (Room202)
スウィーツ・ホテル[P.104]
Sweets Hotel (Room203)
スウィーツ・ホテル[P.104]
Sweets Hotel (Room204)
スウィーツ・ホテル[P.104]
Plantage Middenlaan
Zeeburgerdijk
Zoku
ゾク[P.108]
Weesperplein
Oosterpark
オーステル公園
Linnaeusstraat
トラム
Muiderpoort
マウデルポート駅
Wibautstraat
Volkshotel
ヴォルクスホテル[P.106]
Science Park
サイエンス・パーク駅
Amstel
Amstelstation
Amstel
アムステル駅
Spaklerweg
MAP 4 (P.14)
Laura Dols Outlet
ラウラ・ドルス・アウトレット[P.49]
Amsterdam Centraal Station
アムステルダム中央駅
Amsterdam MAP

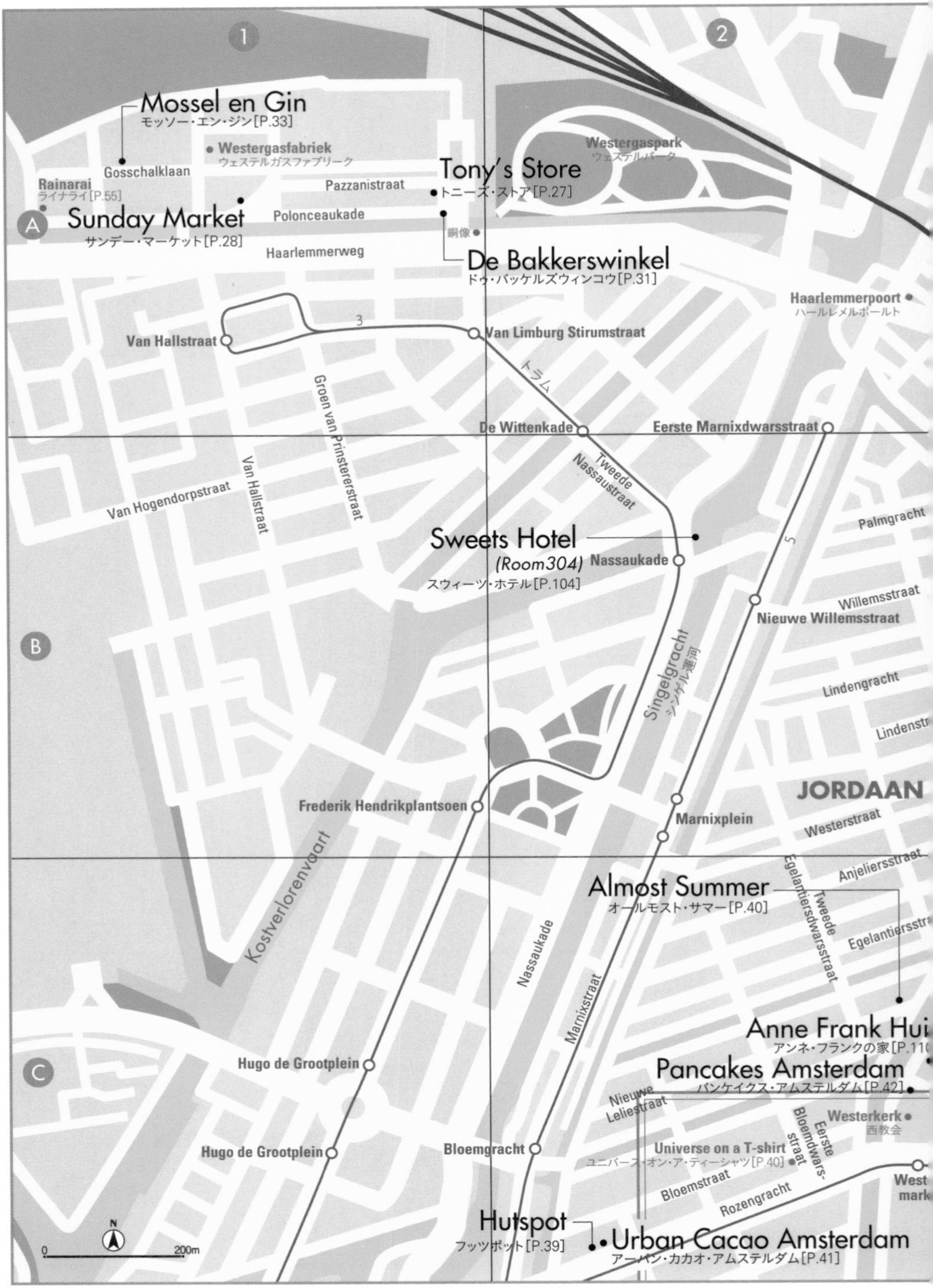
1
2
A
B
C
Mossel en Gin
モッソー・エン・ジン[P.33]
Westergasfabriek
ウェステルガスファブリーク
Gosschalklaan
Rainarai
ライナライ[P.55]
Sunday Market
サンデー・マーケット[P.28]
Pazzanistraat
Polonceaukade
Haarlemmerweg
Tony's Store
トニーズ・ストア[P.27]
銅像
De Bakkerswinkel
ドゥ・バッケルズウィンコウ[P.31]
Westergaspark
ウェステルパーク
Haarlemmerpoort
ハールレメルポールト
3
Van Hallstraat
Van Limburg Stirumstraat
トラム
Groen van Prinstererstraat
De Wittenkade
Eerste Marnixdwarsstraat
Tweede Nassaustraat
Van Hogendorpstraat
Van Hallstraat
Sweets Hotel
(Room304)
スウィーツ・ホテル[P.104]
Nassaukade
5
Palmgracht
Willemsstraat
Nieuwe Willemsstraat
Singelgracht
シンゲル運河
Lindengracht
Lindenstr
JORDAAN
Frederik Hendrikplantsoen
Marnixplein
Westerstraat
Kostverlorenvaart
Anjeliersstraat
Almost Summer
オールモスト・サマー[P.40]
Eglantiersdwarsstraat
Tweede
Egelantiersstr
Nassaukade
Marnixstraat
Anne Frank Hui
アンネ・フランクの家[P.11
Hugo de Grootplein
Pancakes Amsterdam
パンケイクス・アムステルダム[P.42]
Nieuwe Leliestraat
Eerste Bloemdwarsstraat
Westerkerk
西教会
Hugo de Grootplein
Bloemgracht
Universe on a T-shirt
ユニバース・オン・ア・ティーシャツ[P.40]
Bloemstraat
Rozengracht
West mark
N
0
200m
Hutspot
フッツポット[P.39]
Urban Cacao Amsterdam
アーバン・カカオ・アムステルダム[P.41]

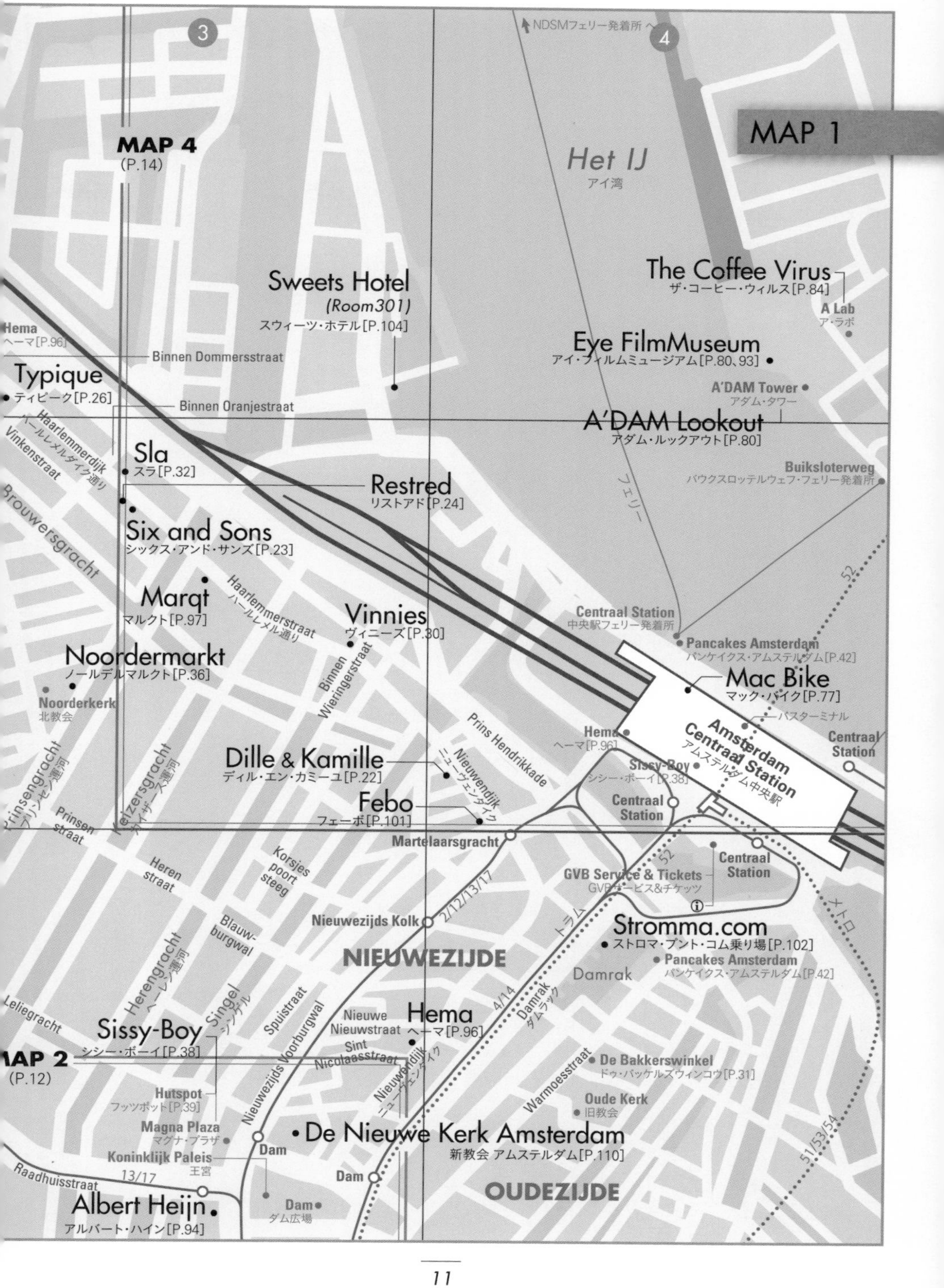
MAP 1
3
4
NDSMフェリー発着所へ
MAP 4
(P.14)
Het IJ
アイ湾
The Coffee Virus
ザ・コーヒー・ウィルス[P.84]
A Lab
ア・ラボ
Sweets Hotel
(Room301)
スウィーツ・ホテル[P.104]
Hema
ヘーマ[P.96]
Binnen Dommersstraat
Typique
ティピーク[P.26]
Binnen Oranjestraat
Eye FilmMuseum
アイ・フィルムミュージアム[P.80、93]
A'DAM Tower
アダム・タワー
A'DAM Lookout
アダム・ルックアウト[P.80]
Haarlemmerdijk
ハールレメルダイク通り
Vinkenstraat
Brouwersgracht
Sla
スラ[P.32]
Restred
リストアド[P.24]
Buiksloterweg
バウクスロッテルウェフ・フェリー発着所
フェリー
Six and Sons
シックス・アンド・サンズ[P.23]
Marqt
マルクト[P.97]
Haarlemmerstraat
ハールレメル通り
Vinnies
ヴィニーズ[P.30]
Centraal Station
中央駅フェリー発着所
52
Noordermarkt
ノールデルマルクト[P.36]
Pancakes Amsterdam
パンケイクス・アムステルダム[P.42]
Noorderkerk
北教会
Binnen Wieringerstraat
Mac Bike
マック・バイク[P.77]
バスターミナル
Prins Hendrikkade
Hema
ヘーマ[P.96]
Amsterdam Centraal Station
アムステルダム中央駅
Centraal Station
Prinsengracht
プリンセン運河
Keizersgracht
カイザース運河
Dille & Kamille
ディル・エン・カミーユ[P.22]
Nieuwendijk
ニューウェンダイク
Sissy-Boy
シシー・ボーイ[P.38]
Centraal Station
Prinsen straat
Febo
フェーボ[P.101]
Martelaarsgracht
Centraal Station
Heren straat
Korsjes poort steeg
GVB Service & Tickets
GVBサービス&チケッツ
2/12/13/17
52
トラム
メトロ
Blauw-burgwal
Nieuwezijds Kolk
Stromma.com
ストロマ・プント・コム乗り場[P.102]
NIEUWEZIJDE
Pancakes Amsterdam
パンケイクス・アムステルダム[P.42]
Damrak
Herengracht
ヘーレン運河
Singel
シンゲル
Spuistraat
Nieuwe Nieuwstraat
Hema
ヘーマ[P.96]
4/14
Damrak
ダムラック
Leliegracht
Sissy-Boy
シシー・ボーイ[P.38]
MAP 2
(P.12)
Sint Nicolaasstraat
Nieuwezijds Voorburgwal
Nieuwendijk
ニューウェンダイク
Warmoesstraat
De Bakkerswinkel
ドゥ・バッケルズウィンコウ[P.31]
Hutspot
フッツポット[P.39]
Oude Kerk
旧教会
Magna Plaza
マグナ・プラザ
De Nieuwe Kerk Amsterdam
新教会 アムステルダム[P.110]
Dam
Koninklijk Paleis
王宮
51/53/54
Raadhuisstraat
13/17
Dam
OUDEZIJDE
Albert Heijn
アルバート・ハイン[P.94]
Dam
ダム広場

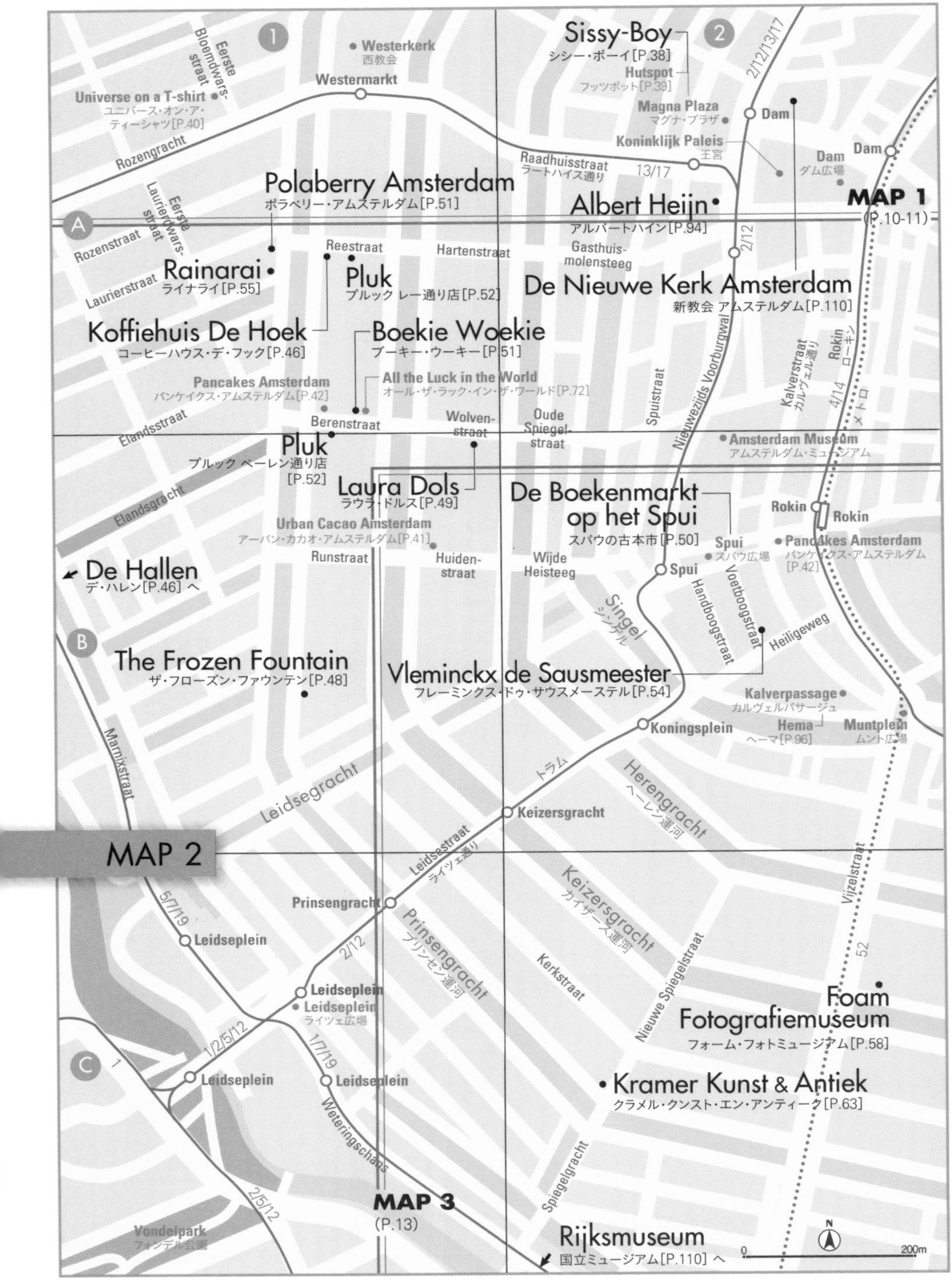

MAP 2
1
2
A
B
C
Eerste Bloemdwarsstraat
Westerkerk
西教会
Westermarkt
Universe on a T-shirt
ユニバース・オン・ア・ティーシャツ[P.40]
Rozengracht
Sissy-Boy
シシー・ボーイ[P.38]
Hutspot
フッツポット[P.39]
Magna Plaza
マグナ・プラザ
Koninklijk Paleis
王宮
2/12/13/17
Dam
Dam
Dam
ダム広場
Raadhuisstraat
ラートハイス通り
13/17
Polaberry Amsterdam
ポラベリー・アムステルダム[P.51]
Albert Heijn
アルバートハイン[P.94]
MAP 1
(P.10-11)
Eerste Laurierdwarsstraat
Rozenstraat
Reestraat
Hartenstraat
Gasthuis-molensteeg
2/12
Rainarai
ライナライ[P.55]
Lauriersstraat
Pluk
プルック レー通り店[P.52]
De Nieuwe Kerk Amsterdam
新教会 アムステルダム[P.110]
Koffiehuis De Hoek
コーヒーハウス・デ・フック[P.46]
Boekie Woekie
ブーキー・ウーキー[P.51]
All the Luck in the World
オール・ザ・ラック・イン・ザ・ワールド[P.72]
Pancakes Amsterdam
パンケイクス・アムステルダム[P.42]
Kalverstraat
カルヴェル通り
Rokin
ローキン
4/14
メトロ
Spuistraat
Nieuwezijds Voorburgwal
Elandsstraat
Berenstraat
Wolven-straat
Oude Spiegel-straat
Amsterdam Museum
アムステルダム・ミュージアム
Pluk
プルック ベーレン通り店
[P.52]
Laura Dols
ラウラ・ドルス[P.49]
De Boekenmarkt op het Spui
スパウの古本市[P.50]
Elandsgracht
Urban Cacao Amsterdam
アーバン・カカオ・アムステルダム[P.41]
Rokin
Rokin
Spui
スパウ広場
Pancakes Amsterdam
パンケイクス・アムステルダム
[P.42]
De Hallen
デ・ハレン[P.46] へ
Runstraat
Huiden-straat
Wijde Heisteeg
Spui
Handboogstraat
Voetboogstraat
Singel
シンゲル
Heiligeweg
The Frozen Fountain
ザ・フローズン・ファウンテン[P.48]
Vleminckx de Sausmeester
フレーミンクス・ドゥ・サウスメーステル[P.54]
Kalverpassage
カルヴェルパサージュ
Hema
ヘーマ[P.96]
Muntplein
ムント広場
Koningsplein
Marnixstraat
トラム
Herengracht
ヘーレン運河
Leidsegracht
Keizersgracht
Leidsestraat
ライツェ通り
Keizersgracht
カイザース運河
Vijzelstraat
5/7/19
Prinsengracht
Prinsengracht
プリンセン運河
Leidseplein
2/12
Kerkstraat
Nieuwe Spiegelstraat
52
Leidseplein
Leidseplein
ライツェ広場
Foam Fotografiemuseum
フォーム・フォトミュージアム[P.58]
1/2/5/12
1/7/19
1
Leidseplein
Leidseplein
Kramer Kunst & Antiek
クラメル・クンスト・エン・アンティーク[P.63]
Weteringschans
Spiegelgracht
2/5/12
MAP 3
(P.13)
Vondelpark
フォンデル公園
Rijksmuseum
国立ミュージアム[P.110] へ
N
0
200m

MAP 3

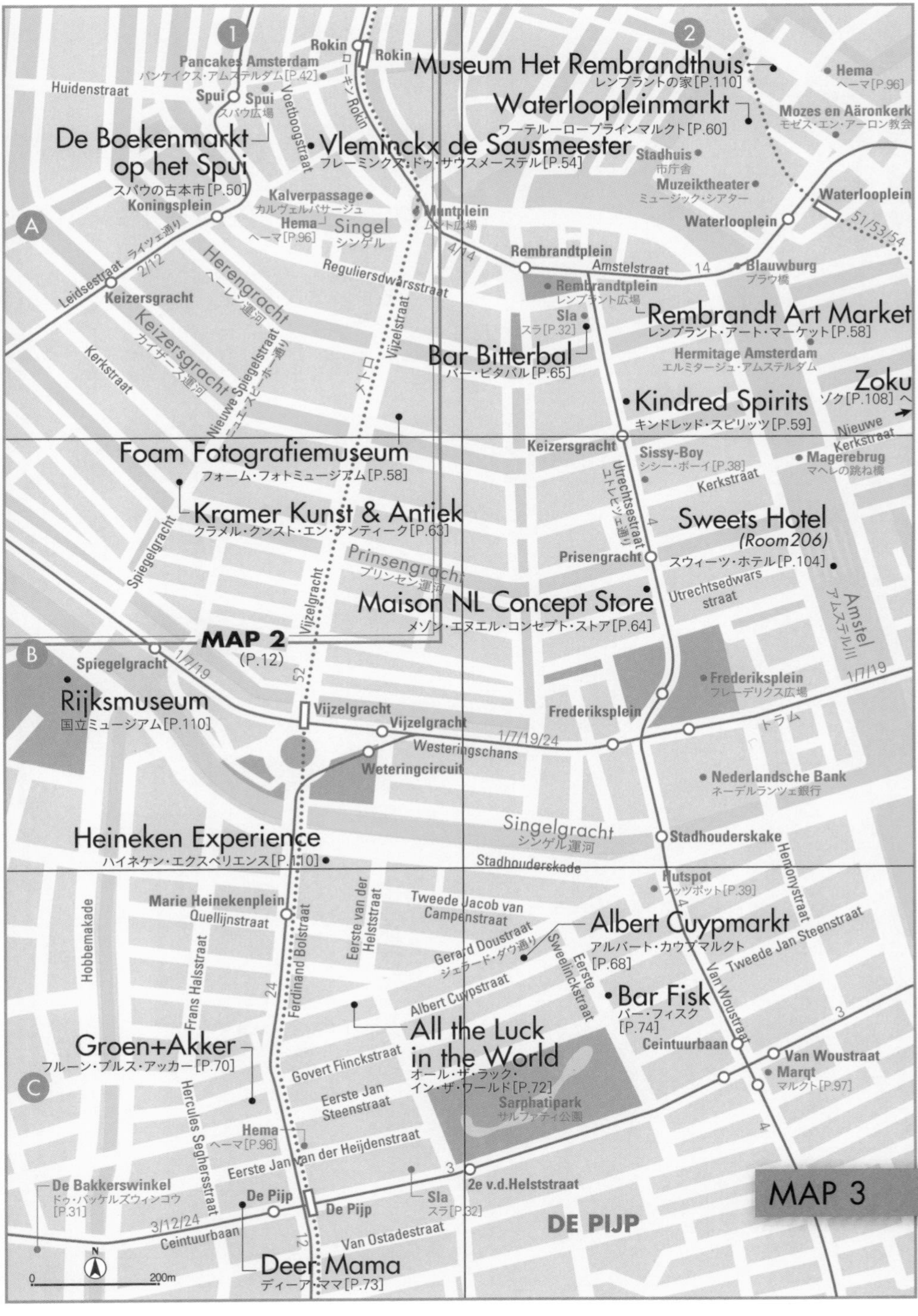

MAP 2
(P.12)
Rokin
ローキン Rokin
Pancakes Amsterdam
パンケイクス・アムステルダム[P.42]
Huidenstraat
Spui
Spui
スパウ広場
De Boekenmarkt op het Spui
スパウの古本市[P.50]
Koningsplein
Voetboogstraat
Vleminckx de Sausmeester
フレーミンクス・ドゥ・サウスメーステル[P.54]
Kalverpassage
カルヴェルパサージュ
Hema
ヘーマ[P.96]
Singel
シンゲル
Muntplein
ムント広場
Museum Het Rembrandthuis
レンブラントの家[P.110]
Waterloopleinmarkt
ワーテルーロープラインマルクト[P.60]
Hema
ヘーマ[P.96]
Mozes en Aäronkerk
モゼス・エン・アーロン教会
Stadhuis
市庁舎
Muzeiktheater
ミュージック・シアター
Waterlooplein
Waterlooplein
51/53/54
Leidsestraat
ライツェ通り
2/12
Keizersgracht
Herengracht
ヘーレン運河
Keizersgracht
カイザース運河
Kerkstraat
Nieuwe Spiegelstraat
ニューエ・スピーホー通り
Reguliersdwarsstraat
4/14
Rembrandtplein
Amstelstraat
14
Blauwburg
ブラウ橋
Rembrandtplein
レンブラント広場
Sla
スラ[P.32]
Rembrandt Art Market
レンブラント・アート・マーケット[P.58]
Hermitage Amsterdam
エルミタージュ・アムステルダム
Bar Bitterbal
バー・ビタバル[P.65]
Vijzelstraat
メトロ
Kindred Spirits
キンドレッド・スピリッツ[P.59]
Zoku
ゾク[P.108]へ
Nieuwe Kerkstraat
Keizersgracht
Sissy-Boy
シシー・ボーイ[P.38]
Magerebrug
マヘレの跳ね橋
Kerkstraat
Foam Fotografiemuseum
フォーム・フォトミュージアム[P.58]
Kramer Kunst & Antiek
クラメル・クンスト・エン・アンティーク[P.63]
Spiegelgracht
Utrechtsestraat
ユトレヒツェ通り
4
Sweets Hotel
(Room206)
スウィーツ・ホテル[P.104]
Prisengracht
Prinsengracht
プリンセン運河
Utrechtsedwars straat
Amstel
アムステル川
Vijzelgracht
Maison NL Concept Store
メゾン・エヌエル・コンセプト・ストア[P.64]
Spiegelgracht
1/7/19
Rijksmuseum
国立ミュージアム[P.110]
52
Vijzelgracht
Vijzelgracht
Frederiksplein
フレーデリクス広場
1/7/19
Frederiksplein
トラム
1/7/19/24
Westeringschans
Weteringcircuit
Nederlandsche Bank
ネーデルランツェ銀行
Singelgracht
シンゲル運河
Heineken Experience
ハイネケン・エクスペリエンス[P.110]
Stadhouderskade
Stadhouderskake
Hemonystraat
Fultspot
フッツポット[P.39]
Marie Heinekenplein
Quellijnstraat
Hobbemakade
Frans Halsstraat
Ferdinand Bolstraat
Eerste van der Helststraat
Tweede Jacob van Campenstraat
Albert Cuypmarkt
アルバート・カウプマルクト
[P.68]
Gerard Doustraat
ジェラード・ダウ通り
Eerste Sweelinckstraat
Tweede Jan Steenstraat
24
Albert Cuypstraat
Bar Fisk
バー・フィスク
[P.74]
Van Woustraat
All the Luck in the World
オール・ザ・ラック・イン・ザ・ワールド[P.72]
Groen+Akker
フルーン・プルス・アッカー[P.70]
Govert Flinckstraat
Eerste Jan Steenstraat
Ceintuurbaan
Van Woustraat
Marqt
マルクト[P.97]
3
Sarphatipark
サルファティ公園
Hercules Seghersstraat
Hema
ヘーマ[P.96]
Eerste Jan van der Heijdenstraat
3
2e v.d.Helststraat
4
De Bakkerswinkel
ドゥ・バッケルズウィンコウ
[P.31]
De Pijp
De Pijp
Sla
スラ[P.32]
3/12/24
Ceintuurbaan
Van Ostadestraat
DE PIJP
12
Deer Mama
ディーア・ママ[P.73]
N
0
200m
A
B
C
1
2

MAP 4

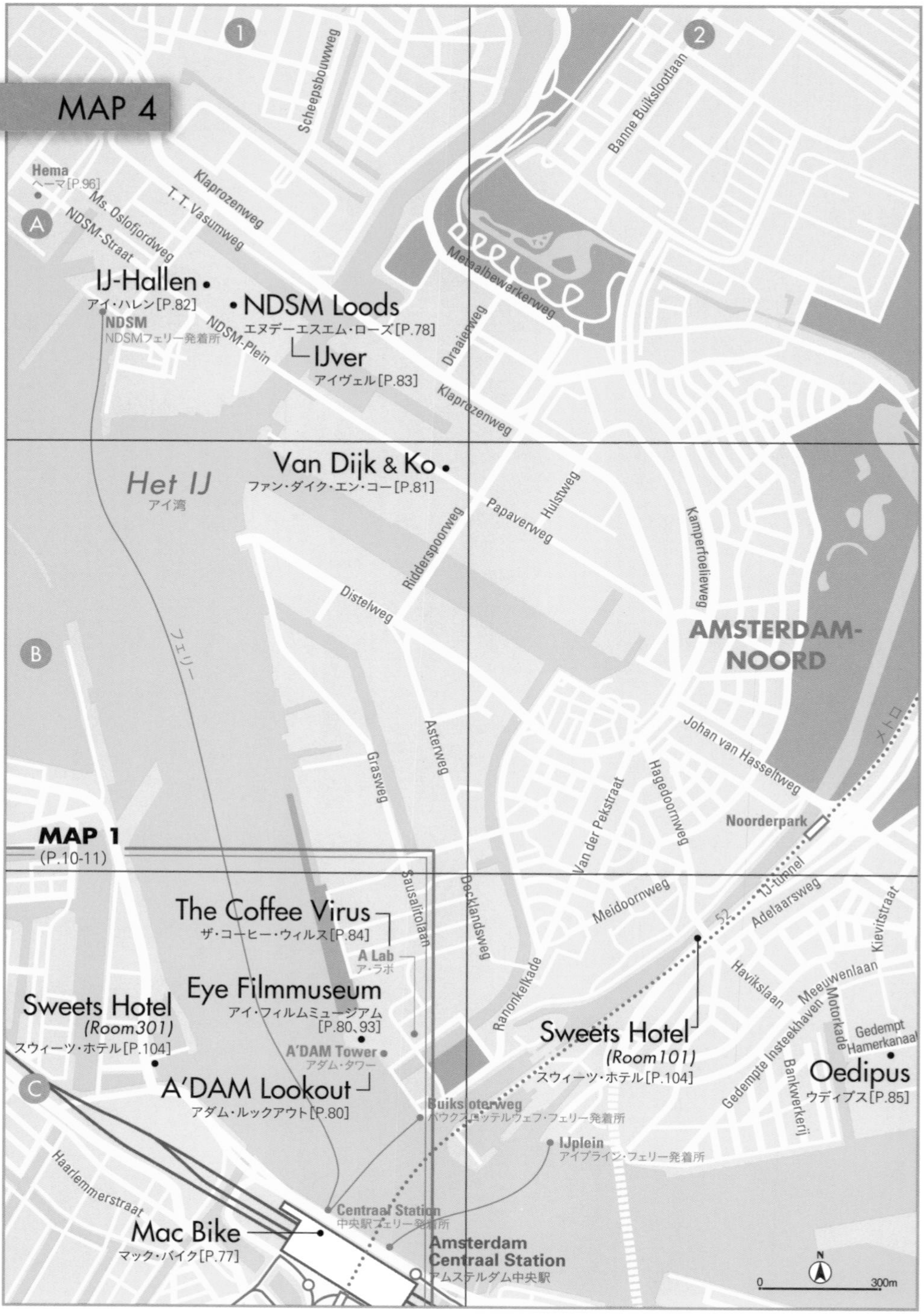
1
2
A
B
C
Hema
ヘーマ[P.96]
Scheepsbouwweg
Banne Buikslootlaan
Ms. Oslofjordweg
T. T. Vasumweg
Klaprozenweg
NDSM-Straat
IJ-Hallen
アイ・ハレン[P.82]
NDSM
NDSMフェリー発着所
NDSM Loods
エヌデーエスエム・ローズ[P.78]
NDSM-Plein
IJver
アイヴェル[P.83]
Metaalbewerkerweg
Draaierweg
Klaprozenweg
Van Dijk & Ko
ファン・ダイク・エン・コー[P.81]
Het IJ
アイ湾
Hulstweg
Papaverweg
Ridderspoorweg
Kamperfoelieweg
Distelweg
フェリー
AMSTERDAM-
NOORD
Asterweg
Grasweg
Johan van Hasseltweg
メトロ
Hagedoornweg
Van der Pekstraat
Noorderpark
MAP 1
(P.10-11)
Sausalitolaan
Docklandsweg
Meidoornweg
IJ-tunnel
52
Adelaarsweg
Kievitstraat
The Coffee Virus
ザ・コーヒー・ウィルス[P.84]
A Lab
ア・ラボ
Havikslaan
Ranonkelkade
Eye Filmmuseum
アイ・フィルムミュージアム
[P.80、93]
Sweets Hotel
(Room301)
スウィーツ・ホテル[P.104]
Sweets Hotel
(Room101)
スウィーツ・ホテル[P.104]
Meeuwenlaan
Motorkade
Gedempt Insteekhaven
Gedempt
Hamerkanaal
A'DAM Tower
アダム・タワー
A'DAM Lookout
アダム・ルックアウト[P.80]
Oedipus
ウディプス[P.85]
Bankwerkerij
Buiksloterweg
IJplein
アイプライン・フェリー発着所
Haarlemmerstraat
Centraal Station
中央駅フェリー発着所
Mac Bike
マック・バイク[P.77]
Amsterdam
Centraal Station
アムステルダム中央駅
N
0
300m

アムステルダムを歩く
Amsterdam

Amsterdam
アムステルダム

街のシンボル、西教会。何百年もの間ずーっとアムステルダムを見守っている。

今と昔が交わるフリーダムな街
運河のある風景が美しい

何百年も昔から変わらない建物が並び、その前を静かに流れている運河――。街の中心部でも、驚くほどゆったりした時間が流れているアムステルダム。建物の窓辺には色とりどりの花が飾られていて、小道を行き来する自転車に乗った人たちは陽気に歌を歌っていて……と、楽しげなアムスっ子の日常を垣間見ることができます。大都市のようなきらびやかな印象はないけれど、素朴でユーモアたっぷりな小さな街があたたかく迎え入れてくれます。

＊＊＊

そんなアムステルダムの中心部は、アムステルダム中央駅を基点に半径約２キロの扇形をしています。そのこぢんまりとしたなかでも、エリアによってイメージが大きく異なります。

いちばんにぎやかなのは、中央駅からムント広場まで南北にのびる大通りのダムラックとローキン、この通りに並行して走るニューヴェンダイク、カルヴェル通り沿い。たくさんのショップが並んでいて、昼夜問わずにぎわっています。

そしてこれらの通りの中心に位置するのが、街歩きの起点になるダム広場。ダム広場の東側は、アムステルダムでもっとも古いアウデザイデと呼ばれる歴史地区。あやしい雰囲気が漂う飾り窓地区や中華街もこのエリア内にあります。一方ダム広場の西側は、下町の面影を残した美しい街並みが特徴です。おしゃれなショッ

1.間口が狭くて細長い形の連なった建物は、カナルハウスと呼ばれるオランダの伝統的な家。／**2.**運河からアムステルダムの街並みを見上げると、また違った発見がある。／**3.**アムステルダム北エリアにあるNDSM Loodsには、アーティストが集まるアトリエが。

4

プが並ぶネイヘンストラーチェス（P.44）やヨルダーン地区（P.34）、自然あふれるカルチャーパークのウェステルガスファブリーク（P.20）が広がっています。

ムント広場から南側は、国立ミュージアムやファン・ゴッホ・ミュージアムなど世界有数の美術館やブティックが並ぶ通りがあり高級感漂うエリアと、ユトレヒツェ通り（P.56）を中心に落ち着いた佇まいのなかにも、庶民的でエキゾチックな通りが多いデ・パイプ地区（P.66）にわけられます。デ・パイプ地区はここ数年で素敵なショップやカフェが増えている大注目のエリアです。本書ではさらに、中心部の扇形の外側に位置するアムステルダム北エリア（P.76）も紹介します。アート、デザインと衣食住を融合させた新しいエリアとして拡大中です。

＊＊＊

オーナーこだわりのアイテムを集めたおしゃれなショップ、ダッチデ

4.食器類は日本にくらべてリーズナブルなので、気に入ったものは迷わず購入を。／**5**.レトロな空き缶も立派なインテリアに変身。／**6**.ショップに並ぶ美しいダッチプロダクツは、見ているだけでもワクワクする。／**7**.ホテルのロビーにもさりげなくダッチデザインが。

8.アムステルダム北エリアには、新しいホットスポットが続々とオープンしている。／9.食材やハンドメイドにこだわったスイーツもぜひ味わって。／10.オランダはアートがごく身近にあって、日々の生活になじんでいる。

ザインやナチュラル系インテリア雑貨を扱う店など、アムステルダムには小さくて個性的なショップがいっぱい。旅行者には一見入りづらそうな雰囲気でも、気にせずに入ってみて。「Hoi!(ホイ! =やぁ!)」といってドアを開ければ、たとえ見るだけでも笑顔で応じてくれます。また、毎日どこかで開催されているマーケットもぜひのぞいてみてください。

グルメに関していえば、アムステルダムには数えきれないほどのカフェやレストランがあります。コスモポリタンな都市だけあって、世界中の料理が食べられるのも醍醐味。道端のスナックバー、居心地のいいおしゃれなカフェ、多国籍なレストランなど、いろいろ挑戦してみてください。きっと忘れられない味に出会えるはずです。

買いものをして、写真を撮るのに立ち止まって、歩き疲れたらカフェでお茶をして、小腹が減ったらスナックをつまんで……と、アムスっ子の休日のように街へ出かけてみましょう。

ここに気をつけて!

アムステルダムを歩く時は……

◎ひっきりなしに走る自転車に注意

オランダは、人口よりも多い自転車が走っているといわれている自転車大国であることを忘れないで。自転車は日本とは反対の右側通行なので、道路を渡る時は左側から確認を。また、自転車専用道路をうっかり歩いていると注意されることも。

◎現金のほかクレジットカードも必ず用意

現金払い不可の店が増えているので、クレジットカードは必須。出発前に暗証番号の確認を忘れずに。ただし、カードが使えない大手スーパーマーケットなどもあるので、現金もある程度用意しておいたほうが安心。

◎貴重品は肌身離さずしっかり持つ

カフェやレストランでふと気を抜いた時、写真を撮ったり地図を見たりとなにかに夢中になっている時はスリや置引きに要注意。

◎「Coffee shop」に入らない!

「Coffee shop(コーヒーショップ)」はドラッグショップのこと。お茶をしたい場合は「Café(カフェ)」に入って。

◎飾り窓地区での写真撮影はNG

この地区では、カメラを持っているだけでも思わぬトラブルに巻き込まれることもあるのでしまっておいて。ちなみにそのほかの地域では写真を撮っても問題ないけれど、人物や店内などを撮影する場合は事前に許可をもらおう。

中央駅〜ウェステルガスファブリーク
Centraal Station Westergasfabriek

【MAP＊P.10-11】

1

いちばん人気のストリートから
アムスっ子憩いの公園へ

アムステルダム中央駅のアイ湾とは反対側の出口を出て右手方面にまっすぐ進んでいくと、昔ながらのショッピングストリート、ハールレメル通り、続いてハールレメルダイク通りがあります。本来は隣接するヨルダーン地区（P.34）と同じく下町情緒あふれるエリアですが、近年センスのいいダッチデザイン、ファッション、インテリア雑貨のセレクトショップが立ち並ぶようになりました。10年ほど前に「NLstreets」というオランダのショッピング情報サイトで、もっとも素敵なショッピングストリートに選ばれて以来、毎年上位に食い込み、今ではアムステルダムではずせないショッピングストリートです。

この通りを抜けると、ハールレメルポールトという大きな門にぶつかります。その向こう側にはアムスっ子の憩いの場、ウェステルガスファブリークが広がっています。昔はガス発電所だった趣あるレンガづくりの建物と広大な敷地は、近年、アムステルダムの新しいカルチャー発信基地としてギャラリー、カフェ、イベントスペース、公園に生まれ変わりました。休日にはコンサートやフェスティバルなどのイベントも盛りだくさん。ミニ牧場もあり、休日は家族連れでにぎわいます。月に一度開かれるサンデー・マーケットも、若い世代の定番になっています。マーケットをのぞきながら、公園にシートを敷いてごろんと寝転んで……なんてオランダ人らしい休日の過ごし方も素敵。

駅からショッピングストリートを歩いて買いものしながら公園へ向かい、ランチを食べてひと休み。自然に触れてリフレッシュしたら、来た道を戻りながらまた気になる店をのぞいてみましょう。心も身体もハッピーになれること間違いなしです。

2

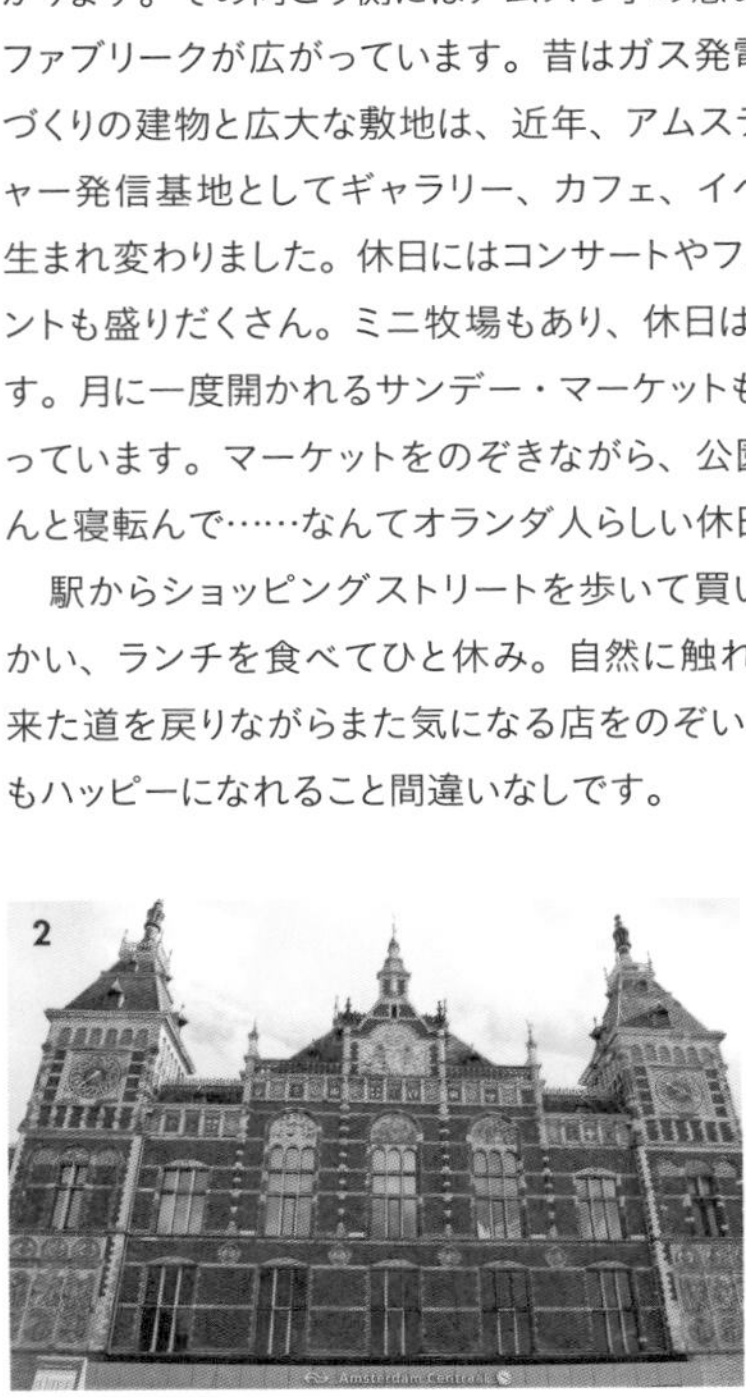

3

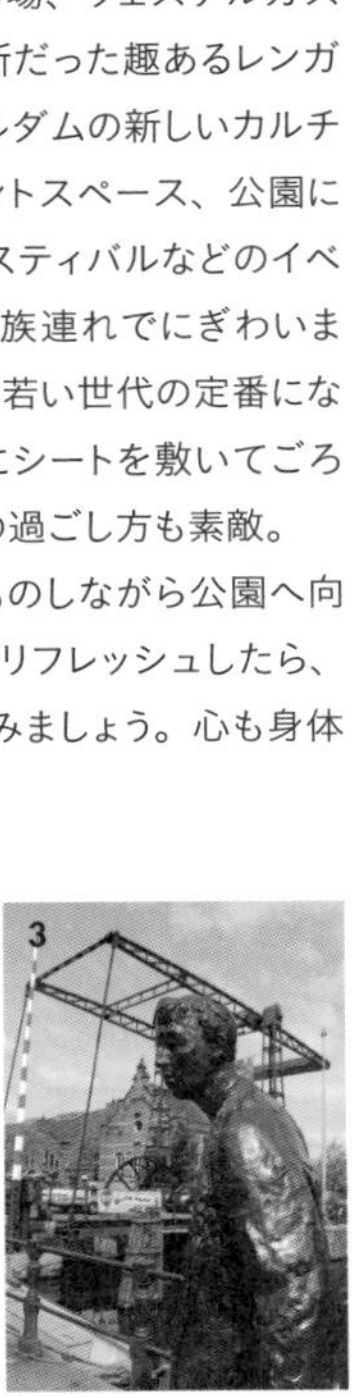

4

5

1.いろいろなジャンルのショップが入り混じったユニークなショッピングストリート、ハールレメルダイク通り。／**2**.アムステルダム中央駅からスタート！／**3**.この銅像がウェステルガスファブリークの入口の目印。／**4**.ウェステルガスファブリーク内にある公園、ウェステルパーク。くつろぐ人たちでいつもにぎわっている。／**5**.どのショップやカフェも植物を上手に取り入れたインテリアが得意。

天気のいい日、オランダ人は開放的で気持ちのいいテラスに座るのがお約束。お日様が大好き！

Dille & Kamille

ディル・エン・カミーユ

ナチュラル&シンプルな生活雑貨

1

2

3

4

オランダとベルギーで35店舗を展開している生活雑貨のチェーン店。ふらりと入っても思わずなにか買ってしまう大好きなショップです。とくにこのアムステルダム店の広さと品ぞろえはピカイチ。シンプルで機能的なのにナチュラルであたたかみのあるキッチンやバス、ガーデニンググッズ、さらに食品や子どものおもちゃなどが並んでいます。昔ながらの雰囲気漂う木製&ステンレス製キッチンツールや、ほっこりとぬくもりのあるコットン製テーブルリネンは種類も豊富。ナチュラル成分でつくられている石鹸は1ユーロ台〜、オーガニックコットンのキッチンクロスは3ユーロ台〜とプチプライス。アムステルダム中央駅からも近く便利な場所にあるので、滞在中に一度は足を運んでみてください。

(Korte) Nieuwendijk 16-18
☎(020)3303797
www.dille-kamille.nl
⊙ 10:00(月曜11:00)〜19:00(木曜21:00)、
日曜12:00〜18:00、無休
【MAP＊P.11 B-4】

1.色やデザインごとにきれいにまとまった店内は買いものしやすい。／**2**.使い勝手がいいホーロー製品は、リーズナブルな価格がうれしい。／**3**.店名入りオリジナルクロス6.95ユーロ。／**4**.入口にはガーデニンググッズが並ぶ。

Six and Sons
シックス・アンド・サンズ

エコフレンドリーな雑貨が並ぶ

1.男性向けスキンケアグッズ22.5ユーロ。おしゃれな男性にあげたらよろこばれそう。／**2**.環境にやさしい商品が並ぶ。それぞれに説明文が添えられているのもポイント。／**3**.アムステルダムでつくられた100％天然成分由来のキャンドル9.95ユーロ。／**4**.カラーバリエーションが豊富なピアスは、どの色にしようか迷ってしまう。

Haarlemmerdijk 31
☎(020)6558888
www.sixandsons.com（英語）
⏲11:00（金土曜10:00）～18:00、
日曜12:00～18:00、無休
【MAP＊P.11 B-3】

洗練された雑貨や洋服がセンスよく並んでいるライフスタイルショップで、この通りでとくに人気の高いショップのひとつです。商品はエコフレンドリーで持続可能な地球にやさしいものばかり。セレクトされたもの一つひとつにオーナーのこだわりが感じられ、見ていて飽きません。悩みがちな男性向けのおみやげもぜひこちらで。男性用美容ケアグッズやアウトドアグッズなど、ハイクオリティーでちょっとした遊び心がある品々は、男性の心をぎゅっとつかむこと間違いなしです。
ほかに、個性的なピアスやおいしそうな香りがする石鹸などのアイテムも。店の奥にはカカオバーと呼ばれるカウンターがあり、農園から直送されたこだわりのコーヒー豆や、各種ハーブティーを購入することができます。

Restred
リストアド

ミニマルなプロダクツに出会える

センスのいいディスプレイは、インテリアの参考になりそうなヒントがいっぱい。

店内にはシンプルでミニマルな雑貨やアクセサリー、家具などが素敵にディスプレイされています。統一感のあるインテリアに、まるで誰かのおしゃれな部屋にお邪魔しているかのような感覚に。かさばるものは持って帰りづらいという人は、華奢なアクセサリーはいかが? なかでもとくにおすすめなのが、チェーンとトップを自分で選んでつくるネックレス。チェーンは12.5ユーロ、トップは5ユーロとリーズナブル。お気に入りのトップを何個か組み合わせて、世界にひとつだけのネックレスを自分へのおみやげにどうぞ。そのほかにもスタイリッシュで存在感のある陶器や文房具などがそろっています。

リストアドのある建物はアムステルダム市の歴史的建造物として登録されていて、アムステルダムではめずらしいアールヌーボー建築。ショップに入る前、出た後に、ぜひ建物を見上げてみてください。

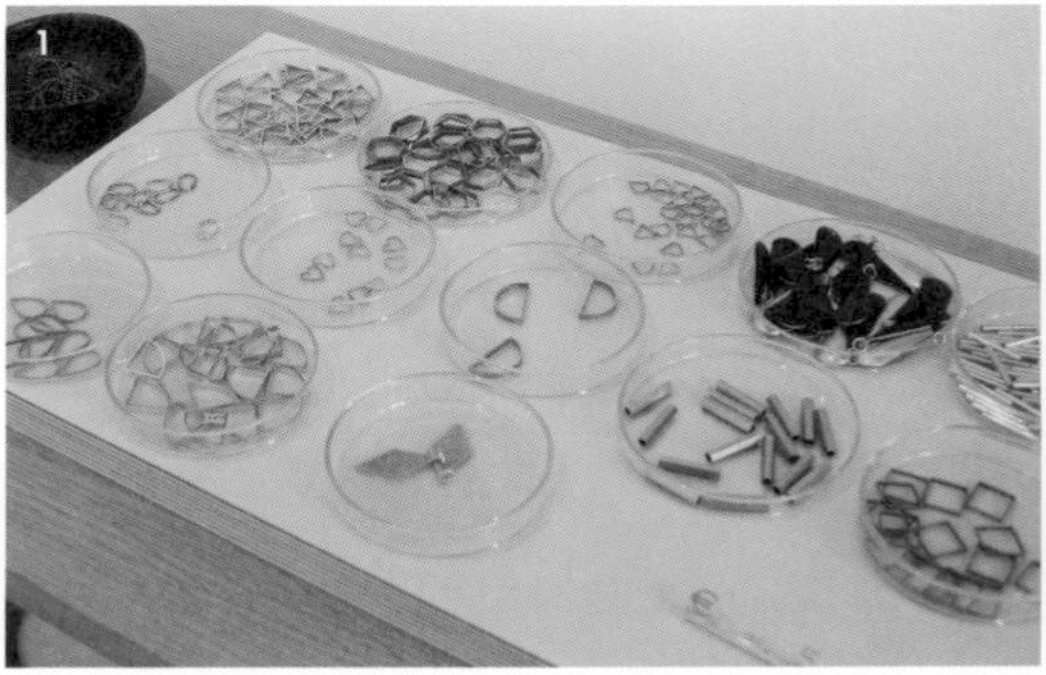
1

2

4

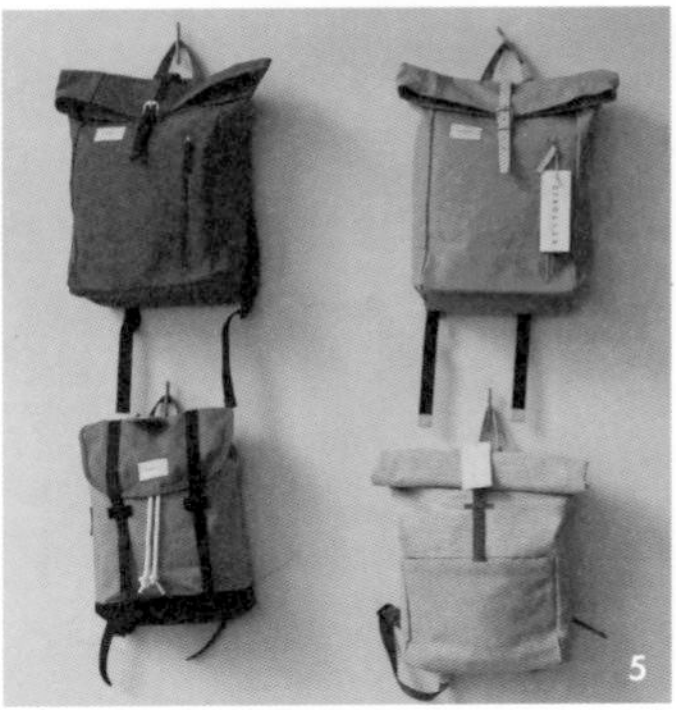
5

6

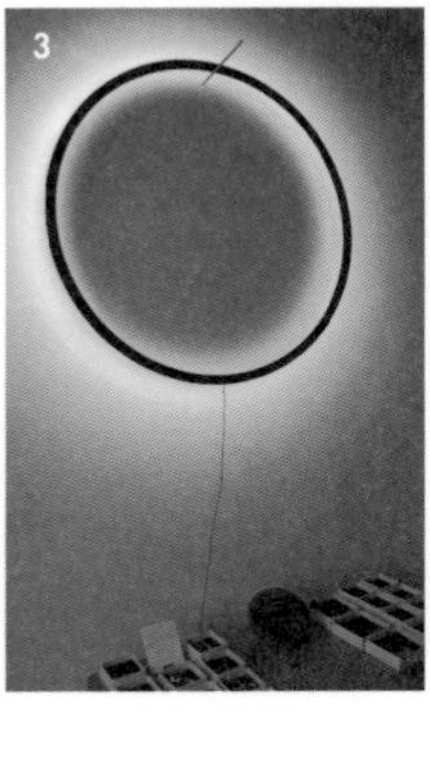
3

4.ミニマルな生活に取り入れたい陶器。落ち着いたカラーリングが素敵。／5.スウェーデンのブランド、SANDQVISTの大人カジュアルなきれいめリュックも。／6.アーチ型が特徴的な美しい佇まい。

1.大きさも形も種類が豊富なトップをいろいろ組み合わせてみるのも楽しい。／**2**.アーティスト作のハンドメイドアクセサリーは大人の女性にぴったり。／**3**.シンプルだけれどユニークな壁掛けのライティングが目をひく。

Haarlemmerdijk 39
☎(020)3376473
restored.nl(英語)
⏲12:00〜17:00、
木〜土曜11:00〜18:00、無休
【MAP＊P.11 B-3】

Typique
ティピーク

ハンドプリントの絵やカードが魅力

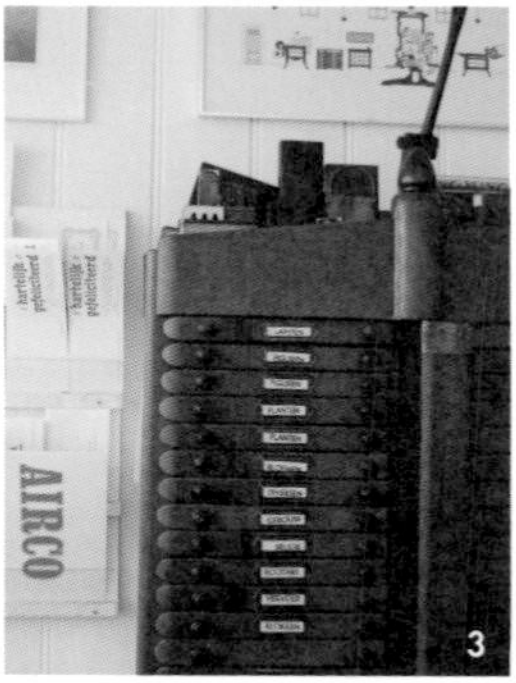

1.クラシカルなイラストがどこか懐かしい雰囲気のポストカード。／**2**.大きさや形もさまざま。自分好みのカードをセレクトして。／**3**.年季の入った家具や道具が並ぶ作業場もフォトジェニック。／**4**.50年以上続く歴史をもつティピーク。

1969年印刷会社として創業、1979年にカードや絵を扱うショップとしてオープンしたティピーク。店内の奥にはかなり使い込まれた印刷機や道具が並んでいて、趣ある作業場になっています。オーナーのレネさんは伝統的な手法によるハンドプリントで、オーダーメイドのカードやポスターなどをつくる商業印刷が本業。まさかおじさまがデザインしているなんて！ と思わず声を上げてしまうようなクラシカルでシュールなプリントの絵やポストカードは、どれも私のツボです。自転車や風車、牛など、オランダをテーマにしているカードもたくさんあるので、旅の思い出にいかがでしょう。色使いがどれもとてもきれいなので、フレームに入れて部屋に飾るのもおすすめです。ポストカードは1枚2ユーロ〜、絵は15〜数百ユーロ。

Haarlemmerdijk 123
☎(020)6222146
www.typique.nl(英語あり)
⏲9:30〜18:00、日曜休
【MAP＊P.11 A-3】

※営業時間内でも短時間留守にする場合があるので、閉まっている時はドアに書いてある番号に電話するか、後でもう一度訪ねてみて。

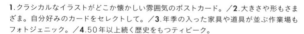

Tony's Store

トニーズ・ストア

アムステルダム生まれのチョコレート

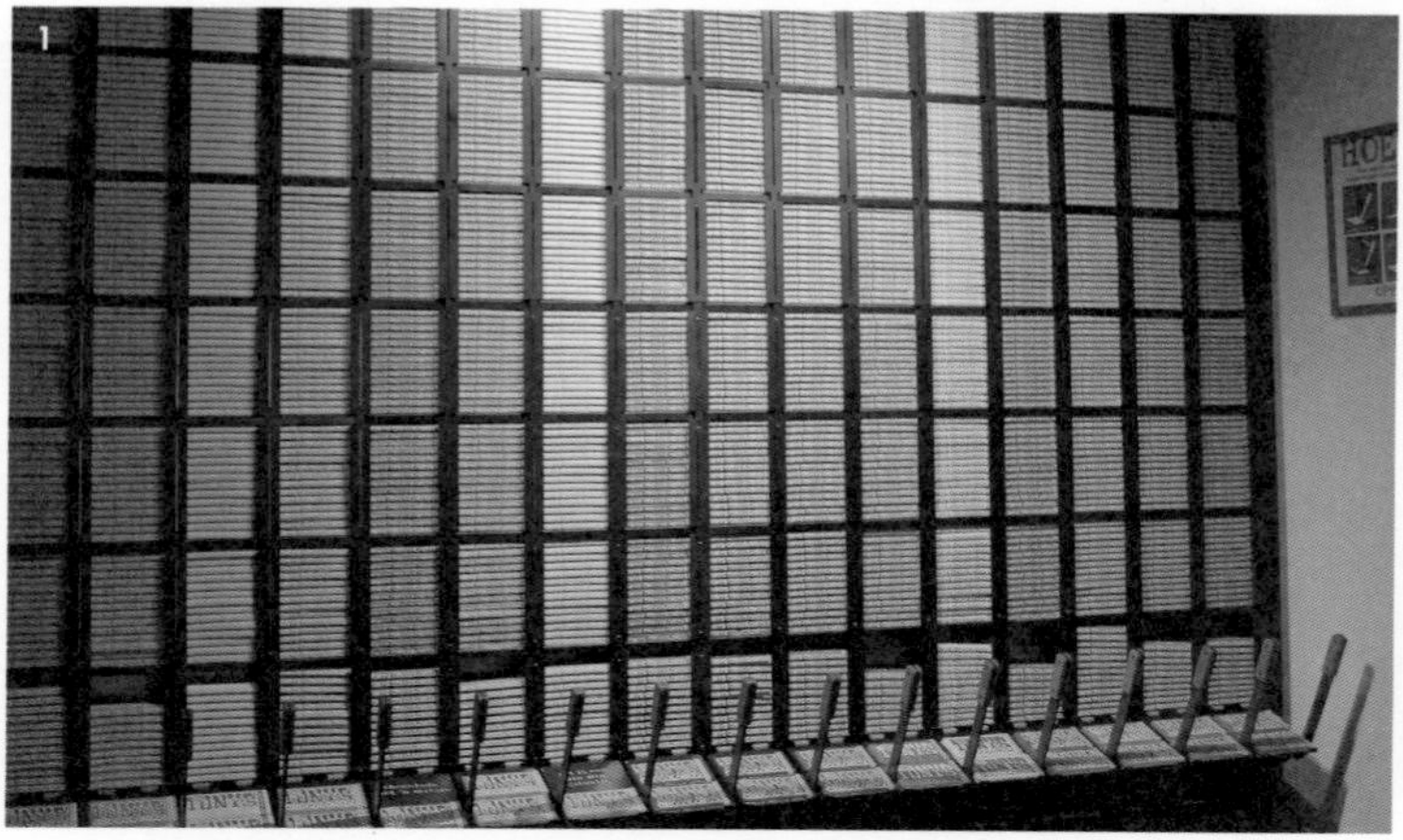

1.壁一面にチョコレートが並んでいる様は圧巻！ レバーを引いてチョコレートを取り出して。／**2**.ここでしか手に入らない、全フレーバーがパッケージされている限定品も。／**3**.ずっしりとボリュームのあるスタンダードな板チョコはひとつ3ユーロほど。／**4**.イースターやクリスマス、バレンタインなど、季節の限定商品も見逃さないで。／**5**.コーヒーやココアなどのドリンクもテイクアウトできる。

2005年にアムステルダムで創業して以来、大人気のチョコレートメーカー、トニーズ・チョコロンリー（Tony's Chocolonely)。オランダ中のスーパーマーケットで扱われていて、奴隷労働フリーを掲げ、フェアトレード商品としてオランダ人から支持されています。ボリューミーでカラフルなパッケージはまさにダッチスタイルで、私はいつも日本に帰る時のおみやげに購入しています。
その本社がウェスターガスファブリーク内にあり、ショップが併設されています。ここにはスーパーでは売られていないめずらしいフレーバーや、季節限定品、おみやげによろこばれそうなパッケージ入りのチョコレートがずらり。私のお気に入りはミルクチョコにシーソルトとキャラメルが入ったものですが、ホワイトチョコにフランボワーズとパチパチするアメが入っているフレーバーも好きです。変わり種がたくさんあるのでお好みのフレーバーを見つけて。

Pazzanistraat 1
☎(020)2051200
tonyschocolonely.com/nl/en
(英語)
⏲ 10:00(月土日曜12:00)
〜18:00、無休
【MAP＊P.10 A-1】

1

2

3

4

5

1.地元の人が散歩がてら寄ることも多い、アットホームなサンデー・マーケット。／**2**.オランダで売られているヨーロッパ各地の古着は、他国にくらべて安くて良質なものが多い。／**3**.キュートな屋台のスムージー屋ではフレッシュなジュースを。／**4**.広場ではユニークな楽器の演奏が、集まってきた人たちの耳を楽しませてくれる。／**5**.ハンドメイドのカラフル&キッチュなアクセサリーは、見ているだけでも楽しい。

Sunday Market

サンデー・マーケット

月に一度のアムスっ子の定番

ウェステルガスファブリークで毎月第1日曜に開催されるファッション、デザイングッズ、キッズ用品、オーガニック食品などを扱うマーケット。審査基準を満たしたクリエイティブな商品だけが並ぶというクオリティーの高さに、毎月開催を楽しみにしているファンも多いとか。

おしゃれに敏感な若いカップルや家族連れが多く、ほのぼのとした雰囲気です。ハンドメイドの子ども服やシックなピアスにリング、一点もののポルトガルの陶器、アフリカのバスケットなど……毎月出店している店が変わるので、その時に出会って気に入ったものは絶対に買いです。

ランチは屋台や園内のカフェでテイクアウトして腹ごしらえを。青空の下で食べるソーセージやパンは格別です。おいしそうなものを買って、隣の公園で寝そべって日光浴……なんて過ごし方もおすすめ。予定が合えばぜひ足を運んでみてください。

6

7

8

9

10

Westergasfabriek敷地内
www.sundaymarket.nl
⏲第1日曜12:00〜18:00
（変更になることもあるのでサイトで確認を）
【MAP＊P.10 A-1】

6.日本でも近年注目されているキャラメルに似たファッジは食べ歩きにぴったり。／**7**.重ねづけしたい真鍮製リングは6ユーロ台〜。デザインがどれも素敵で迷ってしまう。／**8**.オーガニックのアツアツソーセージ3.5ユーロは、見つけたらぜひ。／**9**.ほっくりとしたベイクドポテトに好みの野菜やお肉をトッピング。7ユーロ〜。／**10**.おいしそうなものを少しずつ買って食べるのも楽しみのひとつ。

1

Vinnies

ヴィニーズ

地元食材にこだわる素敵なカフェ

2

3

4

5

アムステルダム近郊でとれた野菜をふんだんに使い、オーガニックの食材にこだわったカフェ。スタッフはとてもフレンドリーで、店内の雰囲気もアットホーム。決して広い店内ではありませんが、ほっとひと息つける場所として、たくさんの地元の人たちに愛されています。シュガーフリーのケーキや焼き立てクロワッサンが人気メニュー。季節や時間帯によって提供されるデザートやサラダの種類が異なるので、その時のおすすめをスタッフにたずねてみて。こだわりの味にきっと大満足するはずです。

平日の朝7時半から9時までは、エスプレッソが1.5ユーロ、カプチーノが2.5ユーロと通常の時間帯より割安になりとてもお得。気持ちのいい朝を迎えるのにぴったりなカフェです。駅からも近いので、ふらりと訪ねてみてください。

1.ハールレメル通り沿いにあるこぢんまりした店。／**2**.階段を上った2階の喫茶スペースは、いつも地元客が集うくつろぎの空間。／**3**.バターもジャムもひと口食べただけで違いがわかるおいしさ。素材選びを大切にしている。／**4**.ボリュームのある大きなクッキーはコーヒーブレイクのお供にぴったり。／**5**.気軽に座れるカウンター席で、ひとり時間を満喫するのもいい。

Haarlemmerstraat 46HS／☎(020)7713086
vinnieshomepage.com(英語)
⌚7:30(土曜9:00)〜17:00、
日曜9:30〜17:00、無休
【MAP＊P.11 B-3】

De Bakkerswinkel

ドゥ・バッケルズウィンコウ

はずれなしの手づくりスイーツ

1

2

3

4

ウェステルガスファブリークの入口にあるカフェ。ほかにアムステルダム内に２店舗あります。パンからケーキまですべて職人の手づくり。なにを頼んでもおいしいものばかりで、近くに行くと必ず立ち寄ります。サンドウィッチなどの食事系パンもお気に入りですが、私のおすすめはスイーツ。濃厚なチーズケーキやクランベリーが入ったスコーンとさわやかなアイスティーをいただくと、エネルギーがわいてきます。

インテリアの内装は有名なダッチデザイナーのピート・ハイン・エイク（Piet Hein Eek）が手がけています。廃材を中心に木のぬくもりいっぱいのインテリアは気取らない雰囲気で、つい長居したくなります。天気がよければ、テラスでの読書も気持ちよさそう。すぐ隣にテイクアウト専門の店舗も併設しています。

1.天井が高くて気持ちのいいカフェ。／**2**.スコーン3.95ユーロにはクロテッドクリームとフルーツムースをつけて。／**3**.チーズケーキ4.75ユーロ、レモン＆ミント入りアイスティー3.4ユーロ。／**4**.焼き立てのパンやケーキが並んだカウンター。

Regulateurshuis 1, Polonceaukade 1
☎(020)6880632
www.debakkerswinkel.com（英語あり）
⏲8:30〜17:00（金曜18:00）、
土日曜10:00〜18:00、無休
【MAP＊P.10 A-1】
※【MAP＊P.11 C-4、P.13 C-1】にも店舗あり

Sla
スラ

オーガニックのサラダ専門店

1

最近人気急上昇中のオーガニックのサラダ専門店。旅行中はどうしても不足がちになるビタミンとミネラルを、一気にチャージできます。使っている野菜はほとんどがオーガニックで、できる限りオランダ産の野菜を使うという地産地消のコンセプトがとくに若い女性にうけています。大きなボウルに色とりどりのたくさんの野菜と豆やキヌアなどが入っていて、食べごたえ十分なサラダです。オランダでメジャーになりつつある、大豆を加工した大豆ミートや豆をつぶしてつくられるフムスなど健康的でユニークな食材もあるので、ぜひお試しを。メニューは季節によって定期的に変わるので、その時の旬の野菜が食べられるのもうれしいポイント。スムージーやビーガン対応のデザートもあります。店のインテリアもとても落ち着いていてリラックスできるので、街歩き途中の休憩にもおすすめです。

1.大豆を発酵させたテンペが入ったグリーンプロテインサラダ10.5ユーロをオーダー。／**2**.おしゃれなインテリアは、各店舗によってコンセプトが違っていておもしろい。／**3**.カウンター越しに注文するシステム。苦手な野菜を減らしてもらったりと細かいリクエストができる。／**4**.現在アムステルダムに7店舗、デン・ハーグやロッテルダムなどにも5店舗ある。

2

3

4

Haarlemmerdijk 50／☎(020)2237461／ilovesla.com
🕘11:00〜21:00、無休／【MAP＊P.11 B-3】
※【MAP＊P.13 A-2、C-1】にも店舗あり

Mosssel en Gin

モッソー・エン・ジン

ムール貝とジンを一緒に味わって

ウェステルガスファブリーク内にあるシーフードレストラン。店名の通り、「ムール貝とジン」を、おとぎ話に出てきそうなかわいらしいテラスでいただけます。味つけの種類が豊富なムール貝は専用の大きな鍋いっぱいに入って出てくるので、はじめて訪れる日本人はみんなびっくりしますが、意外とペロリと食べられます。ムール貝とさっぱりしたジンがとてもよく合います。店ではトマトやジンが入ったオリジナルのマヨネーズ2.5ユーロも販売されていて、ムール貝はもちろん、フライドポテトや魚のフライにつけて食べるとやみつきに！ チューブのパッケージがキュートで、おみやげとしてもよろこばれます。

注文と支払いは、各テーブルについているQRコードをスマートフォンでスキャンして済ませるシステム。とても簡単ですが、わからなければ店のスタッフに聞いてみましょう。

1.シンプルな「クラシック」19.5ユーロにも、オリジナルのマヨネーズをつけて食べるのがおすすめ。／**2**.ワカサギの仲間の小魚をフライにしたものを前菜に。／**3**.さわやかな風が吹く、緑いっぱいのテラスでくつろぐ時間は至福。／**4**.QRコードを読み取ると注文画面が開く。現金での支払いはできないのでご注意を。

Gosschalklaan 12／☎(020)4865869／www.mosselengin.nl(英語)
⏲16:00(日曜13:00)～24:00、金曜14:00～翌1:00、土曜13:00～翌1:00、月曜休
【MAP＊P.10 A-1】

ヨルダーン周辺
Jordaan

【MAP＊P.10-11】

昔から変わらない美しい街並み
小さなショップが点在

　ヨルダーンはもともと、アムステルダム中心部の扇形のまわりに形成された労働者たちが住むエリアでした。現在はアムステルダムの中心部でありながら、喧騒から離れたとても静かな住宅地が広がっています。網目状の小さな路地に、伝統的な鎧窓がつけられた家々が連なっている風景は、昔から変わっていません。個人的に大好きなアムステルダムの景色です。そんな昔ながらの風景とはうらはらに、新しいショップが続々とオープンしている目が離せないエリアでもあります。

　そしてヨルダーンエリアのメインイベントといえば、毎週月曜の午前中に開催される市場、ノールデルマルクト。いつもは静かなヨルダーンもこの時ばかりはたくさんの人でにぎわいます。センスのいいアンティークの雑貨やデッドストックの手芸用品など、日本では手に入りにくい小物や雑貨の数々に大興奮してしまうはず。

　そんなヨルダーンの街歩きのスタートは、アムステルダム中央駅から。駅からも、ウェステルガスファブリーク周辺エリアからも徒歩で10分以内です。アムステルダム屈指のショッピングエリア、ネイヘンストラーチェス（P.44）にも隣接しています。地の利をいかして、ほかのエリアとセットで効率よくまわりましょう。

　気の向くままに細い小道を散策していると、気になるカフェやショップ、アムステルダムらしいキュートな風景にも出会えるかもしれません。カメラを片手に、歩いてみてください。

1

※実際のヨルダーン地区は南北に細長く広がっていますが、本書では街歩きしやすいように、北側をヨルダーン周辺、南側をネイヘンストラーチェス周辺として紹介しています。

2

3

4

5

1.ノールデルマルクトはおしゃれさんの間では有名なマーケット。ブローチはひとつ5ユーロ。／**2**.伝統的な鎧窓の家々が並ぶヨルダーン。徒歩で景色をゆっくり楽しんで。／**3**.洗練されたショップもあちらこちらに。／**4**.おみやげにぴったりなかわいいものが見つかる。／**5**.ボートが住居になっているボートハウスが並ぶ運河沿い。

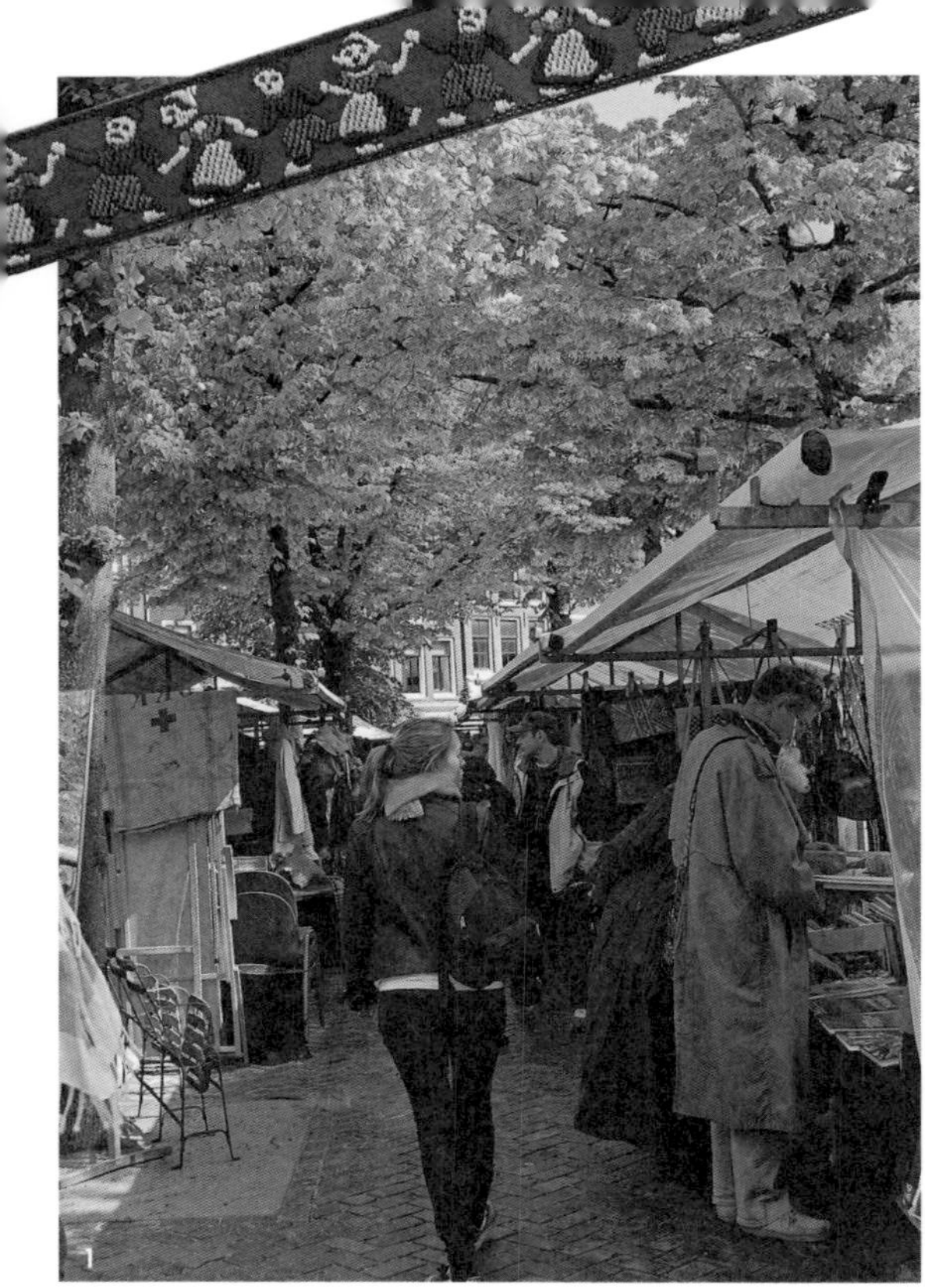

Noordermarkt

ノールデルマルクト

お気に入りの一品に必ず出会える

規模はあまり大きくありませんが、アムステルダムのマーケットのなかでも昔から変わらず人気があるノールデルマルクト。月曜の朝からお昼過ぎまでという短い開催時間にもかかわらず、いつもは静かな北教会前の広場も地元の人と観光客でにぎわいます。手芸好きにはたまらないチロリアンテープは1m1ユーロ～、デッドストックのガラスボタンは1個25セントと激安。おしゃれアイテムを見つけたいなら、山積みになった中古の靴や洋服をチェックして、掘り出しものを探してみて。インテリアグッズに興味があるなら、年代物のフォトフレームや缶はいかが？ 料理好きの人にはたまらないオランダ製デッドストックのプレートやレトロな花柄ポットなどのアイテムもたくさんそろっています。

月曜の午前中はほとんどのショップが閉まっているアムステルダム。この空いた時間をうまく使って、お気に入りアイテムを探しに行きましょう。土曜には同じ場所で、オーガニックマーケットが開催されています。

1.午前中のすがすがしい時間に散歩がてらのぞいてみて。／**2**.このテーブルの上にあるガラス類はすべて1ユーロ！／**3**.レトロなランプシェードはまたたく間にSolde outに。／**4**.レトロな空き缶3ユーロ。／**5**.ヴィンテージの粉もの保存ポットも、きれいな状態で売られている。／**6**.オランダ、ベルギーのプレート類4ユーロ〜。／**7**.昔の学校で使われていたポスターも人気商品。／**8**.いつも笑顔で迎えてくれるキュートなおばさま。

⏲月曜9:00〜13:00頃
【MAP＊P.11 B-3】
※土曜9:00〜16:00にオーガニックマーケット開催

Sissy-Boy
シシー・ボーイ

シンプルで心地いいインテリア雑貨

1

2

3

4

5

1982年のオープン以降、国内に40店舗以上展開するオランダ生まれのセレクトショップ。ナチュラルでシンプルでありながら遊び心のあるインテリア雑貨やステーショナリーを中心に、レディス、メンズ、キッズファッションも扱っています。洋服もユーモアがあってハイクオリティー。着心地がとてもいいので、私も我が家の子どもたちも大好きです。ダッチデザインは奇抜なものが多いなか、シックなカラーリングやデザインを好むオランダ人から人気を集めています。オリジナルのカトラリーやステーショナリーは数ユーロ台からあり、おみやげにもよろこばれそう。
アムステルダム市内にも数店舗ありますが、中心部ではこのマグナ・プラザ店の品ぞろえがいちばん。カフェも併設されているので、買いもの後のコーヒーブレイクにも◎。

1.テーブルまわりの雑貨はテーマやカラーでそろえたい。ディスプレイを参考にしてみて。／**2**.マグナ・プラザの地下1階にある。向かいにはHutspot (P.39) が。／**3**.シシー・ボーイオリジナルの小物類のチェックは、毎回楽しみのひとつ。／**4**.アンティーク風のゴールドを基調とした小物はシシー・ボーイの得意分野。／**5**.オランダの子ども服のなかでは、トーンも暗めでシックな色合いのものが多い。

Nieuwezijds Voorburgwal 182（Magna Plaza内）
☎(020) 7401230／www.sissy-boy.com
⏲10:00（月曜11:00）～19:00（木曜21:00）、
日曜12:00～19:00、無休
【MAP＊P.11 C-3、P.12 A-2】
※【MAP＊P.11 B-4、P.13 B-2】にも店舗あり

1

Hutspot

フッツポット

常に変化し続けるセレクトショップ

2

3人の男性によって2012年に立ち上げられたセレクトショップ。今ではオランダのトレンドを語る上ではずせないショップです。店内にはメンズ、レディスのファッションアイテムからインテリア雑貨、アートグッズまで個性的であたたかみのある商品が並んでいます。常に新しいアイデア、そしてブランドや商品を探し続けていて、共感したらどんなものでも取り入れるのがこの店のモットー。地元の若い起業家やデザイナーから発掘した革新的な商品など、毎回足を運ぶたびに新しい出会いが待っているのが魅力です。

毎シーズン人気を集めるシンプルかつハイクオリティーなオリジナル商品も要チェック。オランダ全土に店舗が増えつつあり、アムステルダムではほかに、マグナ・プラザとデ・パイプにも店舗があります。

3

4

1.ギフトにぴったりな植物性由来のアロマキャンドル。ほかに小さいサイズも。／**2**.フェミニンな洋服にスキンケア商品など、女性が好みそうなアイテムがたくさん。／**3**.版画で刷ったような味わいのリソグラフプリントのポスター25ユーロ。／**4**.テーブルセッティングに欠かせないナプキンホルダーは4個で39ユーロ。

Rozengracht 204-210
☎(020)3708708／hutspot.com(英語)
⏲10:00(月日曜12:00)～18:00、無休
【MAP＊P.10 C-2】
※【MAP＊P.11 C-3、P.13 C-2】にも店舗あり

Almost Summer
オールモスト・サマー

ユニークなスウェットとTシャツ

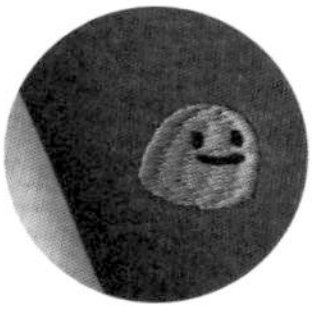

2006年に夫婦ふたりでTシャツをつくりはじめたヨーリスさんとスヘンクさん。今ではスウェットとTシャツを主に販売しているこのショップと、工房兼ショップのユニバース・オン・ア・ティーシャツ(Universe on a T-shirt) の2店舗を、ヨルダーンエリアに構えています。どちらの店舗でも、ふたりがプリントと刺繍を施したアイテムを購入できます。女性もののオーガニックコットンのスウェット40ユーロは、ハイクオリティーで肌触り、着心地ともに最高です! ヘビや自転車など、ユニークでキュートな刺繍がワンポイントで入っていて、大人カジュアルな装いにぴったり。ジムやヨガスタジオに着ていくウェアとしてもおすすめです。男性用から子ども用までそろい、サイズも豊富です。

Nieuwe leliestraat 6
www.universeonatshirt.com(英語)
⏲ 11:00〜18:00、無休
【MAP*P.10 C-2】
※Universe on a T- shirt【MAP*P.10 C-2】

1.シルエットがコンパクトな女性用と、ゆったりサイズのユニセックス用がある。／**2**.味わいのあるハンドプリントのトートバッグ18ユーロも評判。／**3**.Universe on a T-shirtの工房のオーナー夫妻。ショップからは工房までは歩いて3分ほど。

Urban Cacao Amsterdam

アーバン・カカオ・アムステルダム

チョコレート好きの人に食べてほしい

1

4

2

3

オランダはその昔、貿易の中継地点だったことから、世界中からコーヒー豆やカカオが集まってきていました。それが今も続き、おいしいコーヒーとチョコレートが味わえることで知られています。アーバン・カカオ・アムステルダムでは最高級のカカオを厳選し、チョコレートに入れるナッツやハーブ、スパイスなども世界中から選りすぐったものを使用しています。いちばん人気はシンプルな板チョコでひとつ4ユーロ、3つで11ユーロ。カカオの種類や含有率が異なるさまざまな味わいを楽しめます。本当にチョコレートが好きな人にぜひ食べくらべてほしい一品です。

パッケージは、オランダやアムステルダムのキュートな柄が勢ぞろい。実は本書で紹介しているディル・エン・カミーユ（P.22）やプルック（P.52）も、オリジナルパッケージでこのブランドのチョコレートを販売しています。ネイヘンストラーチェスに支店があるので、そちらにも立ち寄ってみて。

1.おみやげにもいいミニサイズは、アソートで3個セット6ユーロ。／**2**.店内に整然と商品が並ぶ。朝8時開店のネイヘンストラーチェスの支店も便利。／**3**.ボンボンチョコレートは、オリジナルボックスに入れてもらえる。／**4**.キュートなだけではなく、高級感も漂うパターンが魅力的なパッケージ。

Rozengracht 200
☎(020)4129966
www.urbancacao.com/en-gb（英語）
◷10:00（月日曜12:00）～18:00、無休（ただし7～8月は日曜休）
【MAP＊P.10 C-2】
※【MAP＊P.12 B-1】にも店舗あり

Pancakes Amsterdam

パンケイクス・アムステルダム

種類豊富なオランダ版パンケーキ

アムステルダムで2007年からみんなに愛され続けている本格的なパンケーキ専門店が、アンネ・フランクの家と西教会の間に支店をオープンしました。このウェステルマルクト店は広々としていてテラス席もあり、リラックスできるのが魅力。

オランダ版パンケーキは、薄いクレープのような生地にお好みの具を一緒に焼いてでき上がり。オランダ語でパンネクック（Pannekoek）と呼ばれていて、昔から親しまれています。メニューの種類も豊富で、野菜、チーズ、フルーツなどをトッピングすることも可能。私は伝統的なベーコン&アップルの組み合わせ10.8ユーロがお気に入りです。店内では、レシピつきのパンケーキミックスやオリジナルグッズも販売されています。アムステルダム中央駅前店をはじめ、中心部に5店舗あるのでそちらもどうぞ。

1.オランダのパンケーキはクレープのように薄いので、大きくてもペロリと食べられる。／2.オランダ風の店内も注目。テーブルにおいてあるシロップや粉砂糖をかけて召し上がれ。／3.天井が高くて開放感がある。いつも混んでいるので予約したほうがスムーズ。／4.アンネの家のすぐ隣にある。ここではポフェルチェという小さなひと口パンケーキも食べられる。

Prinsengracht 277／☎(020)8200404
pancakes.amsterdam（英語）
⏲10:00～18:00、無休／【MAP＊P.10 C-2】
※【MAP＊P.11B-4】ほかに店舗あり

オランダ人女性がカフェで飲むのは……

オランダではどこの街にも、とにかくたくさんカフェがあります。オランダ人にとってカフェでいちばん重要なことは、必ずテラス席に座ること。日照時間が短いオランダでは、晴れている日はとことん日差しを浴びて過ごします。そして太陽の下でアルコール。日本ではカフェで飲むものといったらコーヒーかお茶が普通ですが、オランダではとくに夏はアルコールを飲むことが多々あります。オランダ人の友人は「ビールは水」と豪語するほど強いし、お酒はオランダ人の生活に欠かせないもの。実際、オランダ人女性はカフェでどんなものをオーダーしているのでしょう。

女性に人気が高いお酒は白ワイン、赤ワイン、ロゼ。ほかには若い人を中心に、アルコール度数5%のフルーツ風味のスパークリングビール、ジルズ(Jillz)や、ビールをレモネードで割ったアルコール度数2%のラドラー・ビール (Radler bier)、サクランボからつくったアルコール度数5%のクリーク(Kriek) など、フルーティーで飲みやすいお酒が人気です。ちなみに私はもっぱらビール派。オランダ産のビールでは、グルペナー(Gulpener)のウル・ホップ(Ur-Hop)が大好きです。オーガニックのビールで、深みがありながら軽やかな味わい。ビールが好きな人はぜひお試しを。

おつまみはチーズの盛り合わせ (Kaasplankje)、オリーブ (Olijven)、バゲットにハーブ入りバターを塗ったもの (Stokbrood met kruidenboter)、ひと口クロケットの盛り合わせ(Bittergarnituur)など。お酒によく合います。

＊ ＊ ＊

冬は寒すぎて、テラスでアルコールというわけにはいきません。冬のおすすめはホットココア。これにたっぷりのホイップクリームをのせていただくのがオランダ流です。

季節を問わず、オランダでぜひ飲んでほしいものといえば、フレッシュ・ミントティー (Verse muntthee)。生ミントがお湯にたっぷり入っていて、さわやかな風味。ハチミツを入れていただきます。

そしてカフェでの醍醐味は万国共通、たわいもないおしゃべり。オランダの女性もおしゃべりが大好きで延々と続きます。

1.日本ではあまりなじみのないぜいたくなフレッシュ・ミントティーも2ユーロ〜とお手頃。／**2**.女性に人気のジルズ。さわやかなリンゴ味が渇いたのどをうるおしてくれる。／**3**.ライデン(P.130) の植物園の花入りビール。フローラルな味わいが◎。

ネイヘンストラーチェス周辺
9straatjes

【MAP＊P.12】

ショッピングストリートは混んでいないことが多くゆっくり歩ける。

個性豊かな店が並ぶ9つの通り おしゃれ発信エリア

平行して流れるプリンセン運河、カイザース運河、ヘーレン運河、シンゲルという４つの運河に挟まれた細長い土地を、横切って延びる９つのストリート。それを総称して、オランダ語でネイヘン（9）ストラーチェス（通り）といいます。ショッピングストリートと聞くとたくさんの人でにぎわう大通りを想像するかもしれませんが、意外にも一つひとつは細くて短く静かな通り。その通りの両脇にファッション小物やインテリア雑貨の小さなショップがぎっしり続いています。本書ではとくにおすすめの店をピックアップしていますが、ほかにもたくさんの素敵なショップがあるので、実際に散策して自分のお気に入りを見つけてください。

このエリアの起点は、北東に位置するダム広場。時間がない人はここまでトラムで来てＳ字に通りをまわり、ネイヘンストラーチェスのいちばん南東にある通り、ワイデ・ハイ通りからシンゲルを渡ってすぐのスパウ広場でトラムに乗れば時間の節約に。スパウ広場では毎週金曜に古本市が開催されていて、レトロな表紙の本以外にもポスターや古地図などの紙ものも豊富。ゆったりとした雰囲気のなか、のんびり掘り出しものを探してみては？

ネイヘンストラーチェスの西側は、ギャラリーやデザイン関連の会社も点在している住宅街エリア。ギャラリーはもちろん見学できます。さらに大きなシンゲル運河を渡りキンケル通りを西へ進むと、周辺の小道に雰囲気のいいカフェなどがあり、複合施設のデ・ハレンがあるエリアへと続きます。

1.運河に面した家々はオランダならではの独特なつくり。／**2.**日曜の午前中、通り沿いのカフェのテラスにはブランチを楽しむ人の姿がちらほら。／**3.**スパウの古本市では昔のお酒やチーズのラベルも手に入る。アイデア次第でいろいろ使えそう。／**4.**ショップのディスプレイも、オランダらしくさりげなく花が取り入れられている。／**5.**見ためがキュートなスイーツも旅の思い出のひとつに。

De Hallen
デ・ハレン

カルチャーとフードが楽しめる

2

1.トラムの操車場だった建物をリノベーションしているので、広々としている。／**2**.中央駅からトラム17番に乗りTen Katestraatで下車、すぐ。／**3**.フードコートDe Foodhallenは、午前11時から夜11時半（週末は午前1時）までオープン。／**4**.イベリコ豚の生ハムやサラミの盛り合わせはアルコールのお供に。／**5**.アトリエや店が並ぶ通路にもアート作品が並んでいる。

Hannie Dankbaarpassage 47
dehallen-amsterdam.nl
⏲入口のオープン時間7:00～翌1:00、金土曜7:00～翌3:00、無休
※店舗により営業時間、定休日が異なる
【MAP＊P.8 B-1】

ネイヘンストラーチェスの西側の下町情緒が漂うエリアに、2014年にオープンした複合施設。図書館や映画館、アトリエ、展示会場などのカルチャー施設、フードコート、さらにマーケットやショップなどがあります。定期的に絵画の展示会や小さな工房が出店するザ・メーカー・マーケット（The Maker Market）なども開催されていて、サイトのトップページで日時を入力すると、その時開催されているイベントを確認できます。
いつもにぎわっているフードコートはタパス、ピザ、タコスからカレー、飲茶、寿司……とワールドワイド。ハンバーガーが有名なザ・ブッチャー（The Butcher）やおいしいスイーツが並ぶプチ・ガトー（Petit Gateau）など、市内にある人気店の支店も。天井が高くて屋根もあるので、天気が悪い日の予定に組み込むのもいいでしょう。

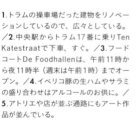

The Maker Store

ザ・メーカー・ストア

2

アムス発のダッチデザインがそろう

1

3

4

デ・ハレンにいくつかあるショップのなかで、おすすめのひとつがこちら。大量生産されたものではなく、主にメイドインアムステルダムの商品を扱っていて、小さなアトリエでつくられているもの、デザイナーが一つひとつていねいに手がけたものを集めたユニークなショップ。ハイセンスでハイクオリティーなダッチデザインの数々は、見ているだけで楽しくなります。

自分でお酒をつくるキットやバーベキューソースなどのフード、アムステルダムの見どころや建築物に関する書籍、ピアス、バッグ、Tシャツなどのファッションアイテム、オランダの家の形をした置物、ハンドプリントされたポスターなどのインテリアグッズ……と、ジャンルもさまざま。まだあまり名が知られていないブランドの商品は、特別感があってとくに気になります。

1.入口を入ってすぐのスペースには、とくにおすすめの商品が並んでいる。／**2**.ショップはメインの通路に面していてわかりやすい。／**3**.どこの誰がつくっているのか、コンセプトは何か、わかりやすくブランドごとに並ぶ。／**4**.オランダの家をモチーフにしたクッションや、地元の木材でつくられたカットボードは32ユーロ〜。／**5**.ハンドプリントのポップなカードは1枚4ユーロ。

5

Hannie Dankbaarpassage 39(De Hallen内)／☎(020)2617667／www.themakerstore.nl
⏲12:00(土曜11:00)〜19:00(月曜17:00)、日曜11:00〜18:00、無休／【MAP＊P.8 B-1】

The Frozen Fountain

ザ・フローズン・ファウンテン

最新のインテリアグッズが並ぶ

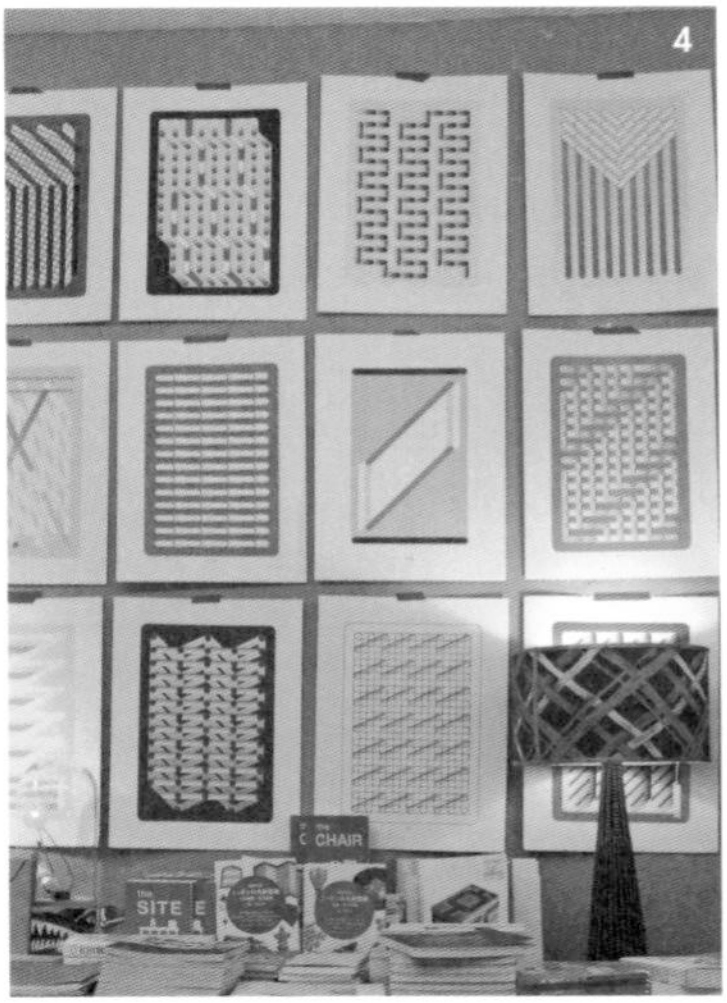

1985年にオープン以来、常に最先端のアーティスティックな家具やインテリア雑貨を提供し続けているダッチデザインの老舗ショップ。オランダ国内や海外の芸術アカデミー出身のデザイナーと密にコンタクトを取って、いち早く店内で展示会を開くことも。まるで現代アートの美術館にいるかのような錯覚を起こしてしまうほど、おしゃれな商品が並んでいます。

ピート・ハイン・エイクのような有名なダッチデザイナーのプロダクツはもちろんのこと、日本ではまだあまり知られていない若手デザイナーのものも多く扱っています。立ち寄るといつもほしいものが見つかるのですが、最近はマコン・エ・レスコワ（Macon&Lesquoy）のハンドメイドブローチが気になっています。大きな家具も日本までの発送してくれるので、購入の際にスタッフに相談を。

1.ディスプレイも配置や色の組み合わせがおしゃれ。見ているだけでも楽しめる。／**2**.ハンドメイドブローチはクロワッサン18ユーロ、自転車25ユーロ。／**3**.ひざ掛けや毛布も色彩が美しい。普段の生活に取り入れたい。／**4**.アートブックや壁にかける絵などの紙ものも取り扱っている。

Prinsengracht 645

☎(020)6229375／frozenfountain.com（英語）

⏲10:00～18:00、日曜12:00～17:00、月曜休
（ただし予約があれば月曜13:00～18:00もオープン）

【MAP＊P.12 B-1】

Laura Dols
ラウラ・ドルス

ヴィンテージの老舗ショップ

1.キュートなワンピースもザクザク。20ユーロ台～と値段もお手頃。／2.ショップ奥の階段を上れば自慢のヴィンテージのリネン類の部屋へ。／3.オランダではパーティードレスもセカンドハンドで探しておしゃれを楽しむ。／4.色ごとに分類されたレトロなハンドバッグは個性的で素敵なものばかり。

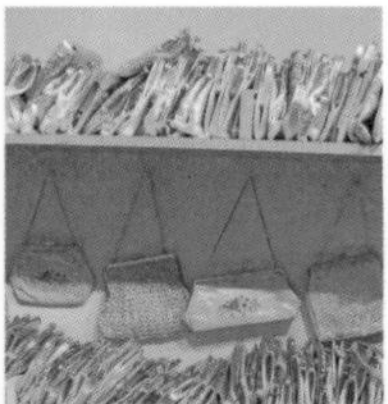

4

1970年代にオープンして以来、地元の人たちに45年以上愛され続けているラウラ・ドルス。1950～60年代のヴィンテージの洋服がメインで、地下にはハイクオリティーなパーティードレスも豊富にそろっています。人とはちょっと違ったパーティードレスを探したい人はぜひのぞいてみて。その他バッグや靴など小物類はもちろんのこと、テーブルクロス、ベッドカバー、クッションカバーなどのリネン類や、子ども服も充実しています。とくにカラフルなベッドカバーは、ノスタルジックな雰囲気が漂っていてとってもラブリー。また、毎週日曜の午後1～4時には、西部港湾エリア（Nieuwe Hemweg 7G）でアウトレットのショップもオープンしています。こちらにはウエディングドレスのアトリエもあります。くわしくはサイトをチェックして。

Wolvenstraat 7
☎(020)6249066／lauradols.nl
⏲11:00(日曜12:00)～18:00(木金曜19:00)、
1月1日・12月25・26日休
【MAP＊P.12 B-1】
※Laura Dols Outlet 【MAP＊P.9 C-3】

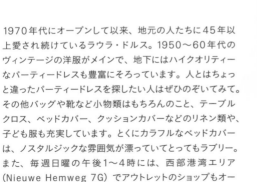

1

2

3

De Boekenmarkt op het Spui

スパウの古本市

掘り出しものの絵本＆紙モノが

毎週金曜にスパウ広場で、約25店の古本屋が出品しているマーケット。小さい広場でこぢんまりと、そしてのんびりとした雰囲気で開催されています。約60年前のミッフィーの初版本や、レトロな色使いと絵が素敵な約70年前の子ども用絵本、私が探したなかでいちばん古い本はなんと1635年発行のものも！もはや古本の域を超えて、博物館に並びそうな貴重な本もゴロゴロあります。

本のほかにもポスターや古地図、ポストカードなどの紙ものがたくさんあります。ユニークなものでは昔のチーズやお酒、石鹸のラベルを扱うラベル屋も。ひやかし半分でぶらぶらのぞいてみるだけでも楽しめるはず。古いものを大切にするオランダらしいほのぼのマーケットです。

Spui
🕘金曜10:00〜18:00頃
【MAP＊P.12 B-2、P.13 A-1】

1.ディック・ブルーナのイラストが表紙の本。／**2.**貴重なミッフィーの初版本。／**3.**約80年以上前の飛び出す絵本も。／**4.**昔のラベル1枚25セント〜。手紙やノートに貼ってオリジナルグッズをつくってみては。／**5.**各ショップによって得意分野もさまざま。端からひと通りのぞいてみて。

4

5

Boekie Woekie

ブーキー・ウーキー

ユニークなアートブックの数々

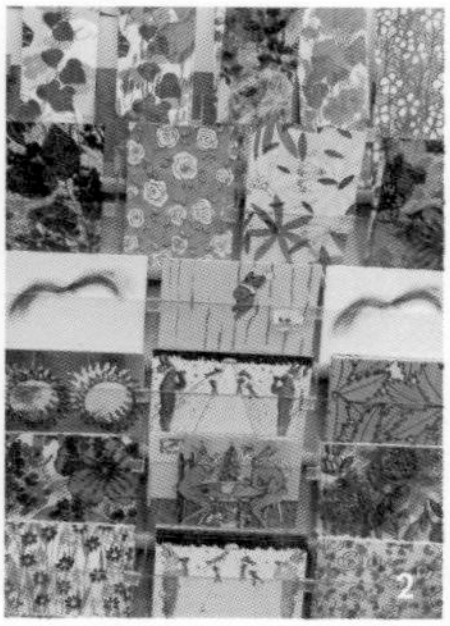

1.色も形もコンセプトも違う本が7000タイトル以上そろう。／2.我が家では大きいサイズのカードを額に入れて飾っている。／3.空き箱のパッケージをリサイクルしてつくられたカード1ユーロ。

3

オランダ国内をはじめ世界中の無名のアーティストによる少部数のアートブックを専門に取り扱う書店。かなりマニアックですが、多部数発行されるアートブックにはないぬくもりと個性がいっぱい詰まった素敵な本が見つかります。色彩が独特的なオリジナルポストカードは1枚1.5ユーロ〜。どれも日本では見つけられないようなユニークなプリントものばかりです。

Berenstraat 16
☎(020)6390507
boekiewoekie.com(英語)
⏲12:00〜18:00、無休
【MAP*P.12 A-1】

Polaberry Amsterdam

ポラベリー・アムステルダム

ラブリーなベルギーチョコレート

1

2

1.かわいいハート型マカロンやひと粒イチゴは日持ちしないので、その日に味わって。／2.ピンクが基調のラブリーな店内に胸が躍る。／3.デコレーションされた板チョコは箱入りで8.5ユーロ。

食べてしまうのがもったいないほどラブリーでキュートなスイーツが並びます。なかでも注目は、大粒のフレッシュなイチゴにチョコレートがコーティングされているシリーズ。ひと粒2.2ユーロで、ひとつ買って歩きながら食べても◎。アムステルダムならではのデコレーションがキュートな板チョコは、日本へのおみやげにもよろこばれそうです。

Prinsengracht 232
☎(020)3343523
polaberry.com(英語)
⏲11:00〜19:00、無休
【MAP*P.12 A-1】

3

1

2

3

Pluk
ブルック

4

乙女ゴコロをくすぐる ケーキと雑貨

アムステルダムのおしゃれな女性たちに大人気のカフェ&雑貨ショップで、ネイヘンストラーチェスに2店舗あります。いつ行ってもたくさんの女性客でにぎやか。店に入るといちばんに目に飛びこんでくる色とりどりのホームメイドケーキは、毎日カフェの厨房で焼かれています。レモンや抹茶のパウンドケーキ、リンゴとシナモンのマフィン、ユニコーンのカップケーキなど、どれも厳選された材料でつくられていて、やさしい甘さが特徴的。店内にはいつもおいしそうな香りがふわりと漂っていて、幸せな気持ちになります。
思わず目がハートになってしまうような、ゴールドとウッドを基調としたキュートなテーブルウェアやホームデコレーションなどの雑貨も見逃せません。お茶をしながらゆっくりショッピングを楽しめるのもうれしい。雑貨はオンラインショップでも販売されていて、世界中に発送してくれます。

レー通り店
Reestraat 19／☎(020)3635977
ベーレン通り店
Berenstraat 19／☎(020)3306006
www.pluk-amsterdam.com/en/(英語)
🕘9:00〜18:00、無休／【MAP＊P.12 A-1】(2店とも)

1.店内のいたるところに雑貨が並ぶ。オリジナルのカードやステーショナリーも人気。／**2**.昔ながらのオランダの民家のたたずまい。半地下と半2階にテーブル席が。／**3**.入口にはおいしそうなフルーツや野菜がこんもりと。ケーキやサラダに変身。／**4**.オリジナルのチョコレートはパッケージがラブリー。／**5**.見た目もかわいらしい焼き立てケーキは、季節や時間によって並ぶ種類がかわる。／**6**.甘すぎないけれどキュートな雑貨は、10ユーロ以下で買えるお手頃さがうれしい。

2店とも近いので、混んでいたらもう1店をのぞいてみて。どちらでも同じメニューをいただける。

APPLE-CINNAMON
MUFFIN €3,80
RED VELVET/OREO
CAKE €6,95
BANANA BREAD
€3,95
CAKE €4,00

5

Mrs
Mrs
Mr
Mr
ENJOY
ENJOY

6

1

Koffiehuis De Hoek

コーヒーハウス・デ・フック

70年変わらないアップルケーキ

1.「De Hoek」とは角（かど）という意味。レー通りとプリンセン運河の角にある。／2.毎日店で焼いている、これぞオランダ！ な昔ながらなアップルケーキ。／3.店内はタイムスリップしたかのような素朴で懐かしい雰囲気。

ネイヘンストラーチェスで変わらない味を提供し続けてもうすぐ70年。このカフェの人気メニューは、70年間同じレシピでつくり続けているティピカルダッチなホームメイドのアップルケーキ4.8ユーロ（生クリームをトッピングすると5.2ユーロ）。リンゴがごろごろ入っていてものすごいボリュームですが、甘さ控えめでぺろりと食べられます。天気がよければ運河沿いのテラス席へ。

Prinsengracht 341／☎(020)6253872
⏲9:00〜17:00、無休
【MAP＊P.12 A-1】

Vleminckx de Sausmeester

フレーミンクス・ドゥ・サウスメーステル

揚げ立てがおいしいフライドポテト

オランダに来たら一度は食べてほしいのがフライドポテト。このポテト屋は1957年の創業以来、60年以上も地元の人たちと観光客に愛され続けています。サイズはS 2.3ユーロ、M 2.9ユーロ、L 4.5ユーロの3種類。25種類以上もあるソース（別料金0.7〜1ユーロ）から好きなソースを選んで召し上がれ。迷ったらスタンダードなMayo（フライドポテト用のマヨネーズ）を試してみて。

1.この大きさでSサイズ。Mayoは酸味が少なく甘め。／2.日本語のメニュー表もあるので、不安な場合はそれを見て注文を。

Voetboogstraat 33
vleminckxdesausmeester.nl/en/（英語）
⏲11:00（月曜12:00）〜19:00（木曜20:00）、無休
【MAP＊P.12 B-2、P.13 A-1】

Rainarai

ライナライ

ノマド料理が気軽に食べられる

レシピブックも出版しているシェフが監修した、北アフリカのアルジェリアに暮らすノマド（遊牧民）料理をカジュアルに楽しめる店。毎日パンばかりで飽きてしまった時や、エキゾチックな料理が好きな人はぜひ。レストランはとても小さく、店内には5テーブルのみ。あとはテラスで運河を見ながら、のんびり食事をすることができます。

まずはプレートのサイズを小16ユーロ、大19.5ユーロから選択し、次にクスクスかサフランライスを、そして日替わりの肉、魚、ベジタリアンのいずれかを選べば、プレートにのせてオーブンであたためてくれます。味はどれもはずれがなく、野菜もたくさん食べられてボリューム満点。一緒にミントティーをいただけば、さらにノマド風に。ウェステルガスファブリーク内に支店があり、こちらはもっと本格的なレストランです。

1

2

3

4

1.今回はクスクスと魚をチョイス。ぷりぷりのエビがおいしい！／**2**.運河に面した日当たりのいいテーブルは特等席。／**3**.野菜のほかにも、豆やキノコもあって栄養バランスがいい。／**4**.いくつも並んだタジン鍋が目印。

Prinsengracht 252
☎(020)6249791
www.rainarai.nl
⏲12:00～22:00、無休
【MAP＊P.12 A-1】
※【MAP＊P.10 A-1】にも店舗あり

ブラウ橋からアムステル川をながめたところ。運河とは違った風情。

1.ボートが通る時に橋が開く跳ね橋。／**2**.ユトレヒツェ通りはそこまでにぎわっているわけではないけれど、おしゃれな店が集まっている。／**3**.エレガントで、オーナーのセンスのよさを感じさせるショップ。／**4**.ワーテルロープラインマルクトには、ユーズドの空き缶専門店も。／**5**.アンティークショップ通りでは思わぬ掘り出しものに出会えるかも。

ユトレヒツェ通り周辺
Utrechtsestraat

【MAP＊P.13】

落ち着いた雰囲気のなかで
古きよきものに出会える

4

5

ユトレヒツェ通りは、レンブラント広場とフレーデリクス広場の間を南北に600mほどのびるショッピングストリート。ファッションやインテリア雑貨のショップのほか、落ち着いた佇まいのカフェやレストランが並んでいて、大人の女性向きのショッピングストリートという印象です。通りも静かでショップもこぢんまりとしていますが、素敵なショップがたくさんあるので、ぜひ自分好みの店を探してみてください。

古着や古本が好きな人は、レンブラント広場のトラムの停留所で降りて、北のエリアを散策してみましょう。レンブラント広場からユトレヒツェ通りに沿って悠然と流れているのが、アムステルダムで唯一の自然の川であるアムステル川。その川にかかるブラウ橋からは、パリのセーヌ川に引けをとらない絶景を楽しめます。ブラウ橋を渡った先にある広場では、古着や骨董品を中心としたワーテルロープラインの蚤の市が、日曜以外毎日開催。ユトレヒツェ通りの西側エリアには昼夜にぎわいが絶えない繁華街のライツェ通り、その手前にはアムステルダムきってのアンティークショップ通りのニュエ・スピーホー通りがあるので、アンティークに興味がある人は見逃さないで。

ユトレヒツェ通り周辺はネイヘンストラーチェスやデ・パイプ(P.66)とも隣り合わせ。これらのエリアと組み合わせて、散策を楽しみましょう。

3

Foam Fotografiemuseum

フォーム・フォトミュージアム

自由な発想の写真が目白押し

写真に興味がある人にぜひ訪ねてほしい美術館。展示会、出版物、その他プロジェクトを通して、有名なフォトグラファーの作品紹介だけでなく、世界中の若手の育成にも力を入れています。地下から4階までジャンルの違う写真がずらりと展示されていて、見応えたっぷり。半地下にはカフェもあるので、ショッピングの途中の休憩スポットとしてもおすすめです。

Keizersgracht 609
☎(020)5516500
www.foam.org/home(英語あり)
⏲10:00～18:00(木金曜21:00)、無休
入場料＊€12.5
【MAP＊P.13 A-1、P.12 C-2】

1.各部屋が広々していて、ゆったりと落ち着いて鑑賞できる。／**2**.期間限定の展示会が開かれていることも。サイトをチェックしてみて。／**3**.出入口前のショップではポストカードや写真集を購入できる。

Rembrandt Art Market

レンブラント・アート・マーケット

現代アート作品が手軽に買える

3月はじめから10月末まで、毎週日曜にレンブラント広場で開催されているアート作品のマーケット。油彩画やアクリル画、デジタルアートなどの絵画のほか、ブロンズ、ガラス、陶器などさまざまな素材からつくられたアート作品をアーティスト本人から直接購入することができます。ギャラリーを通さないため、お手頃価格なのも◎。アムステルダムの風景画を旅の思い出に一枚いかが？

Rembrandtplein
www.rembrandtartmarket.nl/index.php
⏲3～10月の日曜10:30～18:00
【MAP＊P.13 A-2】
※De Hallen(P.46)でも、月に1度(基本的に第3土曜)通年で開催

1.手のひらにのる小さなオランダの絵は額縁入りで、そのまま飾れる。／**2**.画家のヤンさん。マグネットは5ユーロ、絵は10ユーロ台～。

Kindred Spirits
キンドレッド・スピリッツ

オランダ発! 世界にひとつのブーツ

オランダのファッション誌では、もはやおなじみとなっているダッチブランド。ふたりのオランダ人オーナーが世界中を旅して得たインスピレーションをもとにオリジナル商品をつくり、販売しています。2016年にキブーツ(Kiboots)というブランドから、より環境にやさしく持続可能な商品づくりを追い求めてリニューアルしました。モロッコとトルコの昔のキリムやファブリックを再利用した商品がメインで、レザーブーツはショップのいちばん人気。ショートからロングまで、同じ柄のブーツはひとつとしてありません。上質なレザーを使用し、スタイリッシュにリメイクしています。
そのほかにもレザー&キリムのバッグ、クッションカバー、ネックレスなど、フォークロアの要素をほどよく取り入れたアイテムがたくさんあります。

1.どのブーツにしようか悩んでしまう豊富なバリエーション。179.95ユーロ〜。/**2**.部屋の奥に積まれたキリムのじゅうたんは色も柄も世界にひとつだけ。/**3**.ブーツに似合いそうなワンピースやニットなどの洋服も要チェック。/**4**.あたたかそうな手編みのニットの靴下19.95ユーロ。お気に入りのカラーを探してみて。

Utrechtsestraat 47☎(020)7722942/www.thekindreds.com(英語)
⏲11:00(土曜10:00)〜18:00、日曜12:00〜17:00、2月の月曜休/【MAP＊P.13 A-2】

Waterloopleinmarkt

ワーテルロープラインマルクト

アムスっ子御用達の蚤の市

メトロのWaterlooplein駅を出てすぐの広場で、日曜以外毎日開催されているマーケット。観光地によくあるみやげ屋やいかがわしいDVDを売っている店が数軒あるため、一瞬期待はずれかも……と思ってしまうかもしれませんが、ちょっと待って。そんな店に交じって、昔のオランダの切手やピンバッジ、缶バッジなどを売っているコレクターズショップや、レトロでキュートな缶ばかりを扱っているコアなショップなどこのマーケットでしか出会えないような店も並んでいます。いかにも蚤の市らしい古着や雑貨類の露店も充実していますが、商品はまさに山積み状態で、掘り出す根気がある人向きです。そのかわり値段はかなり安く、掘り出しものを見つけた時のよろこびは大きいもの。混沌としたマーケット、私は俄然やる気が出るタイプですが、みなさんはいかがでしょう。

マーケットに面した建物内には、有名な古着屋エピソード(Episode) なども入っているので、気力と体力があまっていればそちらものぞいてみてください。

1

2

3

Waterlooplein 2
waterlooplein.amsterdam/en（英語）
⏲ 月～土曜9:30～18:00
【MAP＊P.13 A-2】

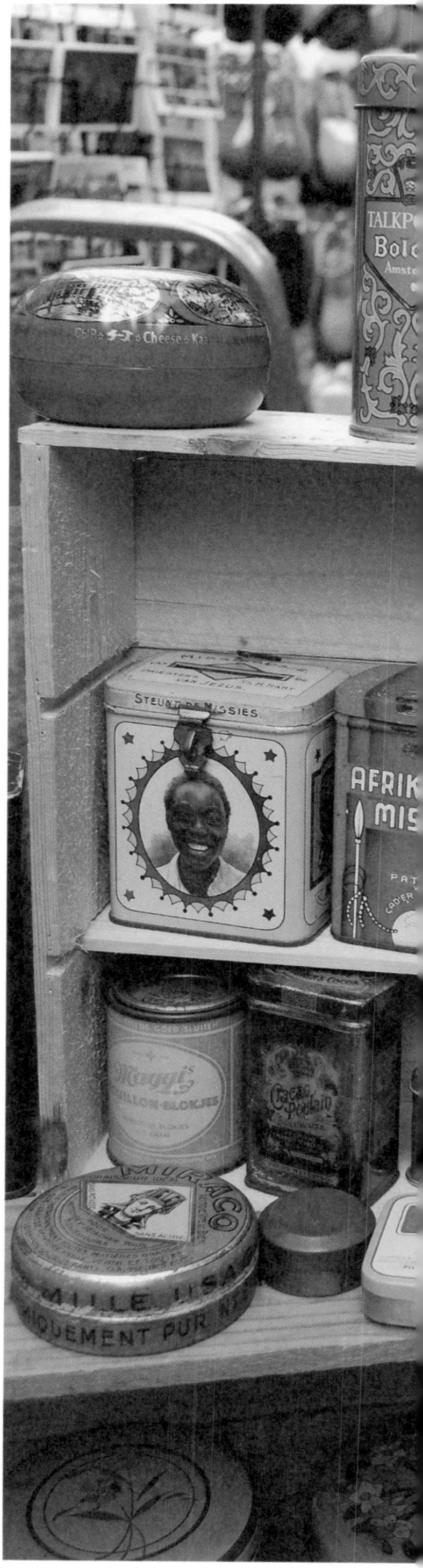

缶好きにはたまらないレトロな空き缶ボックス専門のショップ。

4

5

1.オランダの使用済み切手セット。切手にもダッチデザインがあふれている。／**2**.奥に見える茶色い建物に古着屋が入っている。／**3**.メトロの駅を出たらこのモゼス・エン・アーロン教会に向かって歩いて。／**4**.昔の広告を使ったカード5ユーロ。フレームに入れて飾っても。／**5**.懐かしの缶バッジ。1個50セント、12個で5ユーロと激安！ ばらまきみやげにいかが？

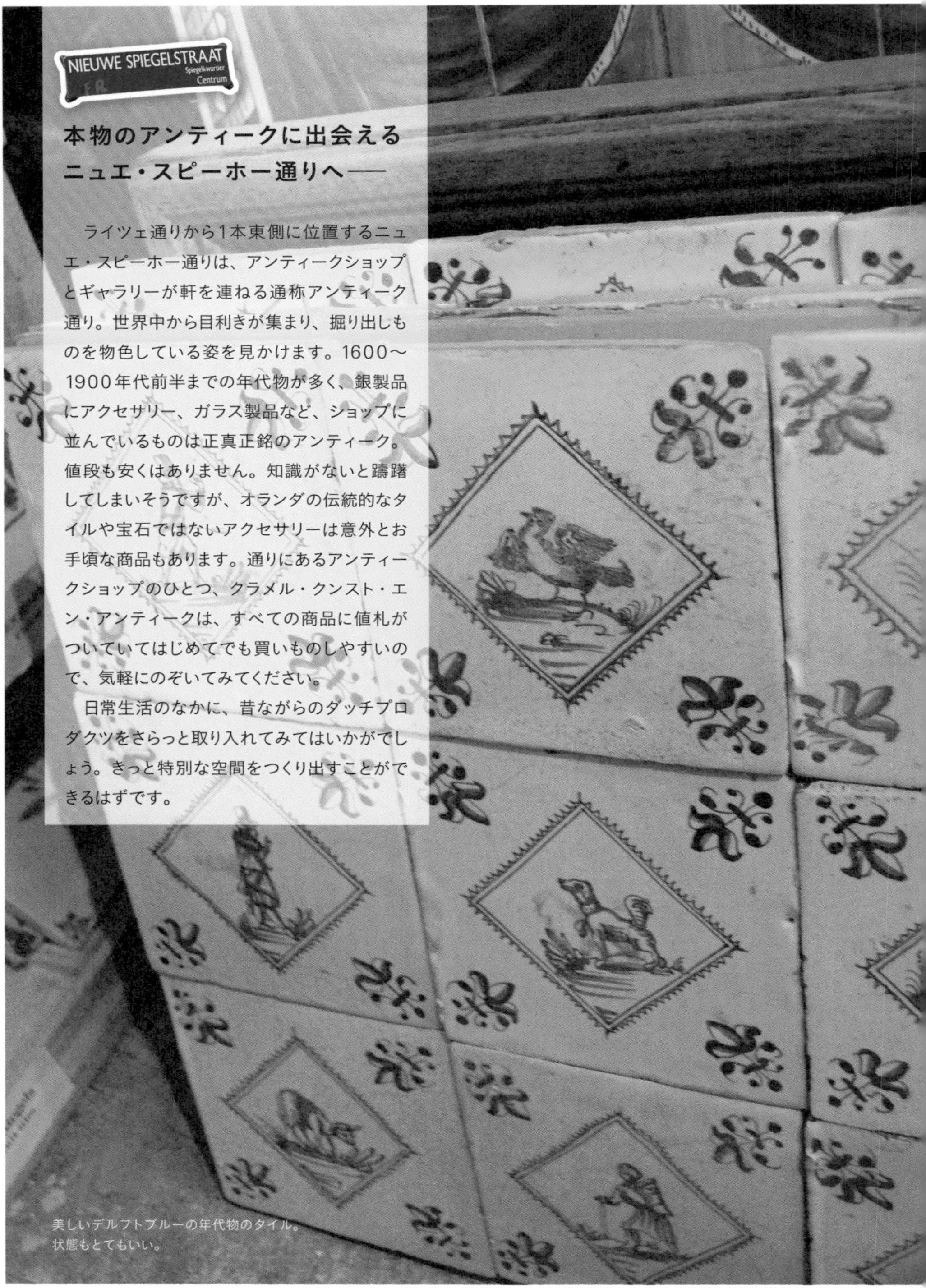

本物のアンティークに出会える
ニュエ・スピーホー通りへ――

　ライツェ通りから1本東側に位置するニュエ・スピーホー通りは、アンティークショップとギャラリーが軒を連ねる通称アンティーク通り。世界中から目利きが集まり、掘り出しものを物色している姿を見かけます。1600〜1900年代前半までの年代物が多く、銀製品にアクセサリー、ガラス製品など、ショップに並んでいるものは正真正銘のアンティーク。値段も安くはありません。知識がないと躊躇してしまいそうですが、オランダの伝統的なタイルや宝石ではないアクセサリーは意外とお手頃な商品もあります。通りにあるアンティークショップのひとつ、クラメル・クンスト・エン・アンティークは、すべての商品に値札がついていてはじめてでも買いものしやすいので、気軽にのぞいてみてください。

　日常生活のなかに、昔ながらのダッチプロダクツをさらっと取り入れてみてはいかがでしょう。きっと特別な空間をつくり出すことができるはずです。

美しいデルフトブルーの年代物のタイル。
状態もとてもいい。

Kramer Kunst & Antiek

クラメル・クンスト・エン・アンティーク

初心者も安心のアンティークショップ

広い店内にところ狭しと並ぶアンティーク商品の数は、このエリアでも随一。陶器の食器類や銀製品、絵画、ガラス製品、デルフト焼きなど何気なくおいてある商品がかなりの年代物だったりします。とくに圧倒的な商品数を誇るのはオランダ産のタイルで、1600～1900年代の希少なコレクション。初心者にもわかりやすいようにタイル一枚一枚に証明書がついていて、産地と年代と価格がひと目でわかるようになっています。

ほかにも1900年代初頭のセラミックのキュートなコップなどもあり、45ユーロとお手頃。1800年代のブローチも、一生ものになりそうなつくりとデザインが素敵です。ほぼすべての商品が日本への発送もOK。スタッフはみなさん親切なので、わからないことは気軽に相談してみましょう。

1.テーマごとに分かれていて見やすいタイル。何百年も昔のタイルは美しいのひと言！／**2**.日本ではなかなか手に入らない豪華なティーカップのフルセット。／**3**.アンティークのスプーンは1本3ユーロ。／**4**.天井まで商品がびっしりでどこも見逃せない。／**5**.プリンセンフラフト通りとニュエ・スピーホー通りが交差する角に入口がある。

Prinsengracht 807／☎(020)6261116
www.antique-tileshop.nl（英語あり）
⏲10:00（月曜11:00）～18:00（土曜19:00）、
日曜13:00～18:00、無休
【MAP＊P.13 B-1、P.12 C-2】

Maison NL Concept Store

メゾン・エヌエル・コンセプト・ストア

家にいるような心地よさが魅力

長年の友人同士であるヨネットさんとコラさんが開いたセレクトショップ。ふたりが厳選したアイテムが並んでいます。ジュエリーや洋服、ホームデコレーション雑貨から、子どもの洋服、おもちゃまで、どれも洗練されたものばかり。カラートーンが落ちついていて、シックで高級感がありながら、どこかユーモアが感じられる――そんな統一感のある絶妙な品ぞろえで、ほかのショップとは一線を画します。繊細なランジェリーや重厚感のある器は、大人の女性にぴったり。自分へのご褒美にいかがでしょう。明るすぎない店内の照明が心地よく、ゆったりくつろいだ気持ちで買いものを楽しめます。

1.日々の生活にプラスしたい、大人かわいいものが棚一面に並んでいる。／**2**.パリのAstier de VillatteがニューヨークのJohn Derianとコラボした白い陶器は、日本の価格の半額ほど。／**3**.ブリキに入ったナチュラル石鹸はパッケージもおしゃれで、おみやげによろこばれそう。／**4**.ひと目ぼれしたアニマルモチーフのフラワーベース65ユーロ（写真上)。ほかにペン立てや貯金箱などもある。

Utrechtsestraat 118／☎(020)4285183
www.maisonnl.com/en（英語）
⏲11:00～18:00、日曜13:00～17:00、月曜休
【MAP＊P.13 B-2】

Bar Bitterbal

バー・ビタバル

変わり種ビタバレンが美味！

オランダでビールのお供といえば、クロケットに似たビタバレンというひと口サイズのスナックがポピュラーですが、このバーでは自家製の変わり種ビタバレンがなんと25種類以上も味わえます。定番の肉入りだけでも10種類以上、そのほかにもシーフード系、チーズ系、ベジタリアン系とバリエーション豊かで、どれにしようか迷ってしまうほど。私は「北海産エビ入りビタバレン」がお気に入りです。クリーミーで濃厚なソースに、エビの風味がマッチしていて絶品。カレー味やワカメ入りのビタバレンも気になります。5個入りか15個入りをチョイスできるので、気軽にひとりでも友達とシェアしても。ビタバレン、フライドポテト、アムステルダムの地ビールブランドであるブラウヴェライット・アイ（Brouwerij 't IJ）の生ビール、アイウィット（IJwit）が、アムステルダムならではのコンビネーション。

1.ユトレヒツェ通りを北側から入ってすぐ。このロゴが目印。／**2**.ビタバレンは5個入り5.95ユーロ、15個入り17.95ユーロ〜。オランダの味をどうぞ。／**3**.ワインやカクテルなどアルコールの種類も豊富。／**4**.インダストリアル系の雰囲気がいい。店内のほか、店の前にテラス席もある。

Utrechtsestraat 18／☎(06)13363359／barbitterbal.nl/en/home（英語）
⏲16:00（日曜12:00）〜24:00（木曜翌1:00）、金曜14:00〜翌2:00、土曜12:00〜翌2:00、無休
【MAP＊P.13 A-2】

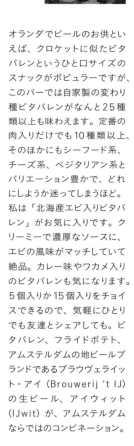

デ・パイプ
De Pijp

【MAP＊P.13】

活気あるエキゾチックなエリア
魅力的なカフェやショップが

デ・パイプは、アムステルダム中心部の少し南側に位置します。ヨルダーンやネイヘンストラーチェスのような小さな運河がたくさんある歴史的な街並みとはまた少し違う趣があり、アフリカや中東関連などの店が多く、国際色が豊かでエキゾチック。近年おしゃれなショップや人気のカフェが移転してきたり、新しくオープンしたりなどなにかと話題にのぼる注目のエリアで、今のアムステルダムを語る上でははずせません。以前は少しアクセスしづらいのが難点でしたが、2018年、長い工事期間を経てザウド（南）駅とアムステルダム北エリア（P.76）を結ぶメトロ52号線が開通。そのおかげで、ザウド駅からもアムステルダム中央駅からも、アクセスが容易になりました。

アムステルダム市民の台所といわれているアルバート・カウプの市場も、このエリアにあります。市場で美しい花や新鮮なフルーツを買ったり、ハーリングやストロープワッフルなどのオランダ人のソウルフードをつまんだりしたら、市場のある通りに並行しているジェラード・ダウ通りも散策してみて。個性的で素敵なショップが並んでいる見逃せない通りです。また、ジェラード・ダウ通りの北側周辺には雰囲気のいいレストラン、おいしいコーヒーが飲めるカフェがたくさんあります。

デ・パイプはどんどんアップデートされています。そのすべてを紹介しきれないのはとても残念ですが、ぜひ気になったお店をいろいろのぞいてみてください。きっと素敵な出会いがあるはずです。

1.続々と新店がオープンしている。出かける前にインスタやツイッターで情報収集を。／**2**.トラムのほかにメトロでもアクセスできるようになり、どこからも行きやすくなった。

アルバート・カウプの市場周辺は、常に地元の人たちと観光客でにぎわう。

3

4

5

3.街歩きがとくに楽しいデ・パイプでは、写真を撮るのを忘れずに。／**4**.ミュージアムが集まる広場のMuseumpleinからも歩いてすぐ。／**5**.アムステルダムは近年ビーガン対応のカフェやバーが増えてきていて、こちらもその1軒。

Albert Cuypmarkt

アルバート・カウプマルクト

お手頃なアムステルダムの台所

ホテルに滞在中、部屋に花を飾ったり、季節のフルーツを買って食べてみたりして、まるでアムステルダムに暮らしているような気分を味わうのも楽しいもの。そんな体験をしてみたいという人は、ぜひアルバート・カウプマルクトへ。アムステルダム中心部の南、運河の少し外側にあるアルバート・カウプ通りで、月曜から土曜まで開かれています。食品から日用品まで幅広い品ぞろえですが、この市場では雑貨探しよりも食べ歩き、食材や花々の購入がおすすめ。なにしろすべてが新鮮&リーズナブルです。

焼き立てのチキン、フルーツたっぷりのスムージー、揚げ立ての魚など、食べながら、飲みながらの気取らないラフな感じで、心地よくショッピングを楽しめます。夏に訪れたら、平べったい桃を食べてみて。日本の白桃に似た味で、ほっぺたが落ちそうになるおいしさです。春はチューリップ、夏はひまわりなどの花々も日本では1本しか買えない値段で束が買えることも。アムスっ子の台所、庶民的マーケットで心もお腹も満たされることでしょう。

1.ベリー系の木の実やマンゴー、メロンなど日本では高価なものもリーズナブル。／**2**.アムスっ子もこのマーケットで花を調達。

3

4

5

6

7

8

Albert Cuypstraat
albertcuyp-markt.amsterdam（英語あり）
⊙月〜土曜9:00〜17:00頃
【MAP＊P.13 C-2】

3.焼き立てのパンが並ぶベーカリー。小腹がすいたらマフィンがおすすめ。／**4**.しぼり立てオレンジジュースでデトックス！／**5**.マーケットがある日は地元の人たちと観光客でにぎわう。／**6**.オランダ名物のチーズもはずせない。／**7**.スパイスで味つけされたグリルチキンはやわらかくて絶品。／**8**.キッチュでダッチな柄のビニールクロスは1m8ユーロ。

Groen+Akker

フルーン・プルス・アッカー

アムスでここだけの雑貨に出会える

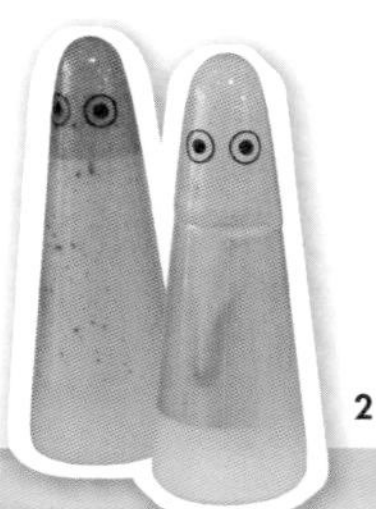

2

1

3

4

1.GURのラグは110ユーロ〜。コンパクトで薄いラグなので壁に掛けても。／**2**.ハンドメイドのおばけの置物は、リングホルダーとして使ってもキュート。／**3**.サイズとカラーのバリエーションが豊富な壁に取りつける丸い木製のフック。／**4**.右側にいるのが気さくで明るいジェルブランドさん。わからないことがあれば気軽に聞いてみて。／**5**.大通りから小道に入ってすぐ。この旗と箱つき自転車を目印に。

Govert Flinckstraat 114／☎(020)7866057
www.groenenakker.nl/en(英語)
⏲ 10:30〜18:00、月日曜休
【MAP＊P.13 C-1】

5

はじめてこのショップを見つけた時、ディスプレイがキュートすぎて大興奮したのを覚えています。オーナーのジェルブランドさんは大手デザイナーズショップから2019年に独立し、自分の好きなものだけを扱うこの店をオープン。有名なデザイナーズブランドの雑貨だけでなく、アムステルダムではこのショップでしかお目にかかれないような小さな工房やアーティストの雑貨もたくさん。何度足を運んでも、毎回新しい商品に出会えます。私はデンマークのストゥジオ・アーホイ(Studio Arhoj)のおばけの置物、ポルトガルのグル(GUR)のラグが気になっています。カラーリングが美しくていねいに並べられた商品から、ジェルブランドさんの愛と情熱を感じる素敵なショップです。

グラデーションが美しく、カラーごとにディスプレイされていて見やすい。

All the Luck in the World

オール・ザ・ラック・イン・ザ・ワールド

オリジナルのアクセサリーが素敵

1

2

ウインドーをのぞくだけで、乙女ゴコロをくすぐられるショップ。よりすぐったヴィンテージ雑貨とインテリアグッズにもキュンとしてしまいますが、おすすめはこのショップのデザイナーチーム、アトリトゥー・ストゥディオ（Atlitw Studio）がオリジナルでつくっているネックレスやリング、ピアスなどのアクセサリー。おもちゃのようなリングもハイクオリティーだからこそ、安っぽくならずにしっくりなじみます。華奢なネックレスもトップの種類がたくさんあって迷ってしまうほど。そのほかポストカードもアトリトゥー・ストゥディオオリジナル。
ショップ中にちりばめられたヴィンテージ雑貨や家具のコーディネートは、どこも絵になるものばかりでインテリアの参考になります。アムステルダム市内に３店舗あります。

3

4

アニマルモチーフのスプーンとフォークは、違うモチーフでそろえても素敵。

1.毎シーズン違うコレクションが発売されるネックレスは、フェミニンなデザインが多い。／**2**.店内のヴィンテージ雑貨はどれも状態がよく、洗練されている。ネイヘンストラーチェスにも店舗があり、そちらは木曜から日曜まで営業。／**3**.美しいヴィンテージの食器類もたくさん。気に入ったら即買いを。／**4**.キッチュなリングは30ユーロ台～とお手頃。

Gerard Doustraat 86h
www.alltheluckintheworld.nl/en/（英語）
⏲ 11:00（月日曜12:00）～18:00、無休
【MAP＊P.13 C-1】※【MAP＊P.12 A-1】にも店舗あり

Deer Mama

ディーア・ママ

100%ビーガンのハンバーガーが絶品！

1.ハンバーガーは11.95ユーロ〜。プラス2.5ユーロでフライドポテトを追加できる。／**2**.Oedipus（P.85）のビールはこのカフェバーの雰囲気にぴったり。／**3**.天井やタイルもピンクが基調で80年代風のポップな店内は、いつもにぎわっている。／**4**.カラフルなケーキもビーガン対応。ケーキは日替わりなのでその日のおすすめをどうぞ。

内装や食器のディテールまでポップでかわいい、本格的なビーガン対応のカフェ・バー。どれもこれも本当にビーガンなの？ と疑いたくなるほど食べごたえ十分なメニューの数々にきっと驚くはず。いちばん人気はハンバーガー。BBQソースやチーズソースなどのテイストを選べ、自家製のバンズに新鮮な野菜と植物由来のパテがどーんと挟まっています。アメリカ発祥で、本物のビーフを超えると話題のビヨンドミートを使ったハンバーガーも食べられます。つけ合わせはフライドポテトやサツマイモのフライなどから好きなものをチョイス。ボリューム満点ですが動物由来のものではないので、食後のお腹も軽やかです。
コーヒーやお茶などのあたたかい飲みものからアルコール、キュートなケーキからちょっとしたおつまみまでと、カフェとしてもバーとしても活用できます。メトロのDe Pijp駅からも近いので、アクセスも便利。

Ceintuurbaan 71
☎(020)2334882
deermama.nl（英語）
⏲ 11:00〜22:00、無休
【MAP＊P.13 C-1】

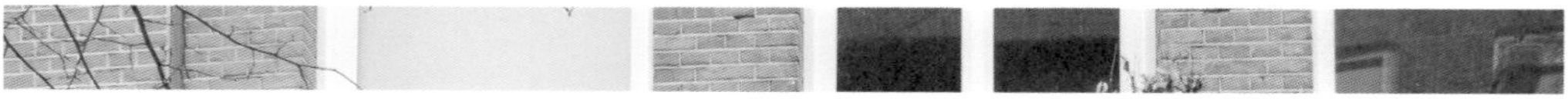

Bar Fisk

バー・フィスク

夏になると出入り口前はテラス席に変身する。にぎやかな通りから一本入った場所にありとても静か。

1.鯛のグリルのヨーグルトソース添え13.5ユーロ。淡白な魚とヨーグルトがよく合う。／**2**.ワイン、カクテル、トニック……好みのアルコールと一緒に味わって。／**3**.フレッシュで肉厚なサーモンのサンドをひと口頬張れば、口いっぱいにおいしさが広がる。／**4**.釣竿をリメイクしたライトが個性的。店内のマリン風インテリアにも注目して。／**5**.夜遅くまで営業しているので、バーとしてアルコールを飲みに行くのもいい。

スタイリッシュなシーフード料理

マーケットが出ているアルバート・カウプ通りから少し小道を入ったところにある小さなレストラン・バー。マリン風のインテリアがとてもおしゃれで、落ち着いた雰囲気が大人の女性にぴったりです。イスラエルの都市、テルアビブの活気あふれる市場のシーフード料理からインスピレーションを受けた魚料理がメインですが、盛りつけは上品で美しく、スタイリッシュな魚料理を楽しめます。街歩きの締めくくりに、おいしいシーフードと白ワインで乾杯！ はいかがでしょうか？ 焼き立てのパンと鯛のグリルやマスの燻製、新鮮なサーモンなど、数人でシェアしていただけるメニューが豊富です。

夕方早めの店内は静かですが、夜は一転、地元の人たちでいっぱいになりにぎやかな雰囲気に。夏はオランダ風に、気持ちのいいテラス席でどうぞ。

Eerste Sweelinckstraat 23
☎(020)2352117／www.barfisk.nl(英語)
⊙ 18:00(土日曜12:00)～翌1:00、無休
【MAP＊P.13 C-2】

アムステルダム北エリア
Amsterdam-Noord

【MAP＊P.14】

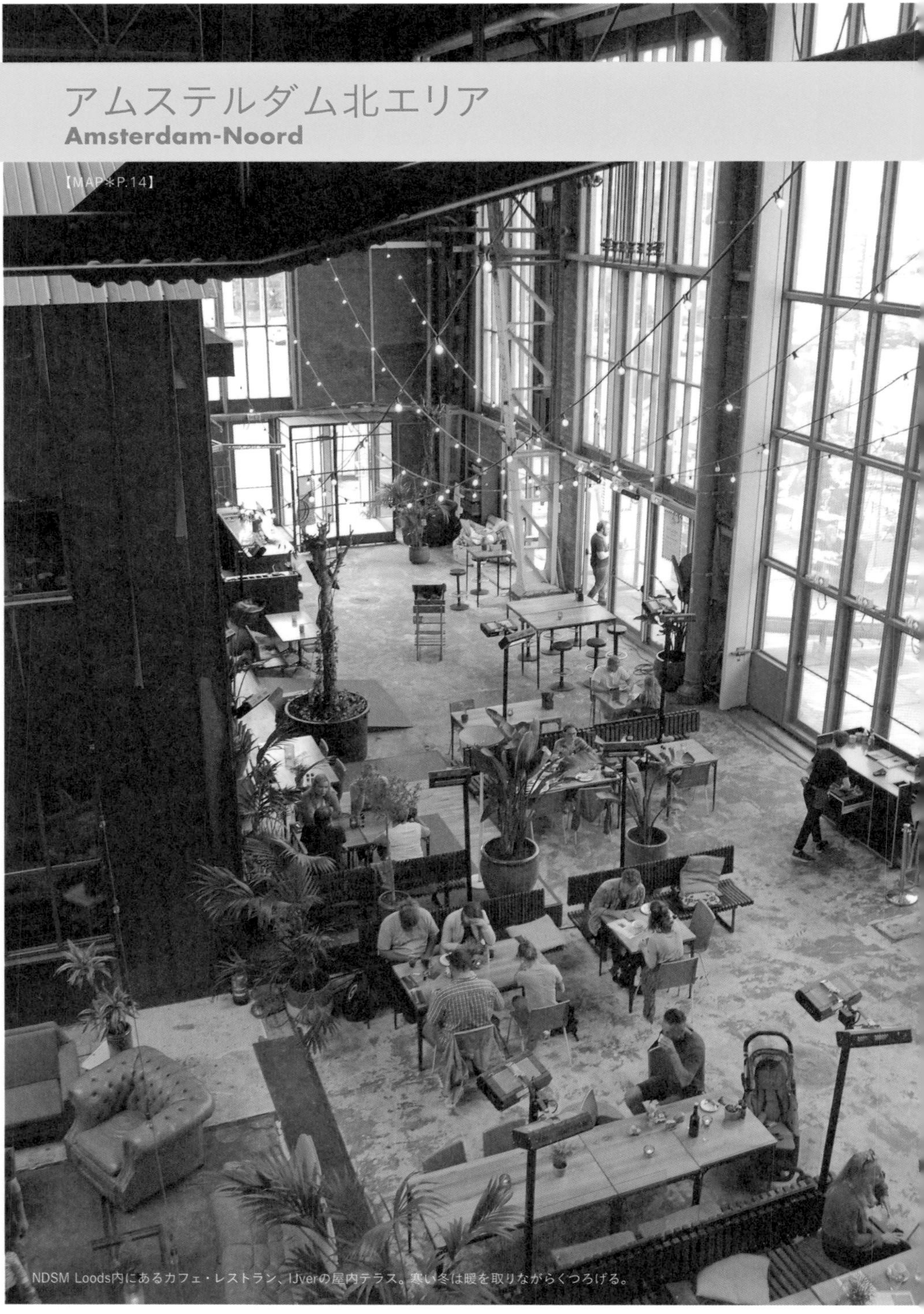

NDSM Loods内にあるカフェ・レストラン、IJverの屋内テラス。寒い冬は暖を取りながらくつろげる。

日常とアート、デザインが交錯
どんどん拡大するニューエリア

アムステルダム中央駅の北側に出ると、目の前に広がるアイ湾の向こう側が北エリア。1時間に何本も運航している無料のフェリーに乗って、気軽に訪れてみましょう。2018年にザウド（南）駅とアムステルダム北エリアを結ぶメトロ52号線が開通したことで、電車でもアクセスが可能になりますます便利に。以前はNDSMという造船所跡地周辺が無法地帯と化していましたが、アムステルダム市が再開発に取り組み、アートとデザインを生み出すおしゃれなエリアに生まれ変わりました。さらにアムステルダムの住宅難を解消すべく、最新のダッチデザインを取り入れた家やマンションがどんどん建てられていて、ながめるだけでも楽しめます。

北エリアのなかでも西側のNDSMウェルフでは、月に一度大規模なフリーマーケット、アイハレンが開催されるので要チェック。その横の造船場跡地にはNDSMローズという巨大なアートスペースがあり、若手のアーティストのアトリエなどとして使われています。イベントや展示などが目白押しなので、アートに興味がある人にはぜひのぞいてほしいスポットです。

東側はユニークなショップやカフェが点在していて、スポットが広範囲にわたるので、中央駅で自転車を借りてめぐるのもおすすめ。中央駅から対岸に見えるアイ・フィルムミュージアムでアートに触れ、高層ビルのアダム・タワー上階にあるアダム・ルックアウトの展望台から街をながめて観光も楽しみましょう。

1.東側エリアへは、中央駅前からBuiksloterweg行きのフェリーに乗り5分ほどで到着。／**2**.NDSMウェルフは造船場跡地らしいインダストリアルな雰囲気が漂っている。手前はカフェ・レストラン。／**3**.NDSMウェルフへはフェリーで約15分。クルージング気分を味わえる。／**4**.大きな倉庫に並ぶ魅力的なヴィンテージの雑貨は宝の山！

レンタサイクルするなら……

このエリアでサイクリングするなら、アムステルダム中央駅の北側にあるマック・バイクへ。3時間11ユーロ、1日14.75ユーロでハンドブレーキタイプの自転車が借りられる。パスポート（コピー不可）＆50ユーロ、またはクレジットカードがデポジットになる。フリーマップももらえるのでスタッフにたずねてみて。

Mac Bike
(Centraal Station Oost Verhuur)
マック・バイク（アムステルダム中央駅店）

De Ruijterkade 34
☎(020)6248391
www.macbike.nl（英語）
⏲9:00〜18:00、無休
【MAP＊P.14 C-1、P.11 B-4】

NDSM Loods

エヌデーエスエム・ローズ

1

注目のカルチャー発信基地

NDSM行きのフェリーで到着するエリアには、かつてNDSMという造船所がありました。再開発が進み、カルチャーとアートの融合をはかるため、アトリエや、そこで制作された作品を展示するギャラリーがつくられました。さらにたくさんの住居も建設中。新しい形の情報発信基地として、とくに若い世代の人に注目されているホットスポットです。色あざやかなグラフィティやインダストリアルな建物など散策しているだけで楽しいエリアで、とくにはずせないのがぱっと目をひく大きな建物、NDSMローズ。なかにはアーティストのアトリエがあり、実際の作業風景や作品も見学OK。カルチャーグループのフューズ（Fuse）がコラボしている展示スペースなどもあります。建物内で無料配布しているアーティスティックなフリーペーパーも、忘れずにゲットしましょう。

NDSMウェルフでは、フリーマーケット（P.82）をはじめさまざまなイベントも開催されているので、訪れる前にサイトをのぞいてみてください。日にちを入力すると、エリア内で開催中のイベントや展示会、カフェ・レストランの営業情報などがひと目でわかります。

2

3

4

NDSMローズの入口。なかのアトリエと展示スペースは自由に見学することができる。

NDSM-Plein 85
www.ndsm.nl/en(英語)
⏲9:00〜18:00、無休
【MAP＊P.14 A-1】

1.フォントも写真もアーティスティックなフリーペーパー。／2.250人以上のアーティストがアトリエとして小さな部屋を借りている。／3.4.Fuseの展示は、カフェ・レストランのIJver(P.83)の横にある階段を上ったところに。期間ごとにテーマが変わるのでサイトでチェックを。／5.ウェルカムセンターでは、NDSMウェルフの情報やアート作品を入手できる(冬季は閉館)。／6.アトリエの壁に貼られたポスターもアート作品のよう。／7.NDSMウェルフ一帯がアート作品であふれている。フェリー乗り場からも近い。

A'DAM Lookout

アダム・ルックアウト

展望台からながめる街並みが絶景

アムステルダム中央駅の北側からアイ湾の向こう側を見た時に、ランドマークとなっている高い建物は、アダム・トーレン（A'DAM Toren）＝アダム・タワーと呼ばれています。その最上部にあるのがアダム・ルックアウト。建物から飛び出すようにブランコがあり、足が宙に浮く状態で景色を見ることもできる展望台です。ユニークでスリリングなながめを楽しんでみては？

Photo: Martijn Kort

1.絶対に忘れることができない思い出になりそう。／2.アムステルダムのパノラマを360度見渡せる。

Photo: DennisBouman

Photo: Martijn Kort

Overhoeksplein 5／☎(020)2420100
www.adamlookout.com（英語）
⏲10:00～22:00（最終入場21:00）、無休
料金＊€14.5（各種コンビチケット、オンライン割引あり）、ブランコ€5
【MAP＊P.14 C-1、P.11 A-4】

上層階にはカフェバーやレストランがあり、食事もできる。

Eye Filmmuseum

アイ・フィルムミュージアム

映画や映像のアートミュージアム

アダム・タワーの隣にあるひときわ目立つ白い建物が、アイ・フィルムミュージアム。世界中から集められた映像に関するアート作品が展示されていて、シアターでは映画が上映されています。映像で遊べる体験型アトラクションも充実。子どもから大人まで身近にアートを感じることができます。併設されているオープンスペースのレストランも広々としていておしゃれ。海をながめながらのコーヒーブレイクも最高です。

Photo: Martin Hogeboom

1.映画や映像に興味がある人はマスト。／2.室内だけではなく、外にもたくさんのテラス席が。

Photo: Eye Bar Restaurant

IJpromenade 1／☎(020)5891400／www.eyefilm.nl/en（英語）
⏲10:00～19:00、ショップ10:00～20:00、レストラン11:00～翌1:00（金土曜翌2:00）、無休
入場料＊展示€11、映画€11
【MAP＊P.14 C-1、P.11 A-4】
※P.93でも紹介しているのでチェックを！

1

Van Dijk & Ko

ファン・ダイク・エン・コー

巨大倉庫でじっくりお宝探し

2

NDSMウェルフからほど近い場所に広さ3000㎡もの倉庫があり、ヴィンテージ家具＆雑貨屋になっています。オランダ、ハンガリー、フランス、ベルギーなどから集めた大きな家具をメインに取り扱っていますが、陶器やホーロー製品、タイルなどの小さめのお宝もたくさん。私のいち押しは西ドイツ製のフラワーベースと小さな椅子です。日本では手に入りづらいユニークなフラワーベースが、ここでは選びたい放題。Sサイズ7.5ユーロ、Mサイズ15ユーロ、Lサイズ25ユーロとリーズナブルなのもうれしいところ。飾り台になりそうな小さな椅子は、すべて25ユーロです。

ほかにもバスケットやガラスの瓶など、広大なスペースに、インテリアにいかせそうな小物がたくさんあって迷ってしまうほどですが、世界にひとつしかないお気に入りがきっと見つかるはずです。

3

4

Papaverweg 46／☎(020)6841524
www.vandijkenko.nl
⏲ 10:00(日曜12:00)～18:00、月曜休
【MAP＊P.14 B-1】

1.日本では希少な、たくさんのヴィンテージものが格安で売られている。／**2**.店頭に出ている以外にも、棚のなかや奥の倉庫にストックが。スタッフにたずねてみて。／**3**.天井まで並べられた大型のホーロー製品は15ユーロ～と、とてもリーズナブル。／**4**.使い古し感がいい味を出している。小さな椅子なら日本にも持って帰れる。

IJ-Hallen
アイ・ハレン

一日がかりで楽しみたいフリーマーケット

NDSMウェルフの一角で月に一、二度、週末の2日間にわたって開催されるヨーロッパ最大級のフリーマーケット。NDSMローズ脇の広場、またはその広場を挟んでNDSMローズの向かい側にある建物内で開催されます。出店数はなんと400店以上！ フリマの定番、ヴィンテージ品の家具や古着を扱う店はもちろんのこと、古い時計だけ、古い電話だけなど、ちょっとマニアックな店もたくさん出ていて、エリア内を端から端までそぞろ歩くだけでも楽しめます。小腹が空いたらフライドポテトやスナックなども購入可能なので、エネルギーチャージをして一日がかりで挑めます。フリマ好きの人、マーケットで掘り出しものを見つけることが大好きな人に強くおすすめしたいスポット。冬のアイ・ハレンは底冷えするので、寒い日に訪れるなら暖かい格好で出かけましょう。

1.とにかく古いものがたくさん。ほしいものを見つけたら、値段交渉をする価値あり。／**2**.なごやかな雰囲気のマーケット。店の人と会話が盛り上がることも。／**3**.レトロなトランク10ユーロ〜。フリマは一期一会の出会いを大切に！／**4**.古着は格安で手に入りやすいので要チェック。／**5**.宝の山からお気に入りを見つけ出して。 Photo: Nichon Glerum（すべて）

T.T.Neveritaweg 15（広場）
ijhallen.nl/en/index.php（英語）／◷土日曜開催／入場料＊€5
※開催場所、時間はサイトで確認を／【MAP＊P.14 A-1】

IJver

アイヴェル

NDSMウェルフでの休憩にちょうどいい

NDSMローズ内にある開放的な空間が気持ちのいいカフェ・レストラン。午前10時から深夜までと営業時間が長く、ブランチ、ランチ、ディナーの各メニュー、さらにドリンクも種類が多いので、いつでも気軽に立ち寄れます。コーヒーは2.9ユーロ〜で15種類以上、ビールは生ビールだけでも30種類以上そろっています。天井の高い店内はゆったりとリラックスできるのが魅力で、私もNDSMウェルフに行くと昼夜を問わずここで休憩タイム。このエリアはトイレが少ないので、この店でトイレに行っておくのも忘れずに。

建物のなかに店があるユニークなつくりのため、屋内テラスと屋外テラスがあります。冬の寒い時期は屋内テラスで暖を取って、天気のいい日は広い外のテラスに座って海風を浴びてリフレッシュを。

1.NDSM Loodsのちょうど角に位置する屋外テラスは、いつもお客でいっぱい。／**2**.ランチにちょうどいいサンドイッチ。メニューはよく変わるので、メニュー表から選んで。／**3**.座席数も多く、広々としている。窓の外に見えるのはNDSM Loodsの建物のなか。

Scheepsbouwkade 72
☎(020)2471001
ijveramsterdam.nl/en(英語)
⏲10:00〜翌1:00(金土曜翌3:00)、無休
【MAP*P.14 A-1】

The Coffee Virus

ザ・コーヒー・ウィルス

元研究所でおいしいコーヒーが飲める

石油会社のシェルの研究所だった建物がリノベーションを経て、フリーランサーやクリエーターの小さなオフィスが集まるア・ラボ（A Lab）に生まれ変わりました。そのなかにある小さなカフェがこちら。ア・ラボで働く人たちの重要な社交場として愛されています。私が訪れた時もひっきりなしに人が来て、かわるがわるバリスタのシモーナさんとあいさつを交わす様子にほっこりしました。
元研究所ということで、カフェのインテリアにはビーカーや三角フラスコが使われていたり、隣の小部屋で栽培されている野菜をサンドウィッチに利用したりと、ワクワクするような遊び心がたくさんつまっています。コーヒーやケーキ、サンドイッチも選び抜かれた素材を使い、ていねいにつくられています。

Overhoeksplein 2／☎(020)2442341
thecoffeevirus.nl/index（英語）
⏲9:00〜16:30、土日曜休
【MAP＊P.14 C-1、P.11 A-4】

1.カフェのすぐ横で栽培している野菜はフレッシュそのもの。／**2**.「ハロー！ 元気？ 夏休みはいつから？」とあいさつが飛び交う店内。／**3**.バナナブレッド2.25ユーロ。カフェラテはミルクをオートミルクに変えられる。／**4**.ア・ラボの建物の入口を入って、すぐ正面にある。

Oedipus

ウディプス

キュートなクラフトビール醸造所

1.かわいい蛇口からビールが注がれる仕組み。この日は13種類のビールが。／2.フレッシュなビールで乾杯。思わず笑みがこぼれてしまうおいしさ。メトロ52号線Noorderpark駅から徒歩10 分ほど。

Gedempt Hamerkanaal 85
☎(020)2441673／oedipus.com(英語)
⏲17:00(日曜14:00)～22:00、
金土曜14:00～24:00、月火曜休
※フード提供時間は17:00～21:00、金曜16:00～21:30、
土曜14:00～21:30、日曜14:00～20:00、月火曜休
【MAP＊P.14 C-2】

最近アムステルダムでよく目にするクラフトビールのウディプスは、パッケージがキュートで女性に大人気。その醸造所が、大きな建物De kromhout halがある敷地内を入ってすぐ左側にあり、フレッシュな生ビールが飲めるタップルーム（試飲ルーム）を併設しています。ユニークな蛇口から注がれる生ビールが常時10種類以上あり、フルーティーな白ビールからコクがある黒ビールまですべて制覇したくなるおいしさ。
夕方からはおいしいハンバーガーで有名なザ・ビーフ・チーフ（The Beef Chief）という店とコラボして、ハンバーガーのほかにフライドポテトやチキンなどのオリジナルフードメニューを提供しています。キムチとチーズをトッピングした変わり種のフライドポテトはくせになる味。タップルームを出る頃にはすっかりウディプスのファンになっていること間違いなしです。

ユニークなフードメニューは定期的に変わるので、おすすめを注文してみて。

キュートな自転車、発見！

オランダ人にとっては自分の分身といってもいいほど生活に欠かせない自転車。速度計をつけてびゅーんと走る本格仕様の自転車から装飾をしておしゃれに変身したオリジナルの自転車まで、バラエティー豊かな自転車が道を行き交っています。そんな自転車をキャッチしました！

"Praktische fiets, stoere kerel!!"
(実用的な自転車、かっこいいオレ!!)

leuk!
(いいね!)

オランダの自転車には基本的に前カゴがついていない。カスタマイズでつける場合、がっちりとした丈夫な前カゴが主流でそこに造花をつけてデコレーション。自分でつくったカゴやビールケースを取りつけている自転車も。とにかく発想が自由！

重い荷物をたくさん運ぶ人は、後ろに荷物専用バッグをつけている。黒のシックな自転車にぴったりな黄色がキュート。

Gezellig op pad met de fiets!

（自転車でお出かけ、楽しいね！）

大きな箱がついた自転車はなんと子どもを４人まで乗せられる大容量。買いものをいっぱいしても問題なし。

「オランダ大好き！」とチェーンケースにプリントされたオランダ仕様の自転車と、泥よけがフラワープリントのピンクの自転車。どちらもとってもキュート！

Kijk nou!

（見て！）

【番外編】みんなで自転車をこぎながら、なんとビールを飲んでいる！ 先頭に運転する人がいるけれど、みんながペダルをこがないと前に進まない仕組み。

美術館を楽しむ

オランダ、とくにアムステルダムには数えきれないほどたくさんの美術館、博物館があります。本書でもいくつかおすすめをあげていますが、ちょっとしたポイントを押さえれば、効率よく経済的にまわることができます。
また、併設されているミュージアムショップにはそこでしか手に入らないアイテムなどもあるので、ぜひ立ち寄ってみてください。

Point 1
便利な観光パスを利用しよう

オランダ観光に欠かせない観光パス。主要な美術館を網羅していて、無料もしくは割引で入場することができます。公共交通機関が乗り放題になるパスもあるので、旅のプランに合わせて選びましょう。パスの種類によって使えるスポットやメリットが異なるので注意が必要です。くわしくは各カードの販売サイトで確認を。

◎**I amsterdam City Card** www.iamsterdam.com/en(英語)
◎**Amsterdam Pass** www.amsterdampass.com(英語)

Point 2
公式サイトから事前に入館時間を予約

近年、アムステルダムを訪れる観光客が急増しているため、ミュージアムに入館するための長い列をよく見かけます。これでは時間がもったいない。事前に入館時間を選んで予約し、プリントしたチケット(もしくはスマートフォンに表示)を提示すれば、スムーズに入場できます。美術館、博物館によっては、公式サイトからチケットを事前に購入すると割引になる場合もあります。

Point 3
オーディオガイドやアプリを積極的に活用

オーディオガイドを使えば作品について深く知ることができます。最近は日本語のオーディオガイドを用意しているところもあるので入館時に確認を。また、博物館のアプリをダウンロードしておけば、作品のユニークなしかけで遊べるところもあります。

アプリを開いて作品にかざすと、絵のなかのちょうちょが飛びまわる。

Point 4
ミュージアムショップのチェックを忘れずに!

ミュージアムショップにはその美術館にまつわる商品がたくさんあります。美術館オリジナルグッズはその場でしか買えないものがほとんど。気になるものがあったら迷わず購入しましょう。私のおすすめは、定番ですがポストカード。お手頃でかさばらないのが◎。旅先から友達にカードを送ったり、帰国後、お気に入りのフレームに入れて飾れば、旅の思い出がよみがえります。

1.グリーンのハイネケンの瓶が、Mocoとのコラボでラブリーなピンクに。/
2.ミュージアムオリジナルトートバッグを販売している美術館は多い。

※P.88の写真はすべてMoco Museumのもの

Moco Museum
モコ・ミュージアム

モダンアート、コンテンポラリーアートの幅広い作品を展示している小さな美術館。通常一般公開されていないプライベートアートを見ることができます。いまだ謎に包まれたバンクシーや、キース・ヘリング、アンディ・ウォーホルなど著名なアーティストの作品をじっくり鑑賞することができます。

1

2

3

1.キース・ヘリングをはじめ、誰もが知っている有名な作品を間近で鑑賞できることに感激！／**2**.日本でも注目を集めているバンクシーの作品は、50作以上展示されている。／**3**.常設のものと期間限定の展示があるので事前にサイトで確認を。／**4**.若い世代も楽しんで見られるような美術品が充実している。／**5**.新しいアートとして注目されている潜入型アート展。／**6**.アムステルダム中央駅からトラム2、12番に乗り約14分、Rijksmuseumで下車、徒歩3分ほど。

Honthorststraat 20
☎(020)3701997／mocomuseum.nl
⊙ 9:00〜20:00／入場料＊€19.5
【MAP＊P.8 B-2】

6

4
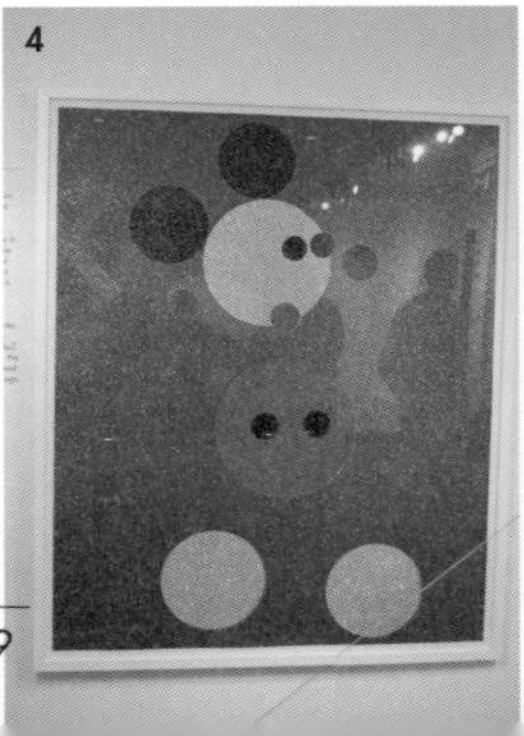

5
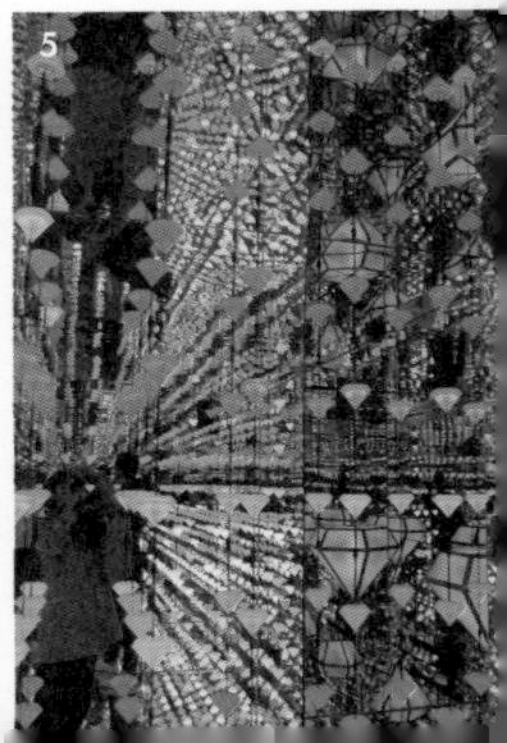

ダッチデザインをめぐる

ダッチデザインとは合理的で機能的でありながら、ユーモアでスタイリッシュなデザインのこと。質実剛健なオランダ人はいいものを長く、時にはリメイクして使い続けますが、そこに色遊びやデザイン性をプラスすることによって誕生しました。カラフルだったり、ユニークだったりしながら使い心地もよくて、日々の生活が楽しく、うれしくなる……それがダッチデザインです。

ダッチデザインは家具や雑貨だけではありません。建物やその内装などもユニークで機能的。現在進行形で開発されているダッチデザインですが、アムステルダムの中心部で気軽に見られるスポットをいくつかご紹介します。

1.飲みものを片手に本を自由に読むことができる。／**2**.アムステルダム公立図書館のスタイリッシュなロゴにも注目。／**3**.最上階にはカフェと展望台があるので、観光スポットとして寄ってみても。

OBA
(Openbare Bibliotheek Amsterdam)

アムステルダム公立図書館

円形の本棚には子ども向けの本がびっしり。オランダの子どもたちは、小さい時から図書館に慣れ親しんでいる。

アムステルダム中央駅の近くにあるオランダ最大の公立図書館。話題になったのは少し前ですが、この広々とした空間が好きで子連れで近くまで来た時によく立ち寄ります。子どもコーナーもスタイリッシュ。最近のリノベーションでできたオープンスペースのカフェは、自由な雰囲気のなかでゆったりくつろげます。

Oosterdokskade 143／☎(020)5230900
www.oba.nl/oba/amsterdam-public-library.html(英語あり)
⏲8:00(土日曜10:00)～22:00、無休／入場料＊無料
【MAP＊P.9 A-3】

Stedelijk Museum Amsterdam

アムステルダム市立ミュージアム

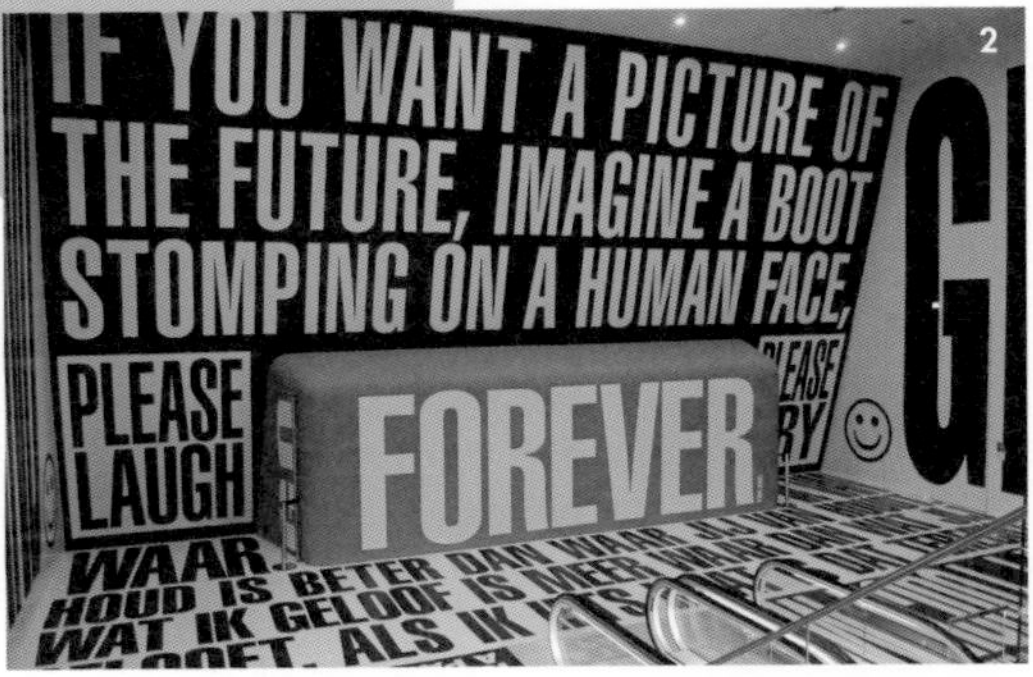

1.「バスタブ」と呼ばれている建物の一部。伝統的な建物と融合している。／2.近未来を想像させる館内のエスカレーター乗り場周辺。／3.部屋全体がアート作品となっている圧巻の展示。／4.常設展示も見ごたえある内容だけれど、期間限定のものも興味深い。

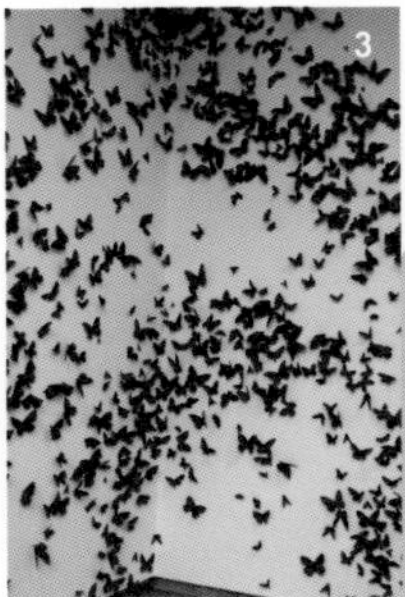

改装や増築を経て2012年に現在の建物が完成しました。目を引くユニークな外観は「バスタブ」と呼ばれ、今も国内外から多くの観光客が訪れている注目のミュージアムです。歴史ある美術館ですが、空調や照明などは最先端の技術を採用。歴史的な名画とモダンアートがうまく融合している展示内容も素晴らしい。ミュージアムショップには、セレクトショップさながらの洗練されたプロダクツが並んでいるので、そちらもお見逃しなく。

Museumplein 10
☎(020)5732911
www.stedelijk.nl/en(英語)
⏲ 10:00〜18:00、無休
入場料＊€18.5
【MAP＊P.8 B-2】

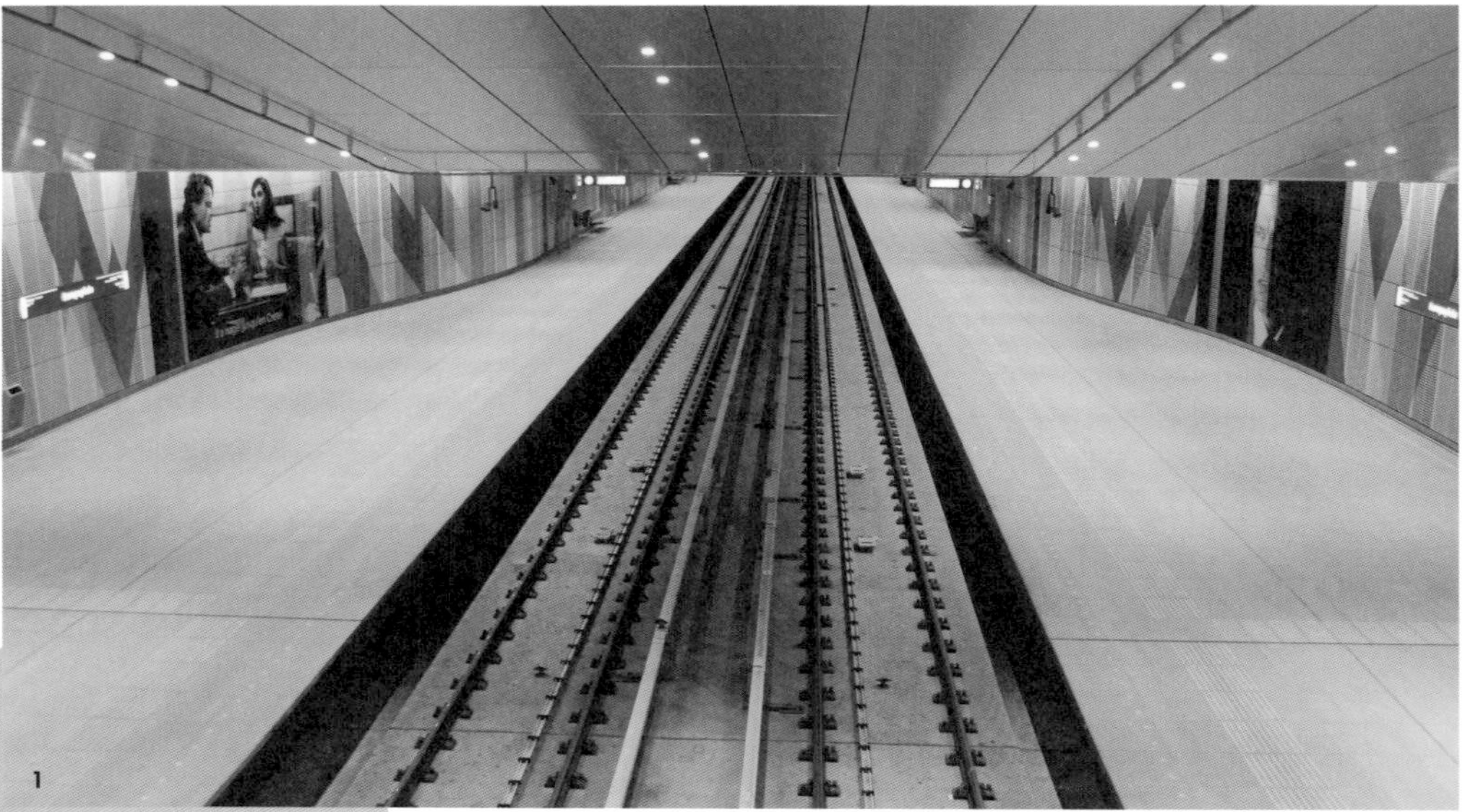

1

Metro 52 Noord/Zuidlijn

メトロ52号線（北南線）

アムステルダムを南北に走るメトロの路線で、長い年月をかけ2018年に完成しました。アムステルダム市立ミュージアム（P.91）と同じ設計事務所によってデザインされ、シンプルながら、照明や舗装、標識にこだわってつくられています。Rokin駅には工事の際に見つかった出土品が、アート作品として展示されています。日本の地下鉄のようなごちゃごちゃした看板がなく、無駄を省いた簡素なつくりはオランダらしいなぁと思います。

1.Europaplein駅の構内は、不必要なものが全くないつくり。／**2**.Rokin駅の構内は落ち着いたトーン。駅ごとにテーマが異なるのもおもしろい。／**3**.駅名は小さく表示。看板で景観を乱さない工夫がされている。／**4**.Rokin駅の地上に出るエスカレーター横には出土品が展示されている。小さな博物館のよう。／**5**.間接照明を駆使し、明るさを演出。

5

4

2

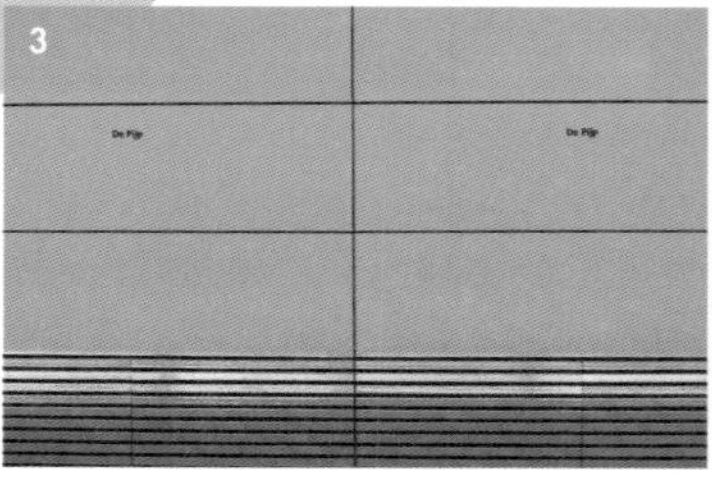

3

【MAP＊P.8 C-2】

Eye Filmmuseum
アイ・フィルムミュージアム

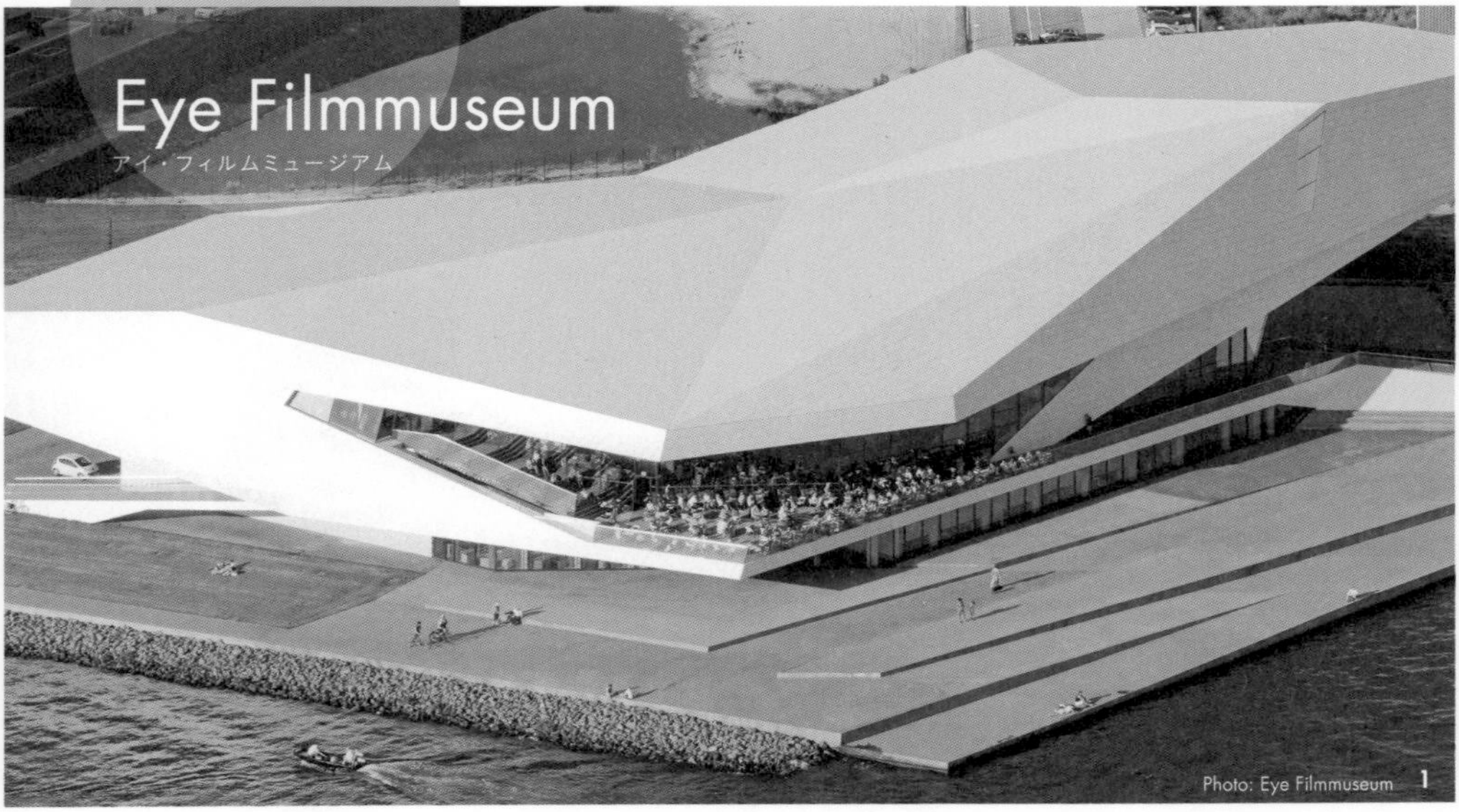

アムステルダム北エリアでも紹介しているこのミュージアムは、デザインの観点から見てもとても魅力的です。遠くからでも目に飛び込んでくるユニークなランドマーク的存在のこの建物には、「直角」がありません。レストランがある階段状の広大な中央スペースはアイ湾に向かってひらけていて、とても開放的。そこからテラス、映画館、展示スペース、ショップと、すべての場所にダイレクトにアクセスが可能です。自然と一体となった景色、機能的な動線の確保――さすがのひと言です。

※詳細はP.80参照

1.隣に立つアダム・タワーとともに、アムステルダムのシンボルになっている。／**2.**レストランではどこに座っても海を望める。まるで映画のセットのような壮大さ。

ダッチデザインについてもっと知りたいなら……

小さいながらも奇抜な形をした建物が特徴的なアー・エル・セー・アー・エムは、アムステルダムの建築、都市デザインなどに関する情報を発信しているアーキテクチャーセンターです。建築、デザインに関する本やグッズも販売しています。展示会やイベント、建築物をめぐるツアーなども開催しているので、サイトをチェックしてみて。

ARCAM アー・エル・セー・アー・エム

Prins Hendrikkade 600／☎(020)6204878／www.arcam.nl(英語あり)
⏲13:00～17:00、月曜休／【MAP＊P.9 B-3】

スーパーマーケットで おみやげ探し

オランダ人が普段利用している庶民派のスーパーマーケットや雑貨店は、プチプラなばらまきみやげ探しにぴったり。国民的なショップ、アルバート・ハインとヘーマ、洗練されたグッズを扱うマルクトで、5ユーロ以下で買えるおすすめアイテムを集めました。

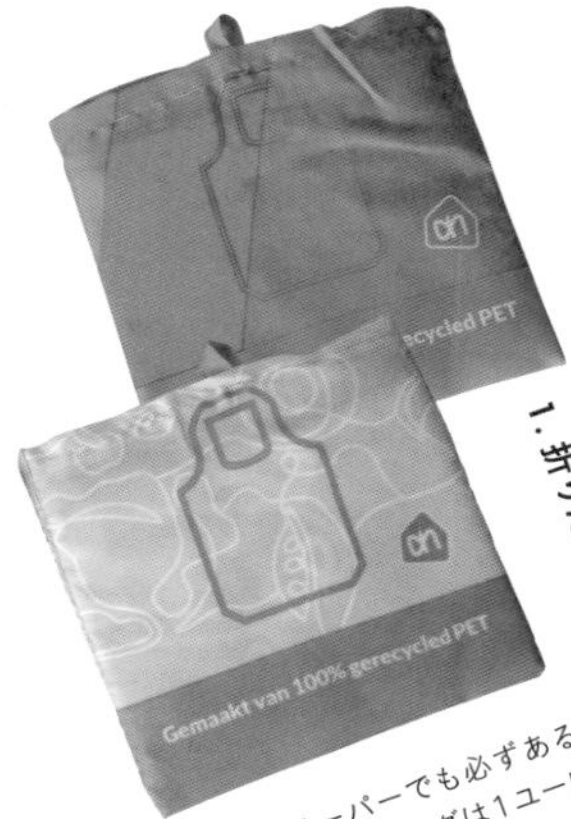

1. 折りたたみショッピングバッグ

1.どこのスーパーでも必ずあるオリジナルエコバッグは1ユーロ台～とお手頃。/2.パッケージがかわいいティーバッグ入りのお茶。オーガニックがうれしい。

3. チョコレートふりかけ

3.オランダ名物、パンにかけるチョコレートはクランキーな大粒がおいしい。/4.メロン＆抹茶、イチゴ＆バルサミコ酢、ブルーベリー＆スミレの花など、変わり種チョコはいかが？/5.チョコやフレーバーつきはお酒のお供に。塩なし（ongezouten）と塩つき（gezouten）を間違えないで。

6. パンケーキミックス

6.牛乳を入れて振るだけで、オランダのパンケーキの生地が手軽につくれる。

4. チョコレート

2. お茶

5. ナッツ

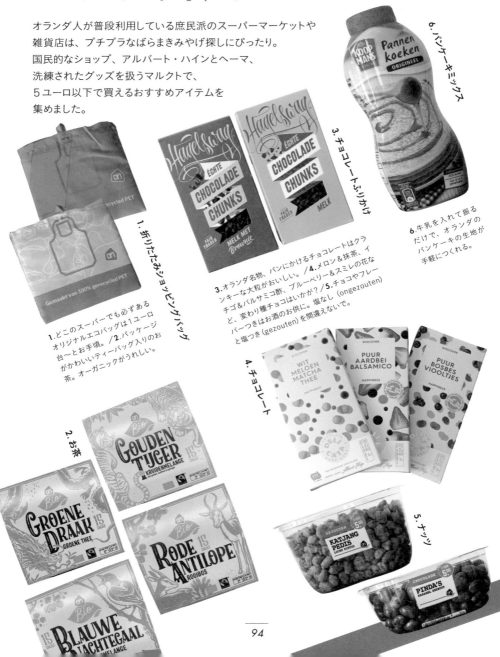

7.ドレッシング

7.トリュフフレーバー（左）とレモンフレーバー（右）のサラダ用ドレッシング。/8.オランダはスパイスと乾燥ハーブの種類が豊富で安い。料理好きな人へのおみやげにおすすめ。挽き立てを味わえるミルつき。

8.ブラックペッパー（右）&ドライガーリック（左）

9.フライドオニオン

9.香ばしさが増す揚げ玉ネギは、サラダや麺類など料理の仕上げにのせると見ためも豪華に。ぜひ一度試してみて。

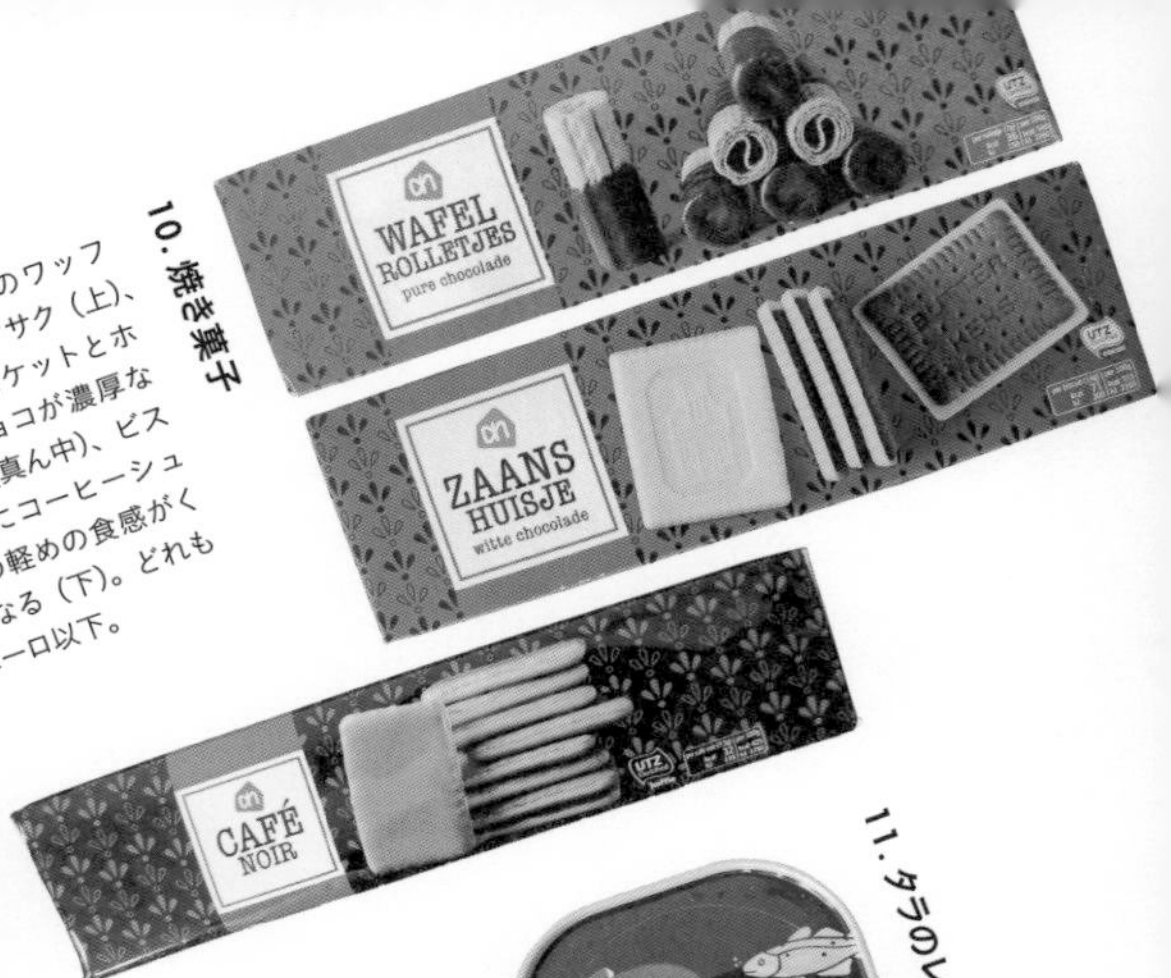

10.焼き菓子

10.ロール状のワッフル生地がサクサク（上）、ココアビスケットとホワイトチョコが濃厚な味わい（真ん中）、ビスケットにコーヒーシュガーの軽めの食感がくせになる（下）。どれも1ユーロ以下。

11.タラのレバーの缶詰

11.まるで白子のような味わい。クラッカーにのせてレモンをしぼって召し上がれ。/12.マンゴー&チリやダークチョコなど、オリジナルフレーバーを展開。キャラメルもおいしい。

12.ストロープワッフル

Albert Heijn アルバート・ハイン

どんなに小さな町にも必ずある国民的スーパーマーケット。
かわいいパッケージの自社ブランド商品も多く扱っていて、おみやげにもぴったり。

Nieuwezijds Voorburgwal 226／☎(020)4218344
www.ah.nl
⊙7:00〜22:00、無休／【MAP＊P.11 C-3、P.12 A-2】

※アムステルダム市内に多数店舗あり

1. 文房具（ペンケース、ノート、マスキングテープ）

5. 折りたたみショッピングバッグ

5.軽くて丈夫な折りたたみショッピングバッグは常備しておきたい。ほかにLサイズも。

6. 入浴剤（上）**＆石鹸**（下）

6.ティーバッグの形になっている入浴剤とカラフルな石鹸。最近ヘーマは美容グッズにも力を入れているので、美容コーナーも要チェック。

3. 缶入りストロープワッフル（右）**＆クッキー**（左）

1.ヘーマの文房具はスタイリッシュなデザインがいっぱい。リーズナブルでついつい集めたくなるかわいさ。／**2**.カラフルな紙皿や紙コップなどのパーティーグッズも、充実の品ぞろえ。キュートなペーパーナプキンや紙製ストローは日常でも使える。

3.正統派の缶入りストロープワッフルと、オランダの家の形をしたバタークッキー。もらったらうれしいザ・オランダなおみやげ。／**4**.ハンドタオルとティータオルは柄や色がたくさん。シンプルな無地やボーダー柄のお得なセットも売られている。

2. ペーパーナプキン＆紙製ストロー

4. キッチンクロス（ハンドタオル、ティータオル）

Hema ヘーマ

お手頃価格なダッチデザインがいっぱいで、大興奮間違いなし！の雑貨店。文房具やインテリアグッズなどのカラフルなプリントはオランダならでは。

Nieuwendijk174-176／☎(020)6234176／www.hema.nl
⏲9:00〜20:00（木〜土曜19:00）、日曜10:00〜19:00、無休
【MAP＊P.11 C-3】

※アムステルダム市内に多数店舗あり

1. カレーパウダー(上)&ガーリックパウダー(下)

1.マルクトのスパイスは厳選されたオーガニックのものが多い。おしゃれなフォントの小瓶はついつい並べたくなる。/2.素材にこだわっているというシンプルなジャスミンティー、ルイボスティー、カモミールティー。

2. お茶

3. ボディーシャンプー(右)&デオドラント(左)

3.エコフレンドリーなメーカーとコラボしてつくっているオリジナルブランドのトイレタリーグッズ。

4. ピーナッツバター

5. ソース

4.パームオイルを添加していない身体にやさしいピーナッツバター。なめらかタイプと砕いたピーナッツが入っているタイプがある。/5.添加物と砂糖不使用の100%ナチュラルなチリペッパーソース。お肉以外にも野菜やポテトなどに。

6. ハーブミックス

6.混ぜるだけでビーツのディップ、ブルスケッタ、ハーブバター、ワカモレがつくれるハーブミックス。手軽におしゃれな一品料理を追加できる魔法のハーブ。

Marqt マルクト

安心素材、食品しか店頭に並べないというこだわりがモットーのスーパーマーケット。支払いに現金は使えないので、クレジットカードの持参を忘れないで。

Haarlemmerstraat 165/☎(020)8208792/www.marqt.nl
⊙8:00〜21:30、無休/【MAP*P.11 B-3】

※アムステルダム市内に数店舗あり

オランダ流スナックの食べ方

オランダ人にとってスナックはもはや食事の一部。軽いランチがわりにパクリ、小腹がすいたらおやつがわりにパクリ、と街中にあるスナック屋で、時には街角でほおばっている姿を見かけます。「太りそう！」という声も聞こえてきそうですが、スナックもオランダの食文化のひとつ。オランダに来たらぜひ食べてもらいたいスナックをセレクトしました。お腹が許す限り（！）、楽しんでみてください。

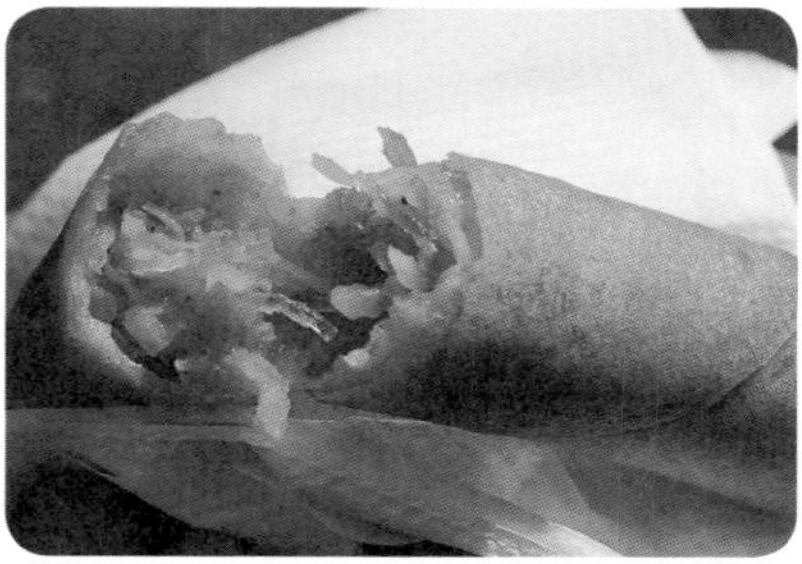

まずは旅行者でも気軽にトライできるマーケットで買えるスナックをご紹介しましょう。マーケットの種類にもよりますが、野菜や果物などの食材を扱うマーケットでは必ずスナックの屋台もあります。そこで食べたいスナックは５種類。オランダ人に交じって、買ったその場で、もしくは歩きながらどうぞ。

Loempia

ルンピア

ルンピアとは春巻きのこと。パリパリの皮のなかに野菜がたくさん入っていてヘルシー。店頭においてある甘いソースか辛いソースをつけてアツアツをどうぞ。ルンピアが買える屋台では全体的にアジア系のスナックが売られています。

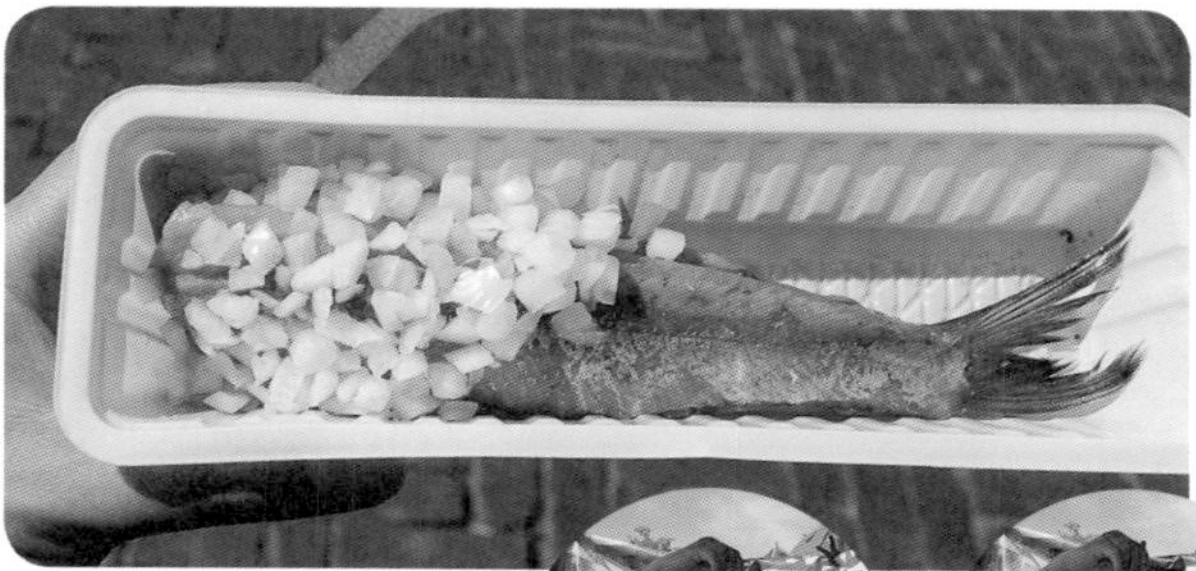

Haring

ハーリング

生のニシン（ハーリング）の塩漬け。毎年６月頃に新ハーリングが出はじめ、脂がのってもっともおいしい季節。玉ネギのみじん切りをまぶして食べます。尾びれを持って大きく口を開けてパクリ、がオランダ流の食べ方。

"Lekker!!"

（うまい!!）

Kibbeling

キブリング

白身魚のフライの総称で、ぶつ切りにしたタラなどに衣をつけて揚げたもの。マヨネーズベースのニンニク風味のソースやカクテルソースにつけて。意外とペロリといけます。主に魚を売っている屋台で買うことができます。

Patat

パタット

フライドポテトのこと。太くてホクホクのポテトは絶品。マヨネーズやケチャップ、カレーソースなどから好みのソースを選べます。最近はオーガニックのパタット屋もよく見かけます。

Stroopwafel

ストロープワッフル

薄いワッフル生地の間に甘いシロップをはさんだお菓子。マーケットではアツアツの焼き立てが食べられます。屋台でもかわいいパッケージや缶に入ったワッフルが売られているのでおみやげにも。

オランダの味、クロケット

日本のコロッケの原型ともいわれているクロケット。子どもから大人まで、オランダ人にとってはポピュラーなスナックのうちのひとつです。中身はジャガイモではなくクリーミーなソースで濃厚な味わい。衣にも味がついているので、なにもつけずにそのまま食べられます。

壁一面に広がるクロケットの自動販売機は、オランダならではのちょっとした観光スポット。オランダのいたるところにあるスナック屋のチェーン店、フェーボなどの自販機が有名です。店内に自販機があるなんて不思議に思うかもしれませんが、裏側はキッチンとつながっています。一度にたくさんのクロケットを揚げて保温された自販機に入れておけば、注文ごとに揚げて商品を渡して、お金をもらって……という手間が省けるというオランダ人らしい合理的な発想によるものではないかと思います。お客さんもクロケット1個を買うために並ぶ必要がないので、より手軽に食べられるのもポイント。自販機にない種類のクロケットを食べたい時は、スタッフにお願いすれば揚げてくれます。

クロケットの自販機、ここに注意！

◎コインで買う場合、お釣りは返ってこないので、ぴったりの金額を用意すること。店内に備えつけの両替機でセント単位まで両替できる。お札しか手元にない場合は店員に両替をお願いして。
◎クレジットカードで買う場合、読み取り機（写真下）にカードをゆっくり近づけて。
◎お金を入れても自動で扉は開かない。好きな扉を自分で開けて取り出す。

いつでもアツアツホカホカのクロケットが楽しめる自販機。

Febo フェーボ

オランダでは知らない人がいないほど有名なスナック専門店。クロケットのほかハンバーガー、フライドポテトなどスナック全般を扱っている。

Nieuwendijk 50／☎(020)4229291
www.febo.nl
⏲11:30〜翌2:00(金土曜翌4:00)、無休／【MAP＊P.11 B-4】

※アムステルダム市内に多数店舗あり

クロケットの種類（Feboの場合）

Rundvleeskroket
ルンドフレースクロケット
牛肉入り、とろりとクリーミー

Kalfsvleeskroket
カルフスフレースクロケット
オランダ産仔牛肉入り。
Feboいちばん人気

Satékroket
サテークロケット
ピーナッツソースベースの
甘めのクロケット

Vitaaltje
ヴィタールチェ
ベジタリアン向けクロケット。
やさしい味わい

カルフスフレースクロケット(上)
と変わり種のバーミ(下)。

Speciaaltje
スペシアールチェ
スパイシーな牛肉と玉ネギ入り

Bami
バーミ
チキンベースに麺と野菜が
たっぷり入ったクロケット

Kaassoufflé
カーススフレー
オランダ産のチーズがたっぷり

マックにもクロケット

世界中どこにでもあるマクドナルド。私はその国のご当地バーガーを食べたくなるのですが、オランダにはマッククロケットがあります。クリーミーでサクサクなクロケットが、シンプルなバンズにぴったり。ボリュームはあまりないのでおやつがわりにどうぞ。

運河から街をながめる

17世紀の黄金時代を今に伝え、美しい街並みを残しているアムステルダムの環状運河地域は、2010年に世界遺産に登録されました。アムステルダムに来たら必見のエリアですが、歩きながら見るよりも運河から街並みをながめたほうが、断然その素晴らしさを実感できます。運河クルーズを利用すれば、効率よくポイントを押さえた周遊が可能です。運航しているほとんどの会社のクルーズ船には日本語のオーディオガイドがついていて、運河やアムステルダムのことがより身近に感じることができるのも◎。心地いい風を浴びながら、タイムスリップ気分を味わってみましょう。

初心者にはオーソドックスにアムステルダムの名所をめぐる「1 Hour Canal Cruise」がおすすめ。出発場所はアムステルダム中央駅のすぐ近くで、わかりやすいところにあります。1時間で運河を一周するコースですがルートが3つほどあり、どのルートを進むかはキャプテン次第。アムステルダムの運河や歴史についての解説を聞きながら、リラックスしてクルージングを楽しめます。

Stromma.com

ストロマ・ブンド・コム

www.stromma.com/en-nl/amsterdam/（英語）
料金＊€15～
※オンラインで事前にチケットを買うと€2引き
【MAP＊P.11 C-4（乗船場所）】

1

2

3

美しい街並みが流れるようにながめられるのもまた格別。

1.さあ出発！ 乗り場前にある建物も何百年と変わらない家々で趣がある。／**2**.駅前の目抜き通りダムラックにある乗船場所。駅近でわかりやすい場所にある。／**3**.座席横の窓が開くところと開かないところがあるので、写真を撮りたい人は座ったら確認を。／**4**.レンブラントの作品にも何度か登場するモンテルバーンス塔。／**5**.アムステルダム公立図書館も、遠くからながめればモダンなダッチデザイン建築だとわかる。／**6**.駅からアイ湾を挟んだ向こう側に見える斬新なアダム・タワー。

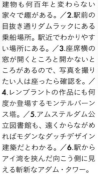

© SWEETS hotel / Mirjam Bleeker 1

素敵なホテルに泊まる

アムステルダムには数えきれないほどのホテルがあり、基本的には清潔で安全。

せっかく滞在するなら、オランダならではのちょっと変わったホテルに泊まってみませんか？

きっととっておきの思い出になるはずです。

© SWEETS hotel / Mirjam Bleeker 2

Sweets Hotel

スウィーツ・ホテル

跳ね橋横の小さな部屋に泊まる

© SWEETS hotel / Lotte Holterman

© SWEETS hotel / Lotte Holterman

世界遺産に登録されているアムステルダムの運河。昔はその運河にかかる跳ね橋に、橋を開閉する人が住んでいました。現在、開閉がオートメーション化されたことで使われなくなっていた28棟の跳ね橋横の部屋がリノベーションされ、ユニークなホテルに生まれ変わりました。アムステルダムの街並みや運河を跳ね橋横からながめると、また違ったオランダを発見できるかもしれません。部屋は立地、年代などに合わせてそれぞれインテリアが異なりますが、無料のWi-Fiが使えたり、部屋によってはエアコンがついていたりと設備は近代的。ノスタルジックな雰囲気の部屋やシックでモダンな部屋など、それぞれの部屋にテーマがあるので、サイトから好みの部屋を選んでみましょう。

1.こぢんまりとしていながら、機能的なつくりになっているRoom203。／**2**.運河の真ん中にあるRoom206。新婚旅行などの特別な宿泊にいかが？ボートの送迎つき。／**3**.Room204は小さなテラスがついたシンプルな部屋。ゆったりとリラックスできそう。／**4**.アムステルダム中央駅から近いところにあるRoom202。エアコンつきで快適。

Rietlandpark 193／☎(020) 7401010
sweetshotel.amsterdam(英語)
料金＊一室€100～／客室数＊全28室
※21歳以上、2人まで宿泊可
【MAP＊P.14 C-2(Room101)、P.9 B-3(Room202)、P.9 B-3(Room203)ほか】

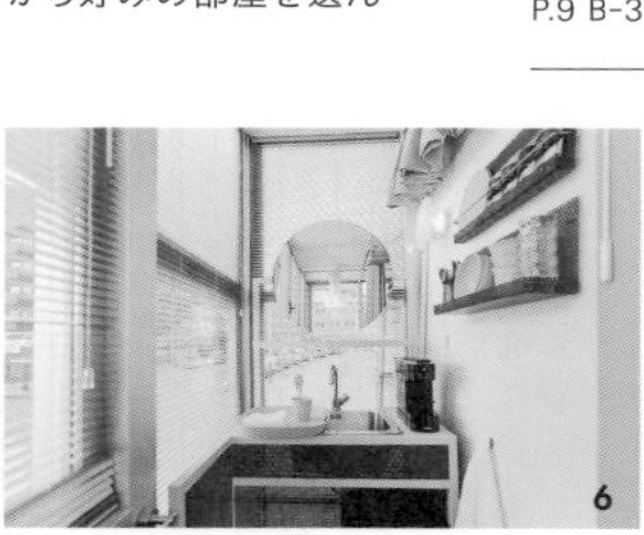

5.アムステルダム北エリアにあるRoom101は3階建て。140ユーロ～。／**6**.ピンクと青を基調とした明るい雰囲気のRoom301。アイ湾に面していて景色も楽しめる。／**7**.ヨルダーンエリアに隣接していて便利な場所にあるRoom304。1950年代風が懐かしい。各部屋ともスマートフォンに専用のアプリをダウンロードすると、キーコードがもらえる。 © SWEETS hotel / Mirjam Bleeker

Volkshotel

ヴォルクスホテル

景色も楽しめる斬新なホテル

昔は新聞社だった建物をリノベーションして生まれ変わったホテル。今では口コミで人気が広がり、トレンドに敏感な人たちが世界中から泊まりに来ています。シックな雰囲気のスタンダードな客室のほか、コンセプトがそれぞれ異なるスペシャルルームもあります。カフェやレストランも、おしゃれなアムスっ子に大人気。9階建ての高いビルなので、上層階からは360度アムステルダムを見渡せるパノラマビューも楽しめます。さらに屋上には日本の昔ながらのお風呂のような木製のバスタブが。絶景を見ながらゆったりお湯につかれば、ユニークな思い出になりそう。

1.赤と黒とゴールドで統一されたゴージャスな部屋。スペシャルルームは全部で8部屋ある。／**2**.169部屋あるスタンダードルームは4人まで宿泊できる大きな部屋もある。／**3**.ジュークボックスがテーマになっている部屋は音楽好きな人におすすめ。／**4**.屋上にはバスタブとサウナが。利用する場合は水着の用意を忘れずに。

Photo: Debbie Trouerbach（すべて）

窓際にバスタブがついたThe Bussinessman's Tripという名前のスペシャルルーム。

5

6

7

5.ホテルのなかにあるカフェ・レストランは、朝7時から夜中1時まで営業している。／**6**.階段もぬかりないかっこよさ。どこを切り取っても絵になる。／**7**.昔、新聞社だったというのがうなずける簡素な外観からは、想像がつかないユニークなホテル。

Wibautstraat 150
☎(020)2612100
www.volkshotel.nl/en/(英語)
料金＊一室€69〜、朝食€13
客室数＊全177室
【MAP＊P.9 C-3】

Zoku

ゾク

ロフトつきの部屋に暮らすようにステイ

1.植物がたくさんある屋上のくつろぎスペース。読書でもしながらのんびり過ごしたい。／**2**.館内にあるLiving Kitchenというレストラン。朝食から夕食までいつでも利用できる。／**3**.すべてがコンパクトなスペースに収まっていて、機能的でスタイリッシュなロフトつきの部屋。／**4**.調理器具が足りない場合はフロントに相談を。追加で借りられる。

Weesperstraat 105
☎(020)8112811／livezoku.com(英語)
料金＊一室€110～、朝食€17.5／客室数＊全133室
【MAP＊P.8 B-2】

アムステルダム中央駅からメトロ、トラムで10分、Weesperplein下車。

日本語の「家族」の「族」からホテルの名前をつけたというアットホームなホテルです。機能的なロフトつきの部屋に泊まれば、まるで自分の家にいるかのようなリラックスした滞在ができます。小さなキッチンもついているので、近所のスーパーで買いものをして自炊も可能。調理器具はホテルで借りることができます。
そのほか、二段ベッドがある部屋やノーマルタイプの部屋も。リビングのように過ごせるフリースペースや、緑いっぱいの屋上など、共有スペースも素敵で充実しています。アムステルダムで自由に暮らすような体験をしてみたい人におすすめです。

Lloyd Hotel

ロイド・ホテル

著名な建築家とデザイナーがつくった

1

Photo: DennisBouman

2

Photo: Sander Baks

1.市の重要文化財に指定されている歴史ある建物。アムステルダム中央駅から26番のトラムに乗り3つめのRietlandparkで下車、徒歩約3分。／**2**.リニューアルした吹き抜けもアーティスティック。

3 Photo: DennisBouman

4 Photo: Ashkan Mortezapour

5 Photo: Sander Baks

3.オランダのファッションデザイナー、バス・コスターズ（Bas Kosters）が手掛けた部屋。／**4**.リニューアルをしたレストランは宿泊者以外の人にとっても憩いの場。／**5**.シンプルなインテリアの4ツ星の部屋は、広々としていて快適に過ごせる。

Oostelijke Handelskade 34
☎(020) 5613636
www.lloyd.nl（英語）
料金＊一室€50〜（長期滞在割引あり）、
朝食€17.5
客室数＊全117室
【MAP＊P.9 A-3】

移民の宿泊施設、刑務所、少年院を経て、オランダの有名な建築家集団MVRDVによるリノベーションによって、2004年にホテルとしてオープン。建物の真ん中に大きな吹き抜けをつくり、明るくてスタイリッシュなホテルに変身しました。50人以上のデザイナーとアーティストがそれぞれの部屋をデザインし、バスルームとトイレが共用の「1ツ星」から豪華なスイートの「5ツ星」までランクの違う客室がそろっています。すべての部屋のコンセプトとデザインが異なるユニークなつくりが魅力的。近年レストランやテラス、客室もリニューアルし、どんどん進化をとげています。

おさえておきたい**見どころリスト**

アムステルダムには見どころもいっぱい。
はじめてアムステルダムに来たなら、ぜひ訪れておきたい観光スポットをご紹介。

De Nieuwe Kerk Amsterdam

新教会 アムステルダム

15世紀初頭に建てられたにも関わらず、「新教会」と呼ばれるゴシック様式の教会。2013年のアレクサンダー国王の即位式もここで行われました。コンサートや展示会などのイベント会場として使われることも。

Dam／☎(020)6386909／www.nieuwekerk.nl/en/(英語)／⊙10:00〜17:00、無休／入場料＊開催イベントによって異なる／【MAP＊P.11 C-3】

Heineken Experience

ハイネケン・エクスペリエンス

オランダ生まれのビール、ハイネケンの博物館。館内を1時間半ほどかけてまわり終えた頃には、すっかりハイネケンについてくわしくなっているはず。ビール2杯つき。オリジナルグッズをおみやげにどうぞ。

Stadhouderskade 78／☎(020)7215300／tickets.heinekenexperience.com/en(英語)／⊙10:30〜19:30(入館は〜17:30)、金〜日曜10:30〜21:00(入館〜19:00)、12月24・31日〜16:00(入館〜14:30)、無休／入場料＊€18／【MAP＊P.13 B-1】

Van Gogh Museum

ファン・ゴッホ・ミュージアム

1973年オープンのゴッホ美術館。有名な「ひまわり」もここにあります。チケットは事前にオンラインで入館時間を指定して購入します(日本語対応あり)。

Museumplein 6／☎(020)5705200／www.vangoghmuseum.nl/ja/visitor-information-japanese(日本語)／⊙9:00〜17:00、無休／入場料＊€19／【MAP＊P.8 B-2】
※シーズンまたは日によって開館時間が異なる場合も。詳細はサイトで確認を

Museum Het Rembrandthuis

レンブラントの家

約400年前に20年間レンブラントが住んでいた実際の家。400年前の家具や装飾品、美術品などの展示や当時のまま再現した内装など、オランダの生活を垣間見ることができます。

Jodenbreestraat 4／☎(020)5200400／www.rembrandthuis.nl/?lang=en(英語)／⊙10:00〜18:00、月曜休／入場料＊€14／【MAP＊P.13 A-2】

Rijksmuseum

国立ミュージアム

レンブラントの「夜警」やフェルメールの「牛乳を注ぐ女」などの名作がずらり。800年前以降のオランダの歴史と芸術に触れることができるミュージアムです。おしゃれなミュージアムショップもぜひチェックして。

Museumstraat 1／☎(020)6747000／www.rijksmuseum.nl/en(英語)／⊙9:00〜17:00、無休／入場料＊€19／【MAP＊P.13 B-1】

Anne Frank Huis

アンネ・フランクの家

アンネ・フランクが隠れて暮らした部屋が当時のまま残されていて、戦争の悲惨さをあらためて考えさせられます。チケットはオンラインでしか買えないので、事前に購入を。

Westermarkt 20／☎(020)5567105／www.annefrank.org/en/(英語)／⊙4〜10月9:00〜22:00、11〜3月9:00〜19:00(土曜22:00)／入場料＊€12.5／【MAP＊P.10 C-2】
※日によって開館時間が異なる場合も。また休館日は年によって異なるので詳細はサイトで確認を

オランダ各地へ
Zaanse Schans, Haarlem, Keukenhof, Leiden

Zaanse Schans

ザーンセ・スカンス

ザーン川沿いに並ぶ風車群は圧巻。粉を挽いたり油を搾ったりと、役割がそれぞれ異なる。

昔のオランダにタイムスリップ オランダらしい見どころが凝縮

【MAP＊P.6】

1

ザーン川のほとりに広がるザーンセ・スカンスは、屋外博物館のような美しい村。ザーン地方の伝統的な緑色の家々、何基も並ぶ風車、草をはむ牛たち……。18、19世紀のオランダにタイムスリップしたかのようなほのぼのとした風景が広がっています。その上エンターテインメントも充実していて、チーズや木靴の製造過程を見学したり、実際に動いている風車のなかに入って上ることもできます。アクティブ派の人にはザーン川のクルージング、自転車を借りてサイクリングもおすすめです。私のひそかな楽しみは、昔の商品パッケージなどが見られるミュージアムや木靴でいっぱいの木靴工房、そしてお菓子の道具などが並ぶとっても小さなベーカリーミュージアムを見学すること。昔のオランダに気軽に触れることができるのも大きな魅力です。

村のくわしい情報はミュージアムのザーンス・ムゼウム内にあるインフォメーションセンターやそのサイトで入手できます。4〜10月は午前10時から夕方5時までオープンしている施設が多いですが、11〜3月は開館時間が施設ごとに異なるので、必ずサイトで確認してから向かいましょう。

見どころいっぱいのザーンセ・スカンスは、アムステルダム中央駅からバスで40分ほどと近いので、ぜひ気軽に訪れてみてください。私も日本から友人が来たら必ず連れて行きますが、みんなもれなくオランダを好きになってくれます。

2

3

4

1.村のなかにあるアンティークショップの庭先で見つけた、キュートな小物たち。／2.昔ながらの小さな橋が架けられていて、情緒を感じさせる。／3.住居エリアもあって実際に人が住んでいる。風情のある家並み。／4.オランダでたまに見かける鉢がわりにした木靴が、かわいらしい。

アムステルダム中央駅のバスターミナルから15分おきに出ているConnexxion社の 391番のバスに乗って約40分、Zaanse Schansのバス停で下車。夏季は891番の直行バスも運行し、所要約20分。チケットは下記サイトで事前に予約可。バス停からは徒歩約1分。

またはアムステルダム中央駅の7番線からUitgeest行きのSprinter（各駅停車）に乗って17分、Zaandijk Zaanse Schans（ザーンダイク・ザンセ・スカンス）駅下車。駅のホームに降りたら地下道を通り、乗ってきた列車の進行方向右側に出る。線路に対して垂直にのびるStationstraatを進み、つきあたりを左へ。右側に風車が見えるのでその風車がある交差点を右に曲がり、大きな橋を渡る。徒歩約15分

Connexxion www.bus391.nl

ザーンセ・スカンス・カード

村内は無料で散策できますが、ザーンセ・スカンス・カードを持っていると、5つのミュージアムが入場無料になり、クルージングやショップでの割引も。チケットは下記のサイトで事前に購入し、プリントして持参するか、インフォメーションセンターでも購入できます。大人15ユーロ。

Informatiecentrum van de Zaanse Schans

ザーンセ・スカンス・インフォメーションセンター

Schansend 7, Zaandam／☎(075)2047510
www.dezaanseschans.nl/en/（英語）

まるでおとぎ話のなかに迷い込んだような錯覚
を起こすかわいらしい村、ザーンセ・スカンス。

Zaans Museum & Verkade Experience

ザーンス・ムゼウム・エン・フェルカーデ・エクスペリエンス

かわいいパッケージがいっぱい

1.ポップなパッケージはさすがオランダ！ このほか空き缶なども必見。／**2**.シュールなイラストシリーズも味がある。／**3**.ザーンセ・スカンス・カードを提示すれば無料で入れる。／**4**.レトロな看板は今見ても斬新なものばかりで、見入ってしまう。／**5**.ミュージアムからの素晴らしいながめ。館内には村のインフォメーションセンターもあるので立ち寄ってみて。

ザーン地方の歴史や文化について幅広く展示している博物館。昔の絵画や船の模型などがあり、見ごたえ十分です。さらにレトロでキュートな色使いの昔の食品パッケージが展示されていたり、300年以上前の民族衣装を間近で見られたりなど、展示物を通して先人たちの生活の一端を垣間見られ、一般的な博物館とはひと味もふた味も違う楽しさがあります。この地で生まれた有名なお菓子会社「フェルカーデ」のパビリオン、フェルカーデ・エクスペリエンスも併設されていて、チョコレートやビスケットについての展示があるほか、お菓子をつくって運ぶゲームもあり、大人も熱中してしまいます。見学後はミュージアムショップもチェックしてみてください。フェルカーデのオリジナルグッズなどが手に入ります。ミュージアムからは風車群が一望できるのもプラスポイント。カメラを忘れずに！

Schansend 7, Zaandam／☎(075)6810000
zaansmuseum.nl/en/(英語)
⏲10:00〜17:00、12月25日・1月1日休／入場料＊€12.5

Bakkerijmuseum In de Gecroonde Duyvekater

バッカライムゼウム・イン・ドゥ・フクローンドゥ・ダウヴェカーター

お菓子づくり好きにはずせないスポット

1

2

キッチングッズや昔ながらのアメを売っている店と、パンとお菓子づくりの道具を展示した小さな博物館が一緒になっているショップ＆ミュージアム。レトロな店内には、カラフルなペロペロキャンディや袋入りのアメがずらりと並んでいます。袋入りのアメは昔からオランダ人に愛されている素朴な味。となりの部屋では焼き立てのワッフル、さらにキッチンツールや木製のクッキー型などが売られています。おすすめはスペックラースというオランダの伝統的なクッキーの型。風車の形のクッキーがつくれます。

そしていちばん奥の部屋が小さな博物館になっています。パンやクッキー、チョコレートをつくる年代物の道具はとても興味深いもの。お菓子づくりが好きな人にはたまらない空間です。

1.木製の伝統的なクッキーの型は大小さまざま。／**2**.色とりどりのアメは昔から変わらない懐かしの味。／**3**.料理が楽しくなりそうなキッチンツールが並ぶ。／**4**.ミュージアムは小さいけれど、実際に使われていた道具がところ狭しと展示してある。／**5**.入口にはパンを持ったおじさんが立っているのでわかりやすい。

5

3

4

Zeilenmakerspad 4, Zaandam／☎(06) 55553443
www.dezaanseschans.nl/en/discover/museums/（英語）
⏲4～9月9:00～17:30、10～3月休

Klompenmakerij
クロンプンマーケライ

木靴を知りたい&買いたいなら

木靴のミニ博物館と工房、そして木靴や木靴グッズを扱うショップが集まった木靴づくしのスポット。入口を入ると昔の木靴や古い写真が展示してあり、木靴の歴史を学ぶことができるちょっとした木靴博物館になっています。そこからオープン形式の工房へと続いています。工房では木靴ができ上がっていく工程の実演を見学することができます。あっという間に、ひとつの木のかたまりが木靴の形になっていく様子は感動ものです。
ショップ内はどこも木靴、木靴、木靴! 木靴の種類はオランダ随一を誇ります。子ども用から大きな男性用までサイズ展開も豊富。オランダの木靴は見た目よりも軽く履き心地も悪くないので、庭用のサンダルがわりにいかがでしょう。おみやげには木靴のマグネットやキーホルダーなどの小さい木靴をどうぞ。

1.壁一面に木靴が並ぶ。同じ形の木靴でもデザインが異なっている。/**2**.ぬくもりがある手描きの木靴のマグネットは、ひとつ7.95ユーロ。/**3**.工房の実演では専用の機械を使い、ひとつずつていねいにつくられる様子を見学できる。/**4**.建物の外には記念撮影用の木靴が。いかにもオランダらしい記念写真をパチリ!

オランダの民族衣装を着たミッフィーが、木靴を履いていてかわいい。

Kraaienest 4, Zaandam/☎(075)6177121
www.dezaanseschans.nl/en/discover/handicrafts/(英語)
⏲4~9月9:00~17:00、10~3月8:00~17:00、
1月1日・12月25・26日9:00~15:00、12月31日9:00~16:00、無休

ザーンセ・スカンスで見つけた
おみやげ

ザーンセ・スカンスは「ザ・オランダ」なおみやげ天国。
私がとくに気に入っているものをご紹介します。

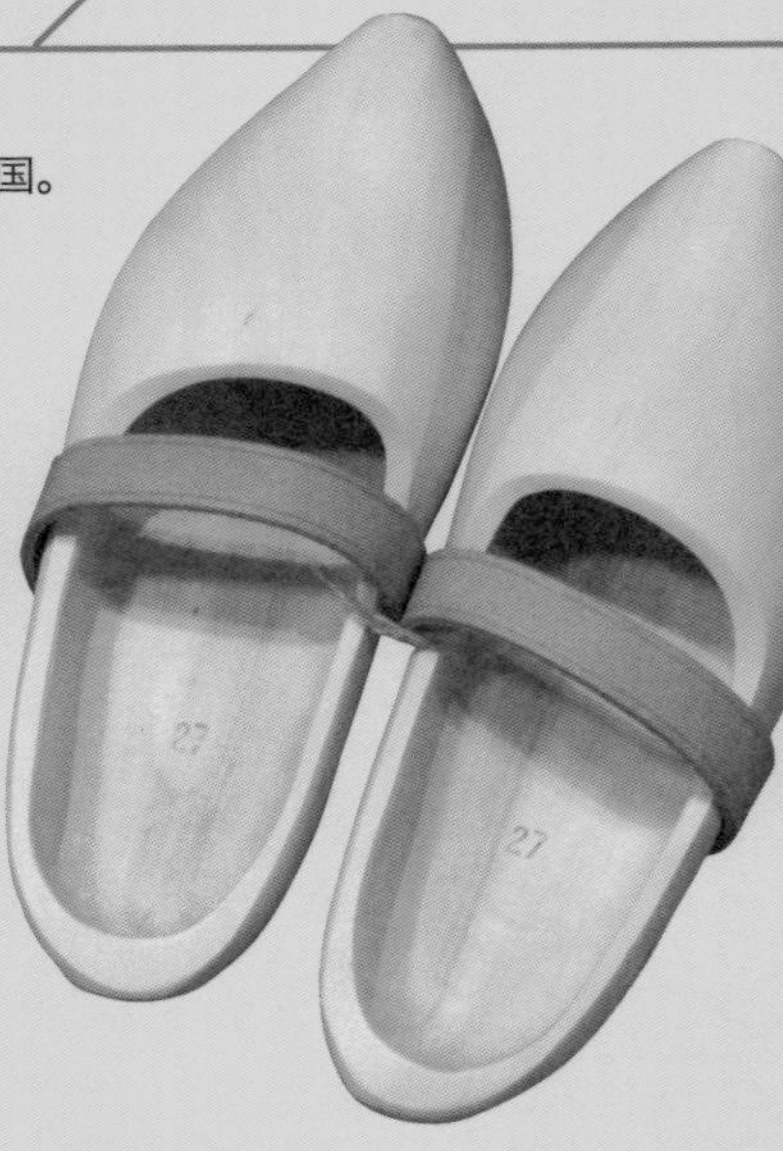

木靴
Klompen

木靴グッズは主に木靴工房のクロンプンマーケライ（P.118）で購入できます。いかにもおみやげ的なコテコテ木靴ではなく、オランダ人の友人が自宅の庭で実際に履いていてかわいいなと思った一品（写真右）。ナチュラルな木の風合いをそのままいかし、レザーのストラップがアクセントに。履くほどに味がでてきます。その他ベタな木靴のマグネットや置物も、ナチュラルタイプがあります。

チーズ
Kaas

チーズはもちろんカースマーケライ（Kaasmakerij）で。オランダ語で「チーズ工房」を意味します。昔話に出てくるような丸いチーズはコンパクトサイズもあり、持ち帰るのも簡単。ハーブやニンニク入り、スモーク、ヤギのチーズなど種類がたくさんあるので、試食をして好みのものを選んでみて。デルフト焼き風のチーズおろし器もキュートです。コンパクトなチーズのマグネットも持ち帰りやすくておすすめ。

番外編！

ドゥ・ハウスマン（De Huisman）という風車で挽いているマスタード「De Echte Zaanse Mosterd」は、味わい深く絶品。粗挽きとノーマルタイプがあり、風車の下のショップで購入できます。アルバート・ハインなど一部スーパーマーケットで扱っている場合も。

Haarlem
ハーレム

花の街と呼ばれる美しい古都
散策が楽しい小道がいっぱい

【MAP＊P.6】

アムステルダムから列車で15分の距離にありながら、アムステルダムとは雰囲気の異なるレンガづくりの家並みが続く美しい古都、ハーレム。かつては造船業や織物業によって繁栄していましたが、現在はチューリップやヒヤシンスなどの球根栽培が盛んで「花の街」と呼ばれています。ちなみにニューヨークにあるハーレムは、かつてオランダからアメリカに渡った移民がこの町の名前をつけたといわれています。

ハーレムの街自体は小さいので、1日あればミュージアムめぐりとショッピングが徒歩で十分楽しめます。ミュージアムはオランダ最古の1784年にオープンし、当時のまま保存されている部屋に入ると、タイムマシンで18世紀に足を踏み入れたような気分を味わえるテイラーズ・ミュージアムや、1608年に建てられた歴史深い建物を利用し、

3

1.何百年も昔から変わらない風景。跳ね橋がオランダらしい。／2.特徴的な屋根の形は昔の名残り。いろいろなデザインの屋根があるのでチェックしてみて。／3.スパールネ川沿いにそびえる風車は街のシンボル。／4.ノスタルジックな雰囲気漂うアールデコ調の駅舎が美しいハーレム駅。

17世紀の生活を描いたものやハーレム出身の画家らによる作品などが展示されているフランス・ハルス・ミュージアムがおすすめです。

駅の南口を出ると、目の前に広場があります。その広場から南にのびるクラウスウェフを進み運河を渡ると、クラウス通りと名前が変わり、このあたりからショップやカフェが続いていきます。そのまま歩いていくと街の中心、高さ80mの塔がある聖バフォ教会が面しているフローテ・マルクトという広場に出ます。この広場に観光案内所があるので、地図や情報を入手しましょう。さらに南にのびる商店街を中心に、ショッピングエリアが広がっています。気の向くままに、商店街から横に続く小道にも足を踏み入れてみてください。個性的なショップ、フォトジェニックな風景、気持ちよさそうに寝転んでいる猫……と、うれしい出会いが待っているはず。そんなドキドキワクワクな街ハーレムを、探検してみましょう。

4

5.フローテ・マルクトの広場が街歩きの中心に。／**6**.何気なく入った小道も風情があって素敵。

アムステルダム中央駅の2番線からDen Haag Centraal行き、またはVlissingen行きのIntercity（急行列車）に乗って15分。または1番線からHoorn行き、またはZandvoort aan Zee行きのSprinter（各駅停車）に乗って19分

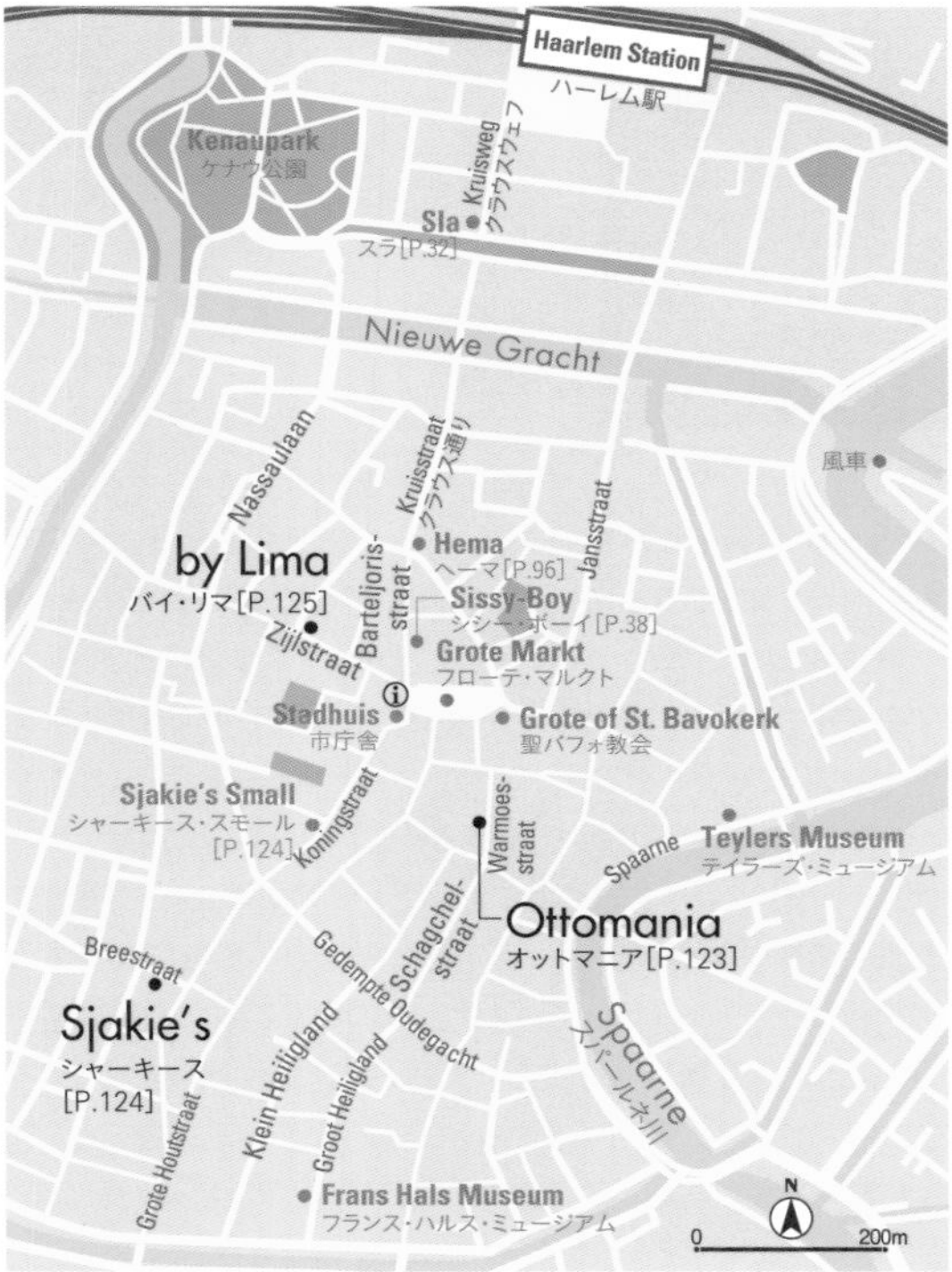

Ottomania

オットマニア

伝統的な手工芸のタオルが美しい

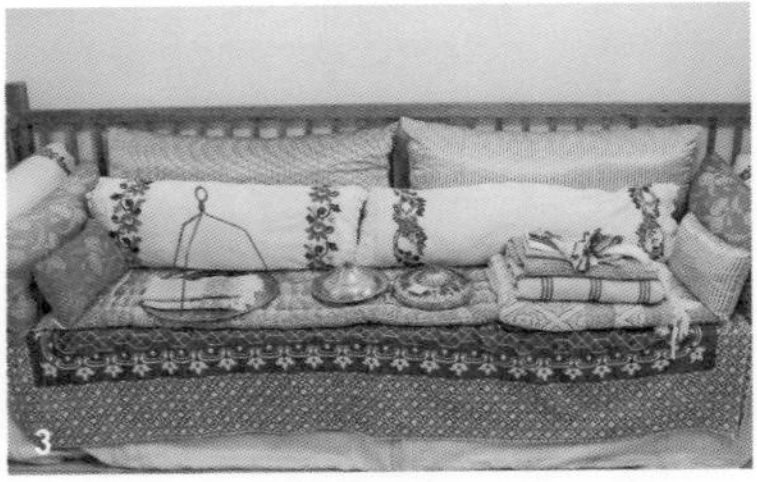

店名の由来（Ottoman＝オスマン）であるオスマン帝国をテーマにした、内装もディスプレイも美しいショップ。かつてオスマン帝国の一部であったトルコ、シリア、レバノン、チュニジア、ギリシャの伝統的な手工芸をいかしたオリジナル商品を製作、販売しています。ヨーロッパの生活に溶け込むようにアレンジされたファブリック類は、サイズ、カラーバリエーションともに豊富。フリンジつきのふかふかタオル、テーブルクロスやひざかけにぴったりな薄いファブリックが人気。その他天然石をふんだんに使ったフェミニンなピアスやネックレス、天然成分がお肌によさそうな石鹸、一つひとつていねいに刺繍されたクッション、カラフルなセラミックの器など、シンプルだけれど乙女心をくすぐる商品ばかりです。

Warmoesstraat 22／☎(023)5420326
www.ottomania.nl/en/site/home（英語）
⏲10:30～17:00、月日曜休

1.フリンジつきのタオルは上質で上品。50㎝×100㎝で15.95ユーロ。／**2**.トルコのアーティストによってつくられたセラミックシリーズは、食卓を明るくしてくれる。／**3**.布使いが参考になる。さりげないインテリアもまねしたい。／**4**.成分がそれぞれ違うハンドメイドのオリーブソープ3.65ユーロ。

Sjakie's
シャーキース

シャーキーオリジナルの商品が人気

こんなところに本当にショップがあるの？ とちょっと不安になるような小さな通りに、シャーキーさんのショップがあります。入口は小さいけれど、奥に広がる店内にはピート・ハイン・エイクのデザイナーズ家具と一緒に、シャーキーさんプロデュースによるオリジナルのアクセサリーやパッチワークのキリムなど、ユニークな商品がぎっしり。商品は店の奥とイスタンブールにあるアトリエでデザイン、製作されていて、毎シーズン新作を楽しみにしているファンが多くいます。シャーキーさんのセンスのよさ、人柄のよさがにじみ出たあたたかい雰囲気のショップ。
すぐ近くには、文房具やキッチン用品などのちょっとした小物を扱っているシャーキース・スモールというプチ姉妹店があります。プレゼントやおみやげを探すならこちらもチェックしてみて。

Breestraat 34／☎(023)5313733／www.sjakies.com
⏲13:00（土曜12:00）〜17:00、月〜水日曜休

Sjakie's Small／Koningstraat 34／☎(023)5510650
⏲ 11:00〜18:00、土曜10:00〜17:00、日曜13:00〜17:00、月曜休

1.ごちゃごちゃっとした店内にお宝がザクザク。探し出すワクワク感が楽しい。／**2**.オリジナル商品、デッドストックの皿のキャンドルホルダーにひと目惚れ。／**3**.アトリエでつくられている世界にひとつだけのパッチワークのキリム。

by Lima
バイ・リマ

かわいい店内でヘルシーフードを

1

2

3

4

ピンクの花で壁一面をデコレーションしてあったり、花が散りばめられたキュートなケーキが並んでいたりと、ラブリーな雰囲気のカフェですが、それだけではありません。身体のなかから美しくなれるようにとヘルシーな食材を使ったおいしいケーキやパンが食べられるとあって、一日中地元客でにぎわっています。化学調味料や精製糖をなるべく使わず、自然の甘さやうまみを最大限に引き出したおいしいデザートや食事を、ぜひ味わってみてください。

私のお気に入りは朝食プレート、オントバイトプランキェ(Ontbijtplankje) 12.95ユーロ。オランダならではの黒いパンとフルーツなどのつけ合せというシンプルなメニューですが、おいしくいただけます。ほんのりスパイスのきいたチャイ・ティー・ラテ3.5ユーロを一緒にどうぞ。心も身体もほっとひと息つける素敵なカフェです。

1.少しずついろいろ食べられる朝食プレートOntbijtplankjeはカフェのいちばん人気。／**2**.お昼どきは満席で入れないことも。少し時間をずらして行ってみて。／**3**.目をひくロマンチックな花の壁はこのカフェのトレードマーク。／**4**.ビタミンがたくさんつまっているブルーベリーとピスタチオのケーキ。

Zijlstraat 65／☎(023)5835993／by-lima.nl
⏲8:00(日曜9:00)～18:00、無休

Keukenhof

キューケンホフ

世界的に有名なチューリップの公園
手入れの行き届いた庭を愛でる

【MAP＊P.6】

チューリップのほかにもスイセンやヒヤシンスなど、季節の花が色とりどり。

1年のうち3月末から5月初、中旬までの2か月間弱だけオープンする花の公園、キューケンホフ。もしこの時期にオランダに来る予定なら、ぜひ訪ねてみてください。きっと幸せな気分いっぱいになれるでしょう。

園内には700万株以上のチューリップ、スイセン、ヒヤシンスなどが植えられていて、どの景色を切り取ってもフォトジェニック。私も何度行ったかわからないくらい通っていますが、毎年色とりどりのチューリップに癒されています。時間のゆるすかぎり、ゆっくり園内を散歩してみましょう。

園内のいたるところには、カフェや屋台がたくさんあります。クロケットパンやソーセージパンなどのダッチスナック、生クリームとイチゴがたっぷりのったワッフルなどのスイーツを食べることも、ひそかな楽しみ。天気のいい日は花をながめながら、テラスや広場で食べるとさらにおいしく感じるから不思議です。

こんなにたくさんの花に囲まれる機会はなかなかない！
オランダ旅行の思い出に。

Stationsweg 166A, Lisse
☎(0252)465555
www.keukenhof.nl/en/（英語）
3月20日〜5月9日開園
⏲8:00〜19:30（チケット購入〜18:00）、
開園期間中無休
入場料＊€19
※開園期間と時間、入場料は2021年の情報。
変更になる可能性もあるのでサイトで確認を

直行路線バスが運行。アムステルダムのライ駅から852番で約35分、ライデン中央駅から854番で約25分、スキポール空港から858番で約35分

1.日本ではめずらしい種類のチューリップが園内にはいっぱい。／**2**.あたたかいワッフルに生クリームとイチゴをトッピング。ついいろいろ食べたくなる。／**3**.ハート型のかわいい花ケマンソウ。チューリップ以外にもたくさんの花が楽しめる。／**4**.園内には小さな牧場があって動物たちとも触れあえる。春はちょうどベビーラッシュ。／**5**.園内の池には白鳥の姿も。ぐるっと一周散歩してみるのも気持ちいい。

入園ワンポイントアドバイス

◎入場口はかなり混雑するので、サイトで事前にチケットを購入しておこう。並ばずに入場できる。チケットはプリントしなくても、スマートフォンに表示するだけでOK。往復のバスとのコンビチケットもあって便利。
◎キューケンホフのサイトから、FacebookやTwitterのオフィシャルページにリンクがはられている。その日の公園の様子が毎日更新されているので、天気や気温に左右されるチューリップの咲き具合や園内の様子を、事前にチェックしてから出かけるのがおすすめ。

運河上に浮かぶテラスボート。ライデンの中心部はいつも人でいっぱい。

Leiden

ライデン

オランダ最古の大学がある学生の街
こぢんまりとした綺麗な街並みが続く

【MAP＊P.6】

ライデンは通常、ガイドブックでは大きく取り上げられない小さな街ですが、この街に暮らす私としては見逃せないスポットがたくさんあります。すべて取り上げたいところですが、ほかの街にはない小さなショップや見どころを中心にご紹介しましょう。

ライデンは画家のレンブラントが生まれ育った街で、江戸時代に日本で医師として活躍したシーボルトが晩年住んでいたことでも知られています。オランダ最古のライデン大学があり、博物館や本屋も多く、今でも学生の街としてにぎわっています。15世紀から変わらない街並みが美しく、とくに運河沿いは独特の雰囲気が漂っています。

ライデン中央駅からバスターミナル側に出て、まっすぐのびる道に沿って100mほど歩くと、右側に観光案内所があるので、ここで情報収集を。さらに道沿いにまっすぐ歩いていくと、2本の運河にぶつかります。1本目の運河を左に曲がれば風車ミュージアムが、2本目の運河手前左側にはベーステンマルクトという広場が広がっていて、運河クルーズの発着所があります。橋を渡ると、正面にショッピングストリートのハールレメル通りが続いています。この橋を渡ってすぐの交差点を右に曲がれば、シーボルトの日本で収集したコレクション品が展示してあるシーボルトハウスがあります。

ハールレメル通りをまっすぐ進むと通りの半ばに教会があり、そこを右に曲がると目の前に運河があるひらけた場所に出ます。この運河沿いにはカフェやショップがあり、いつもにぎわっています。運河の上に浮いているテラスボートで、ゆったりお茶を楽しんでください。

アムステルダム中央駅の2、14番線からBreda行き、またはDen Haag Centraal行き、またはVlissingen行きのIntercity（急行列車）に乗って35分

1.由緒あるライデン大学があり、世界中から若い人が集まる街でもある。／**2**.歴史ある城塞へ続く門の上には、赤い鍵がクロスしているライデンのシンボルマークが。

1.昔の船が停泊している風景は運河が多いライデンならでは。／**2**.街のほぼ真ん中に建っているホーフランツェ教会は街歩きの目印に。／**3**.かわいらしいデザインの家はオランダの伝統的なつくりなので、見かけたらぜひ写真を。／**4**.王様の日やワールドカップなど国中で盛り上がるイベントの時は、街中がオレンジに。

我が家から見えるライデンの夜景。雰囲気があってロマンチック。

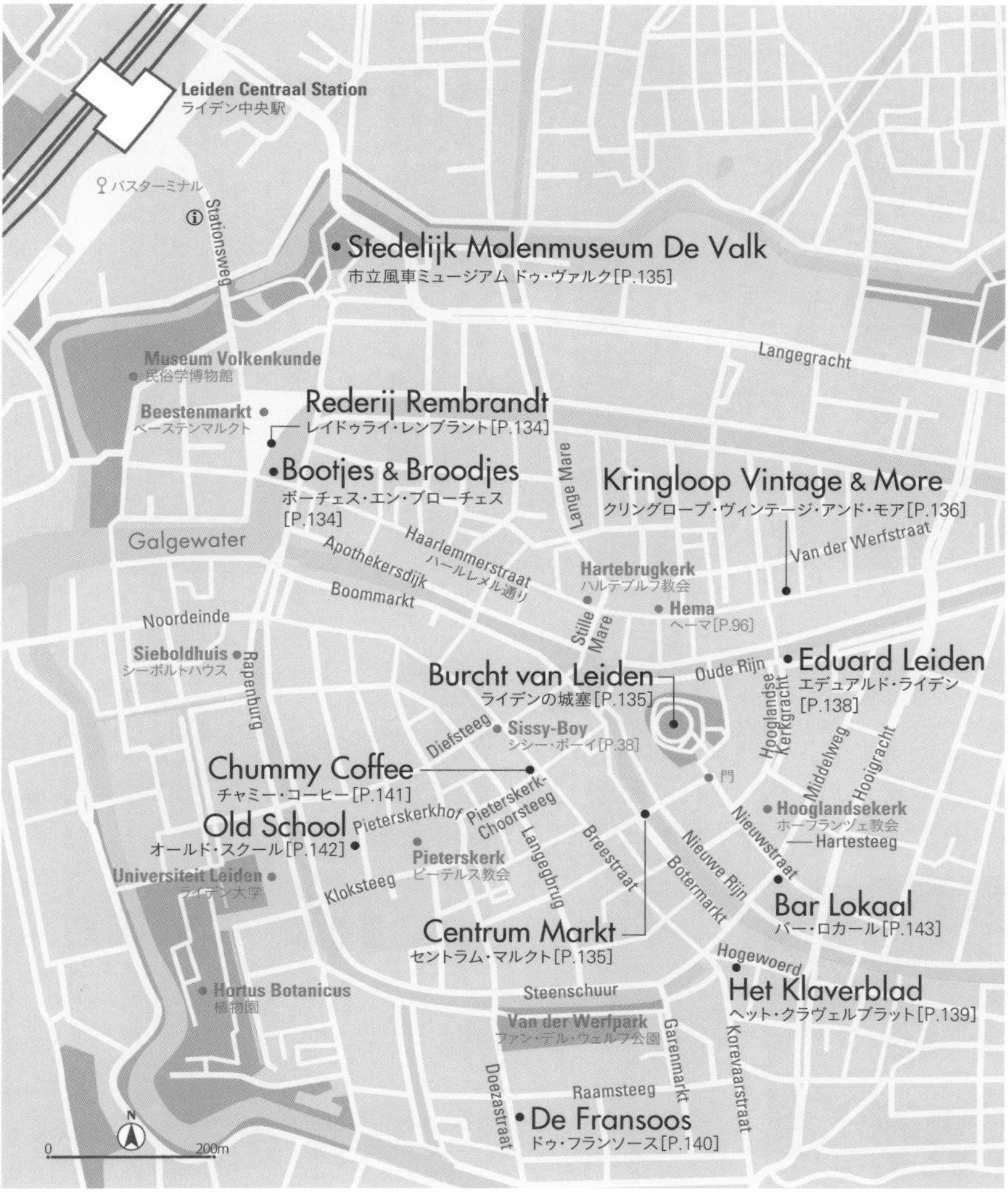

Leiden Centraal Station
ライデン中央駅
バスターミナル
Stationsweg
Stedelijk Molenmuseum De Valk
市立風車ミュージアム ドゥ・ヴァルク[P.135]
Langegracht
Museum Volkenkunde
民俗学博物館
Beestenmarkt
ベーステンマルクト
Rederij Rembrandt
レイドゥライ・レンブラント[P.134]
Bootjes & Broodjes
ボーチェス・エン・ブローチェス
[P.134]
Lange Mare
Kringloop Vintage & More
クリングロープ・ヴィンテージ・アンド・モア[P.136]
Van der Werfstraat
Galgewater
Haarlemmerstraat
ハールレメル通り
Apothekersdijk
Boommarkt
Hartebrugkerk
ハルテブルフ教会
Hema
ヘーマ[P.96]
Noordeinde
Stille Mare
Sieboldhuis
シーボルトハウス
Rapenburg
Burcht van Leiden
ライデンの城塞[P.135]
Oude Rijn
Eduard Leiden
エデュアルド・ライデン
[P.138]
Hooglandse Kerkgracht
Diefsteeg
Sissy-Boy
シシー・ボーイ[P.38]
Middelweg
Hooigracht
Chummy Coffee
チャミー・コーヒー[P.141]
門
Old School
オールド・スクール[P.142]
Pieterskerkhof
Pieterskerk-Choorsteeg
Hooglandsekerk
ホーフランツェ教会
Hartesteeg
Nieuwstraat
Breestraat
Langebrug
Nieuwe Rijn
Pieterskerk
ピーテルス教会
Universiteit Leiden
ライデン大学
Kloksteeg
Botermarkt
Bar Lokaal
バー・ロカール[P.143]
Centrum Markt
セントラム・マルクト[P.135]
Hogewoerd
Het Klaverblad
ヘット・クラヴェルブラット[P.139]
Steenschuur
Hortus Botanicus
植物園
Van der Werfpark
ファン・デル・ウェルフ公園
Garenmarkt
Korevaarstraat
Doezastraat
Raamsteeg
De Fransoos
ドゥ・フランソース[P.140]
N
0
200m

ライデン中心部はアムステルダムよりも小規模な運河が流れています。ライデンは運河と道路、建物との距離が近いので、クルーズでめぐると景色がぐっと身近に感じられておすすめです。手軽に乗船できるクルーズツアーと貸しボートでのクルーズ、お好みでチョイスが可能。どちらもライデン中央駅から近いベーステンマルクトの広場に乗り場があります。

ライデンの美しい運河を満喫！

さぁ、ライデン探索に出発！オランダ名物跳ね橋を下から見上げることができるのもクルーズならでは。

お手軽クルージングツアー

1時間かけてライデンの外周を半周し、中心部を通って戻ってくる見どころ満載のコース。日本語のオーディオガイドつきなので、見どころも見逃さずにゆったり楽しめます。月によって出航時間が異なるので、事前にサイトで確認を。

Rederij Rembrandt
レイドゥライ・レンブラント

Blauwpoortshaven 5
☎(071)5134938
www.rederijrembrandt.nl/home_engels.html（英語）
料金＊€10

自分で操縦して自由にクルーズ

免許のいらない簡単操作のモーターつきボートを借りて、好きな時に好きなだけ、好きなコースをめぐることができます。乗る前に操縦方法やルールを教えてくれるので安心。サンドイッチと地図を片手に遠出してみるのも素敵。

ベーステンマルクト広場にあるツアーの乗り場。

借りられるのはこのボート。最大６人まで乗船可能。

Bootjes & Broodjes
ボーチェス・エン・ブローチェス

Blauwpoortsbrug 1／☎(06)22610552／www.bootjesenbroodjes.nl/en/（英語）
料金＊2時間€85、プラス1時間ごとに€25

Burcht van Leiden

ライデンの城塞

昔から変わらない景色が美しい

ライデンの中心部にある高さ20mほどの要塞。9世紀頃につくられ、1200年以上もの間ライデンを見守ってきました。今ではライデンのシンボルとして市民の憩いの場になっています。要塞に上ると、美しい街並みがぐるっと360度見渡せます。

1.城塞のふちまで階段で上って一周することができる。／**2**.高すぎないので、ライデンの人たちのリアルな日常生活が見下ろせる。

Burgsteeg 14／入場料＊無料

駅から近く、徒歩で行くことができてアクセスしやすい。

Stedelijk Molenmuseum De Valk

市立風車ミュージアム ドゥ・ヴァルク

街のシンボル、小さな風車の博物館

1743年に建てられたライデンのランドマークになっている風車。今でも風が吹いている日は風車がまわってオランダらしい景色を見ることができます。なかは小さな博物館に。上がることもできるので、高所恐怖症でなければいちばん上までどうぞ。

2e Binnenvestgracht 1
☎(071)5165353
molenmuseumdevalk.nl/en（英語）
⏲ 10:00（日曜・祝祭日13:00）～17:00、月曜・一部祝祭日休
入場料＊€5

Centrum Markt

セントラム・マルクト

毎週土曜は地元の人でにぎわう

水曜と土曜に開催されている食品や日用雑貨のマーケットです。水曜は縮小版なので、できれば土曜のマーケットを訪ねてみて。揚げ立ての魚をその場で食べたり、濃厚な熟成チーズを試食したり……。活気ある市場でオランダの日常を満喫できます。

1.人気のアトランティック（Atlantic）ではパンに挟んだ塩漬けハーリングも人気。／**2**.食品以外に花も売られている。季節の花がリーズナブルで買えるのもうれしい。

Vismarkt, Botermarkt, Nieuwe Rijnなど
⏲ 水土曜8:00～17:00頃

Kringloop Vintage & More

クリングロープ・ヴィンテージ・アンド・モア

厳選されたリサイクル品が目白押し

古きよきものを大切にするオランダ人の生活に、なくてはならないのがリサイクルショップ。老若男女みんなリサイクルショップが大好きです。ライデンで昔から地元の人たちに愛されているリサイクルショップのクリングロープ・ヴィンテージ・アンド・モアが、2017年にリニューアル。厳選したヴィンテージ品や、上質なリサイクル品を扱っています。2019年には街の中心部に移転し、さらに魅力的な商品ラインナップになりました。
オランダのリサイクルショップでは、ガラクタのなかから掘り出しものを探すのが普通ですが、このショップはきれいに整然とディスプレイされているので見やすく、日本人にも買いものしやすいのもポイント。食器類から洋服、インテリアグッズまでこれぞというものを探してみてください。おすすめは小さなマット類5ユーロ〜や、ヴィンテージの皿1ユーロ〜。1ユーロ以下で売っている置物やデッドストックのボタンなどもあります。

Haarlemmerstraat 184／☎(071)5764118
www.kringloopwinkel-leiden.nl
⏲10:00〜18:00、月日曜12:00〜17:00、無休

1.使い勝手のいいプレートは、11枚セットで17.5ユーロと激安！／**2**.小さめのサイズの絨毯は、コンパクトで日本にも持ち帰りやすい。／**3**.レトロなカップ&ソーサーも日本では見かけないデザインばかり。1ユーロ〜。／**4**.ガラスワークコーナーも必見。お手頃価格で手に入る。

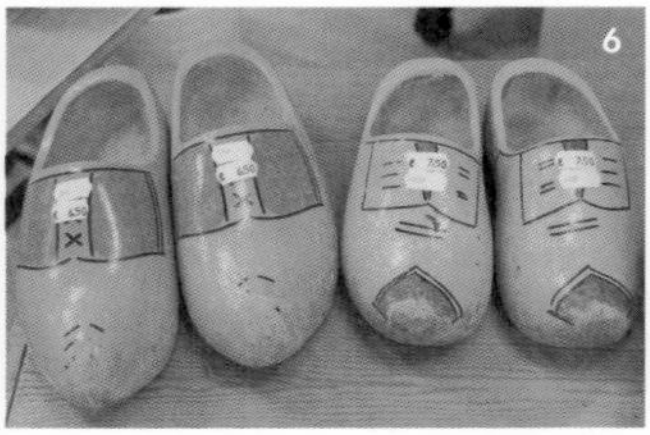

5.ザ・オランダな商品が並べられたコーナー。ここをチェックするだけでも価値がある。／**6**.セカンドハンドの木靴は新品にはない味がある。／**7**.広々していて見やすい店内。古着のコーナーもおすすめ。

リサイクルショップ＆フリマへ！

オランダ中に1500店以上あるといわれているリサイクルショップや、毎週末、各地で開催されているフリーマーケットが簡単に検索できるアレ・クリングロープウィンコースというサイトがあります。オランダ語のみですが、都市名を入れるだけでリサイクルショップやフリマを探せるので、興味がある人はチェックしてみてください。私もほかの町に行く時は、このサイトで情報を調べてから出かけています。ちなみに、オランダ語ではリサイクルショップのことをクリングロープウィンコー（Kringloopwinkel)、フリーマーケットのことをロモーマルクト（Rommelmarkten）といいます。

Alle Kringloopwinkels

アレ・クリングロープウィンコース

allekringloopwinkels.nl

Eduard Leiden

エデュアルド・ライデン

新進気鋭のダッチデザインを扱う

ホーフランツェ教会がある静かな通りに面している、絵本に出てくるようなかわいらしい店構えのセレクトショップ。店内はこぢんまりとしていますがセンスのいい雑貨がたくさん並んでいて、充実したラインナップにうれしくなります。小さな工房やまだまだ無名の新進気鋭のアーティストが手がけているジュエリーやアクセサリー、インテリアグッズなど、どちらかというとシックで華奢なダッチデザインのアイテムを多く扱っています。どれも日常生活に取り入れたい洗練されたものばかり。そのほか店内には、トラックの防水シートをリサイクルしてつくったバッグやスタイリッシュな水筒など、環境に配慮した商品もたくさんあります。ライデンきってのショッピングストリートであるハールレメル通りから小道に入り、運河を渡ってすぐのところにあるので、足を運んでみてください。

1.ナチュラルカラーの商品が多く、店内のトーンも落ち着いた印象。／**2**.ミニマルな装いにも似合いそうなシンプルなネックレス。／**3**.どんなインテリアにもマッチする小さな鳥の置物9.95ユーロ。／**4**.リサイクルのバッグはエコフレンドリーな男性へのおみやげに。

Hooglandse Kerkgracht 6
☎(071)5663050
www.eduard-leiden-shop.nl
⏲10:00～18:00(月日曜17:00)、無休

Het Klaverblad

ヘット・クラヴェルブラット

オランダ最古のコーヒー＆お茶の店

1

2

3

4

ライデンで1769年に創業し、なんと250年以上近く続いているオランダでもっとも古いコーヒー＆お茶の店。コーヒーはその場で挽いてくれる香りのいい豆が自慢。お茶は紅茶、中国茶など世界中からセレクトしためずらしいラインナップがそろいます。そのなかでもこの店独自のブレンドティー「ライツェ・リーフデ・テー（Leidse Liefde Thee)」は、訳すとライデン・ラブ・ティーといったところでしょうか。キュートなネーミングもさることながらフルーティーな香りがさわやかで、ライデンみやげにもぴったりです。お茶が入っているキッチュでかわいい缶が並ぶ店内も要チェック。昔実際に使われていた茶箱も、棚や収納ボックスとして使われています。小さな店にはひっきりなしにお客さんがやってきていつもいっぱい。ライデンっ子に交じって挽き立てのコーヒー、オリジナルのブレンドティーを買ってみましょう。

Hogewoerd 15
☎(071)5133655
⏲10:00〜17:30、
土曜9:15〜17:00、
月日曜休

1.店のおばさまはフレンドリーで、来店客みんなと顔見知り。どれにしようか迷ったら相談してみて。／**2**.歴史ある茶箱を使った棚もとってもおしゃれ。／**3**.小さい店内はお茶とコーヒーのいい香りが漂っている。／**4**.250年もの間、変わらない場所にある。

De Fransoos

ドゥ・フランソース

ライデンいちのフレンチデリ

友人に教えてもらってからこのショップのファンになりました。すべてがおいしいこのフレンチデリカテッセンは、フランス人オーナーがこだわりぬいて選んだものがそろいます。いちばんのおすすめはパテ。ベルギーから取り寄せているというパテは数種類ありますが、カモとオレンジのパテ（Terrine de Canard a l'orange）はほんのりオレンジ風味が絶品。我が家の冷蔵庫にも常備しています。昔ながらのハンドメイドバターは、濃厚な味わいがぜいたく。フランス産のチーズやワインの種類も豊富なので、迷ったら相談してみましょう。
最近はライデンで醸造されたビールも扱っていて、希少な地ビールが手軽に買えることも魅力です。日本ではなかなか食べられないグルメな味に出会えるので、ライデンに来たらぜひ。

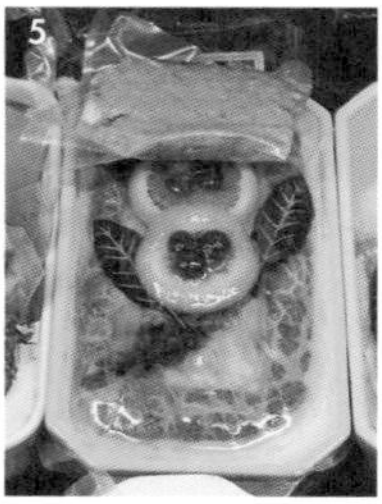

1.奥行きがある広い店内に、日本ではなかなか食べられないおいしいものがたくさんある。／**2**.ライデンのビールPronckは見た目もおしゃれ。／**3**.「ミモレ」というチーズ。これにバターをつけて食べるのがオーナーいち押しの食べ方。／**4**.キャラメルに似た濃厚なファッジ。口のなかでとろけてしまう。／**5**.カモとオレンジのパテはくさみも全くなくワインともよく合う。バゲットにのせて食べても美味。

Doezastraat 8／☎(071)5125256
www.facebook.com/deFransoos
⏲8:30(月曜11:00)～18:00、土曜8:00～17:00、日曜休

Chummy Coffee
チャミー・コーヒー

コーヒーのスペシャリストがいる店

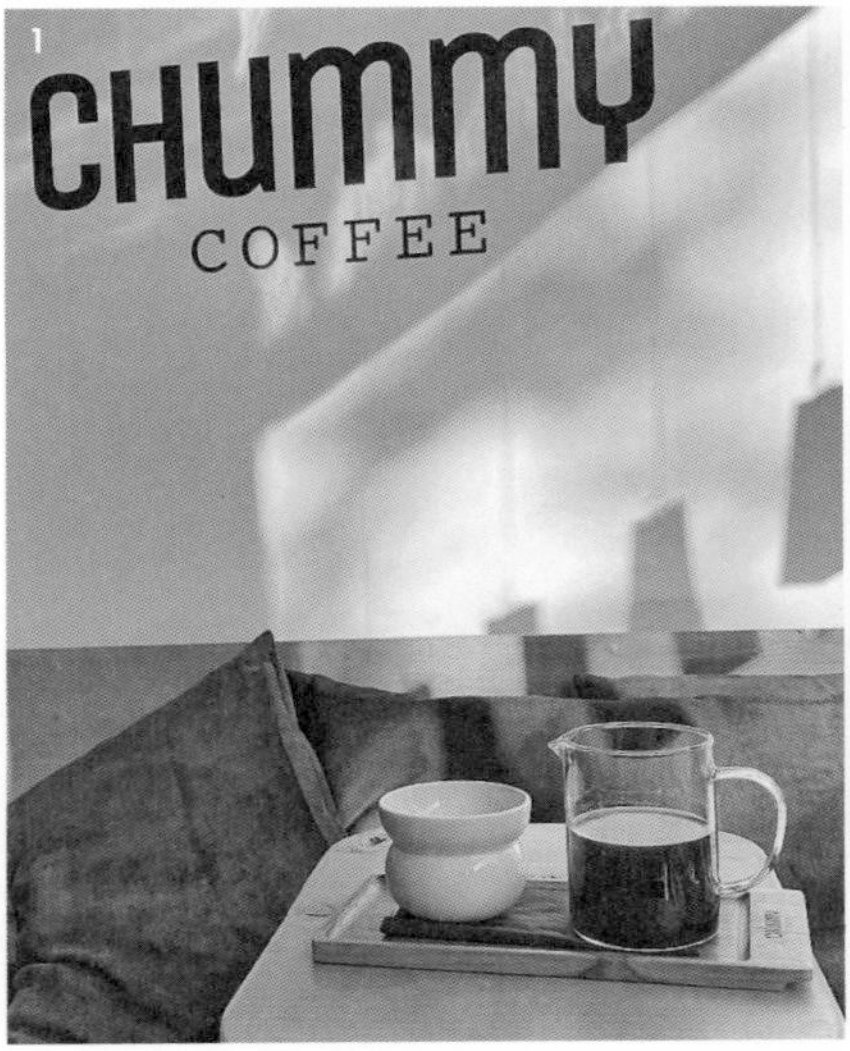

ライデンの街の中心部にあり、地元のコーヒー好きな人たちに愛されているカフェ。オーナーのヤープさんはコーヒーのスペシャリスト。フェアトレードの特別なコーヒー豆を扱うアントワープのコーヒー豆専門店、カフェネーション（Caffènation）から取り寄せたものを使用し、毎週違う豆から特別な一杯を提供してくれます。それを楽しみにしているコーヒーファンも多いとか。生クリームとキャラメルソースがたっぷりのっている甘いコーヒー、チャミー・クランチ・ラテ（Chummy Crunch Latte）も人気で、疲れた身体に染みわたります。コーヒーのお供には、ヤープさんの奥さんが毎日焼いているホームメイドケーキを。とくに素朴な味わいのチーズケーキが評判です。ライデン散策中に立ち寄りやすい場所にあるので、ショッピングの途中休憩にいかがでしょう。

1.週がわりでさまざまな国、農園の豆を挽き、ていねいに淹れたフィルターコーヒー。／**2**.Chummy Crunch Latte €4.7（右）をはじめ、コーヒー、カプチーノ、ラテは種類が豊富。／**3**.小さな店内は香ばしいコーヒーの香りでいっぱい。最高の一杯を提供してくれる。／**4**.人気のチーズケーキ。日替わりでキャロットケーキ、アップルパイ、バナナブレッドなども。

Breestraat 97／www.chummycoffee.nl
⏲10:00〜17:30、月日曜休

Old School

オールド・スクール

ギャラリーとカフェが融合

1

2

閑静なエリア、ピーテルス教会の広場に面している隠れ家的カフェ&ギャラリー。店の名前からも想像がつくように、なかは昔の学校をイメージした懐かしい雰囲気で、とても気に入っています。入口を入ってすぐ右手の部屋は、若手アーティストをはじめライデンに関係しているアーティストの作品を展示するギャラリー。階段を上った先には地元のアート集団「アトリエ・オールド・スクール」のアトリエと展示スペースがあり、作品を制作、発表する場として使われています。

カフェはオーガニックのコーヒーやお茶、フルーツジュース、ライデン産のビール、プロンク（Pronck）などの飲みものがメインですが、毎日2、3種類焼いている日替わりケーキもあります。おすすめをたずねてみましょう。

3

4

1.ノスタルジックな雰囲気。とにかく静かなので、落ち着きたい時にいい。／**2**.各部屋の入口は学校の教室を彷彿とさせる。入口上に書かれた文字のフォントも魅力的。／**3**.定期的にテーマがかわる展示スペース。サイトで展示物などをチェックできる。／**4**.カプチーノはプラス0.25ユーロで、オートミルクに変更可能。日替わりケーキと一緒にどうぞ。

Pieterskerkhof 4-A／☎(071)5327447
www.oldschoolleiden.nl
⏲11:00〜18:00、月〜木曜休

Bar Lokaal

バー・ロカール

ビストロのような雰囲気のカフェ・バー

朝から晩までいつ行ってもたくさんの人でにぎわっているカフェ・バー。我が家からも近く活気ある店内の雰囲気が大好きで、友人と一緒によく行きます。朝はコーヒー、昼はランチ、夜はアルコールで乾杯……と、ほっとひと息つける私の憩いの場。オリーブオイルや生ハムをはじめ厳選された食材を使い、食事もデザートもほとんどがハウスメイドで、どれも身体にやさしそう。庶民的な雰囲気の店なのに、とてもぜいたくな時間を過ごせます。

私のおすすめは、イスラエル料理で有名なシャクシューカ（Shakshuka）。たっぷりの野菜とポーチドエッグが、スパイシーなトマトソースとヨーグルトとからまっておいしい。ワインやビールなどのアルコールも種類が豊富で、おすすめを聞いて注文すると、今まで味わったことがないようなテイストに出会えることも。ライデンに来たらぜひ寄ってみてください。

1.ホーフランツェ教会の目の前にあるテラス席はいつも人気。／**2**.晴れた日にテラス席で飲むビールは最高！ この場でしか味わえない生ビールを。／**3**.毎回オーダーする大好きなシャクシューカ。あつあつをトーストしたパンにつけて。／**4**.天井まである大きな棚には、その時々でおすすめのワインが並んでいる。／**5**.キッチンではケーキを仕込み中。スタッフはみんなフレンドリー。

Hartesteeg 13／☎(071)8884949
www.barlokaal.nl/english（英語）
◷8:00〜24:00（木〜土曜深夜1:00）、無休

オランダ人家族のうちへ

キッチン&ダイニング。ハンドメイドの自慢のキッチンは広々。子どもたちが描いた絵も素敵なインテリア。こだわって集めた椅子も不思議と統一感があってアクセントに。

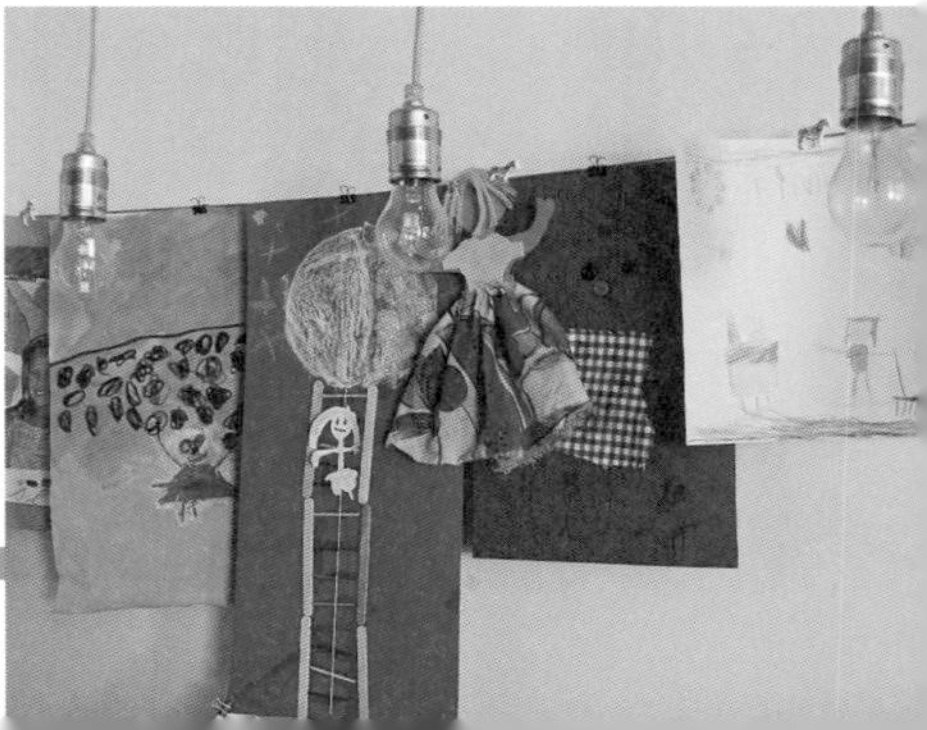

冬が長いうえに家族で過ごす時間を大切にしているオランダ人にとって、「自分のうち」はとても大切な場所。美しい歴史的な建物の外観は変えずに、内装に手を加えてひそかに楽しんでいます。みんなインテリアに強いこだわりをもっていて、たとえば床や壁などのリノベーションは序の口。DIYをして自分好みの空間をつくり上げるのは当たり前のことなのです。

そんな、型にとらわれず毎日を楽しくするさまざまなヒントが詰まったインテリアは、参考にしたいポイントがいっぱい。とあるオランダ人家族のうちをのぞいてみましょう。

＊　＊　＊

歴史的建造物の修復をしている建築家のヨーリッヒさんは、ライデン市の重要文化財に指定されている歴史ある建物に住んでいるご近所さん。外観は伝統的なスタイルですが、家のなかは使いやすく、そしておしゃれにリノベーションされています。1階が事務所、2階、3階、そして屋根裏部屋が住居になっています。リビングにある現役の暖炉や、フランス、ベルギー、オランダ国内で探したというヴィンテージの家具などの古きよきものをいかしつつ、キッチンやお風呂などは最新の設備にして便利に……と、そのバランスがうまく調和しているところにヨーリッヒさんのセンスが光っています。

ヨーリッヒさんの家族構成は奥さん、10歳と5歳の女の子、3歳の男の子の5人家族。お邪魔した日は事務所で仕事をしているヨーリッヒさん、そして息子のセン君が子守に来ているおばあちゃんとお留守番をしていました。

子ども部屋のベッド。秘密基地みたいでワクワクする。

夫婦の寝室には天蓋つきのロマンチックなベッドが。

リビングはクラシカルなインテリアで統一した落ち着いた雰囲気。ごちゃごちゃしがちなおもちゃもヴィンテージの箱を使えばおしゃれにスッキリ。

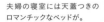

ミッフィーに会いに

ユトレヒトへ行こう

オランダではナインチェ（Nijntje）と呼ばれているミッフィーは、みんなに愛されている国民的キャラクター。そんなナインチェが生まれたのが、オランダのほぼ真ん中に位置するユトレヒト（MAP＊P.6）です。ミッフィーの生みの親、ディック・ブルーナさんが生前住んでいたことでも知られていて、ナインチェの博物館があるほか、街中でもミッフィーやディック・ブルーナさんの作品を見つけることができます。
ユトレヒトはまた、個性的で小さなショップが点在する町でもあります。市役所から北東にのびるフォール通り（Voorstraat）や運河沿いのアウデフラフト（Oudegracht）周辺には、ヴィンテージものからダッチデザイングッズまでオーナーのセンスがきらりと光るショップ、素敵なカフェなどが軒を連ねているので、あわせて楽しんでください。

アムステルダム中央駅の4番線からNijmegen行き、またはMaastricht行きのIntercity（急行列車）に乗って30分

1.運河が低い位置を流れるユトレヒトの街。この運河沿いでお茶をするのも気持ちいい。／**2**.ユトレヒトにはカフェやレストランがたくさんあるのも、旅行者にはうれしいポイント。

レインボーカラーの横断歩道とミッフィーの信号機。何度も渡りたくなるかわいさ。

ミッフィー広場には、銅版でできている小さなミッフィーが。

ブルーナさんがデザインしたユトレヒトの案内標識にもご注目。

オランダ語で「ミッフィーの小さな広場」と書いてある案内板。

Nijntje museum

ナインチェ・ミュージアム

Photo: Ernst Moritz 1

ミッフィーのミニチュアの世界が広がっている子ども向け博物館。ミュージアムショップもミッフィーづくしなので、立ち寄ってみてください。向かいにあるセントラル・ミュージアムも要チェック。初期のナインチェの原画やディック・ブルーナさんのほかの作品が展示されているほか、ディック・ブルーナさんが実際に使用していたアトリエも観ることができます。

2 Photo: Ernst Moritz

Agnietenstraat 2／☎(030)2362399／nijntjemuseum.nl/?lang=en(英語)
⏲10:00～17:00、月曜、1月1日・4月27日・12月25日休
入場料＊13歳以上€6

3

Photo: Ivar Pel

4 Photo: Ernst Moritz

1.いろいろな仕掛けのおもちゃがある部屋。お医者さんごっこができる。／**2**.子ども向けの博物館だけれど、ミッフィー好きの大人もはずせないスポット。／**3**.ミュージアムの入口に立っているミッフィーを目印に。／**4**.実際に入れるミッフィーの家は子どもたちのあこがれの家。細部までよくできている。

1.ミッフィーの切手はほかではなかなか手に入らない貴重なもの。／2.ついつい集めたくなるポストカードもたくさん扱っている。

W.van der Bijl

ウェイ・ファン・デル・バイル

切手、コインなどを扱うコレクターズショップ。ミッフィーやその他ブルーナさんが描いたイラストの切手やピンバッチ、ポストカードが購入できます。駅からミュージアムに行く途中にあるのでのぞいてみて。

Zadelstraat 43／☎(030)2342040
⏲10:00(月曜13:00)～17:00(土曜16:00)、金日曜休

Banketbakkerij Theo Blom

洋菓子屋 テオ・ブロム

ブルーナさんが生前足を運んでいた洋菓子屋。ブルーナさんもお気に入りだったオリジナルのクッキーは、バター風味がクセになるおいしさです。ミッフィーのクッキーはおみやげとしても人気。

Zadelstraat 23／☎(030)2311135
⏲8:00～18:00(月土曜17:00)、日曜休

1.ブルーナさんと共同で開発したミッフィーのクッキーは缶入りもある。／2.レトロな箱に入ったオリジナルのクッキーは、1888年から変わらないレシピ。

オランダ旅のヒント

オランダを旅する際に知っておきたい基本情報をご紹介。

日本からオランダへ

日本からアムステルダムまでは、KLMオランダ航空が直行便を運航しています。成田、関空からアムステルダムのスキポール空港（Schiphol Airport）までの所要時間は、11時間30分～12時間ほど。そのほか日系、ヨーロッパ系航空会社を利用して他国で乗り継いで訪れる方法もあります。貯めているマイレージがあれば、提携している航空会社を調べてみましょう。

ちなみに私はKLMと日本航空（JAL）をよく利用します。KLMはなんといっても乗ったら次は目的地。機内にあふれるダッチデザインにも胸がときめきます。JALはヨーロッパのいくつかの都市で乗り継ぎが可能ですが、おすすめはフィンランドのヘルシンキ経由。乗り継ぎのよさもさることながら、ちょっとした乗り継ぎの合間に北欧雑貨のショッピングも楽しめます。

KLMオランダ航空　www.klm.com/home/jp/ja
日本航空（JAL）　www.jal.co.jp/jp/ja/

オランダ国内移動

オランダ国内での移動は主に列車。主要な町へは列車で行くことができます。町のなかでの移動や小さな町、隣町へ行く場合は路線バスを利用します。大きな町にはメトロやトラムも走っていて、ちょっとした移動にも気軽に利用できます。

住所や駅名を入力するだけで公共交通機関でのルートや発着時刻を簡単に検索できる9292.nlという便利なサイトがあるので、出かける前にチェックしてみてください。

9292.nl
9292.nl/en（英語）

バス

近年はキャッシュレスのみの対応となっています。オーフェーチップカールトを持っていない場合は、クレジットカードでチケットを購入できます。

オランダ鉄道

オランダ鉄道（Nederlandse Spoorwegen）は、略してNSの名前で親しまれています。主要都市間を15～30分間隔で運行していますが、遅延や運休が頻繁にあるので駅の掲示板で確認を。急行列車（Intercity）、快速列車（Sneltrain）、各駅列車（Stoptrein、Sprinter）の3種類あります。一部の特急列車をのぞいてすべて自由席。1等車か2等車を選択しますが、2等車でも十分快適です。

乗車するには、チャージ式ICカードのオーフェーチップカールト（OV-chipkaart）を使用するか、乗車券をまたは電子チケットを購入します。チャージ式のオーフェーチップカールトは、観光客には少しハードルが高いのであまりおすすめできません。乗車券は自動券売機かサービスカウンターで直接購入できますが、毎回手数料がかかります。購入の列に並んで思わぬタイムロスをしてしまうことも。頻繁に利用する場合は、NSのアプリかサイトで電子チケットを購入する方法をおすすめします。

もしアムステルダム市内と近郊のみでしか交通機関を利用する予定がなければ、観光客向けのAmsterdam Travel Ticketが便利。スキポール空港からアムステルダムまでの列車のほか、バス、メトロ、トラムなど、市内の公共交通機関も乗り放題になります。サイトのほか、空港やアムステルダム中央駅にあるNSサービスカウンター、GVBサービス＆チケッツ、GVBの券売機で購入できます（料金や種類、URLはP.150参照）。

NS　www.ns.nl/en（英語）

空港から町へ

列車

スキポール空港の地下に、スキポール駅が直結しています。ホーム入口にある読み取り機にチケットをタッチし、列車が到着するホームを確認して地下へ。アムステルダム中央駅まで24時間、1時間に6本以上（夜中は1時間に1本）の列車が運行しています。料金は片道4.5ユーロ、所要時間は15～20分。時刻表はNSのサイトで確認できます。

バス

ミュージアム広場（Museumplein）、国立ミュージアム、ライツェ広場（Leidseplein）などを経由し、アムステルダム中央駅が終点のConnexxion社のバスが走っています。空港のバスターミナルのB17乗り場から、昼間は397番のバスが8分ごと、深夜から早朝はN97番のナイトライナーというバスが30分ごとに運行。所要時間は約30分、料金は片道6.5ユーロ。

Connexxion
www.connexxion.nl/en/（英語）

タクシー

深夜まで列車やバスが走っていますが、女性ひとりの場合はホテルの入口まで乗せてもらえるタクシーが安心。オランダのタクシーは明朗会計で安心して利用できます。

アムステルダム中心部までは所要時間20分程度で、料金は50ユーロほど。チップは端数をきりのいい金額に切り上げて払い、大きな荷物がある場合は、ひとつにつき1ユーロ程度のチップを渡しましょう。

アムステルダム市内の交通

市内の主な交通機関はバス、トラム、メトロの3種類。短期滞在の旅行者にはAmsterdam Travel Ticket（P.149）かI amsterdam City Card（P.88）がおすすめ。どちらもアムステルダム市内を走るGVB（アムステルダム市営交通会社）管轄のバス、トラム、メトロが乗り放題になります。Amsterdam Travel Ticketはさらにスキポール間の列車やバスにも使用できます。I amsterdam City Cardはミュージアムや運河クルーズが無料や割引になるお得なカード。プランや目的に合わせてカードをチョイスしましょう。どちらのカードもサイトで購入でき、空港または駅などでカードを受け取ります。

その他GVB管轄のバス、トラム、メトロのみが乗り放題になる1時間券（ナイトバスは利用不可）、1～7日券があり、メトロの駅の自動券売機などで販売されています。1時間券はバスやトラムの車内でも購入できますが、クレジットカード決済のみ可能です。

Amsterdam Travel Ticket

1日券	**17**ユーロ
2日券	**22.5**ユーロ
3日券	**28**ユーロ

www.discoverholland.com/amsterdam-travel-ticket（英語）

I amsterdam City Card

1日券（24時間）	**65**ユーロ
2日券（48時間）	**85**ユーロ
3日券（72時間）	**105**ユーロ
4日券（96時間）	**120**ユーロ
5日券（120時間）	**130**ユーロ

www.iamsterdam.com/en（英語）

GVB乗り放題カード

1時間券	**3.2**ユーロ
1日券（24時間）	**8**ユーロ
2日券（48時間）	**13.5**ユーロ
3日券（72時間）	**19**ユーロ
4日券（96時間）	**24.5**ユーロ
5日券（120時間）	**29.5**ユーロ
6日券（144時間）	**34**ユーロ
7日券（168時間）	**37**ユーロ

en.gvb.nl（英語）

※上記のすべてのカードの料金は2020年のもの

トラム

アムステルダムの中心部と郊外の間を運行。アムステルダム中央駅から南に半円状に路線が広がっていて、中心部の見どころはほとんどトラムでまわれるほど網羅されています。観光客にもわかりやすく気軽に利用できますが、GVBサービス&チケッツやサイトで路線図を入手しておけばより安心。運行時間は6〜24時頃、5〜10分間隔で発着しています。

停留所には停留所名と路線番号が書いてありますが、ダム広場のようなたくさんのトラムが走っている停留所では路線や行き先によって停留所が分かれている場合もあります。乗車の際は必ず路線番号と行き先を確認しましょう。不安な場合は運転手か車掌に確認してから乗車すると安心です。また、路線番号は変わりやすいのでご注意を。

左ページで紹介したカードを持っている場合は、入口にあるピンクのカード読み取り機にタッチしてから乗車します。カードを持っていない場合は運転手か車掌から1時間券を購入します。

検札があった時に有効なカードを持っていないと罰金を取られることがあるので、乗車時にカードをタッチするか、1時間券を購入することを忘れずに。降車の際はSTOPボタンを押し、また忘れずにカードを読み取り機にタッチしましょう。トラムの車内ではスリが多発しています。とくに混雑時は気をつけて。

バス

バスはアムステルダム中央駅を中心に、主に市内の環状線を走っています。アムステルダム市内のほかの駅周辺へ行きたい場合は、トラムのほかにバスに乗って行くこともできます。運行時間は6〜24時頃。路線によっては夜中もナイトバスが走っています。近郊の町へもバスが運行していますが、GVB管轄のバスでない場合は、I amsterdam City CardとGVB乗り放題カードは使用できないので注意。

乗り方はトラムとほぼ同じですが、乗車時は運転手がいる前のドアから入り、降車時は後ろ側のドアから出ます。カードを持っていない場合は運転手から1時間券を購入することができます。持っている場合は、ピンクの読み取り機にタッチすることを忘れずに。

アムステルダム中央駅前のバスターミナルは、駅の北側（海側）の改札を出てエスカレーターを上ったところにあります。

メトロ

アムステルダム中央駅と主要なエリアをつなぎ、とても便利なメトロ。アムステルダム北エリアから中心部の南側に位置するミュージアム広場やデ・パイプ方面へ、中央駅からニューマルクト（Nieuwmarkt）やワーテルロープライン（Waterlooplein）といったアムステルダム中心部の東側エリアへ、ダイレクトにアクセスできます。運行時間は6〜24時頃。

カードがないとホームに入れないので、カードを持っていない場合は乗車前に自動券売機で購入しましょう。改札ではカードをピンクの読み取り機にタッチ。扉が開き、なかに入ることができます。

タクシー

オランダでは流しのタクシーを見かけません。タクシーに乗りたい場合は、大きな駅の駅前やホテルの前などにあるタクシー乗り場を利用しましょう。料金はメーター制でタクシー会社によって若干異なりますが、3.2ユーロ程度の基本料金に1kmあたり2.4ユーロ程度、1分40セント程度が加算されていきます。車のわかりやすい場所に料金表が貼ってあるので、心配な場合は事前に確認を。

お金

現金

通貨単位はユーロ（€）、補助通貨単位はセント（¢）。1ユーロ＝100セント。スーパーマーケットなどでは100ユーロ以上の高額紙幣は使えないことも多いので（小さな店では50ユーロも嫌がられることも）、なるべく5、10、20ユーロにくずしておくことをおすすめします。オランダでは現金で支払う場合、1セント、2セント硬貨はほとんど使われません。たとえば買いものの合計金額が10ユーロ7セントの場合は10ユーロ5セントに、10ユーロ8セントの場合は10ユーロ10セントと2捨3入、7捨8入が適用されています。

クレジットカード

オランダではデビットカード機能つきの「PIN」という銀行カードで支払いをするのが一般的で、キャッシュレス傾向に。そのため、現金での支払いを受け付けないショップやレストランも多くあります。そのような店ではクレジットカードでの支払いが可能ですが、暗証番号を入力しなければならない場合があるので、事前に確認しておきましょう。また海外のATMから現地通貨が引き出せるキャッシング機能もついているので、いざという時のためにも持っておくと安心です。

両替

日本でもオランダでも、日本円からユーロへの両替ができます。日本での両替は比較的レートがよく、当面のユーロは日本で両替をしておいたほうが安心。オランダでは銀行や両替所で両替できます。空港や主要駅にあるGWKは公認両替所で安心して利用できますが、利用時はレートや手数料を銀行と比較して。街中にあるそのほかの両替所は悪質なところもあるようなので、トラブルを避けるためにも利用しないほうが無難。いずれにせよ多額の現金を持ち歩かなくてもよいクレジットカードのキャッシング、国際キャッシュカードでその都度現地通貨を引き出す方法が便利で安全。

チップ

オランダでは料金にサービス料が含まれているため、基本的にはチップは不要。ただし特別な注文をしたり、とくによいサービスを受けたと感じた場合は1、2ユーロ程度のチップを渡しましょう。カフェでは不要ですが、レストランで食事をした場合はユーロの端数を切り上げて渡せばスマート。そのほかタクシーで重い荷物を運んでもらった場合も、荷物ひとつにつき1ユーロ程度のチップを。

水

オランダの水道水はほとんどにおいもなく、そのまま飲用できるので、洗顔や歯磨きにも問題ありません。ミネラルウォーターはスーパーマーケットや駅のコンビニで買えますが、駅のコンビニは割高。

通信手段

インターネット

オランダはインターネット環境がかなり整っています。たいていのカフェではWi-Fiが使用可能で、パソコンを使って仕事をしている人もちらほら見かけます。入口にWi-Fiの目印があれば確実。ホテルでもほぼWi-Fiが使用できますが、エリアが限られる場合もあるので、フロントで確認を。意外なところだとNSの一部の列車内でもWi-Fiが利用できます。乗っている列車の行き先や経由駅をチェックしたり、次の目的地の下調べもできるのでぜひ試してみて。

国際電話

日本からオランダに電話をかける場合は、各電話会社の識別番号（001 KDDI、0033 NTTコミュニケーションズ、0061 ソフトバンクなど＊）＋010（国際電話識別番号）＋31（オランダの国番号）＋最初の0をのぞいた相手の電話番号、を押します。

オランダから日本に電話をかける場合は、00（国際電話識別番号）＋81（日本の国番号）＋最初の0をのぞいた相手の電話番号、を押します。

インターネットを利用できる環境にいれば、LINEやFace Time、Skypeなどのインターネット電話を使いましょう。無料もしくは格安で通話が可能です。

＊マイライン、マイラインプラスに登録している場合は不要

電圧とプラグ

電圧は230V、周波数は50Hz。プラグの形状は2つ穴のBタイプ、Cタイプ、SEタイプと数種類あります。日本の電化製品を使用する際は変圧器が必要になりますが、パソコンやスマートフォンの充電器などは230Vにも対応しているものも多く見かけます。充電器や説明書を読んで確認を。なお変圧器が必要ない場合もB、C、SEに対応している変換プラグは必要です。

トイレ事情

オランダ語でトイレはヴェーセー（WC）やトイレット（Toilet）といいます。女性用トイレにはダムス（Dames）、男性用トイレにはヘーレン（Heren）と記されていることがほとんどなので間違えないで。基本的にトイレの設置場所は少ないので、レストランやカフェ、博物館やデパートなどに立ち寄った際に済ませておきましょう。ショップ内や駅などでも有料トイレの場合がほとんどなので、25～75セント程度の小銭を用意しておきましょう。

治安

経済状況が安定していて、ほかのヨーロッパ諸国とくらべて比較的治安がよいといわれているオランダですが、最近は東欧諸国などから入ってきた人たちによる置引きやスリなどの軽犯罪が問題になっています。とくにスキポール空港、アムステルダム中央駅およびその周辺、ダム広場周辺、美術館等の観光エリアは注意が必要です。列車、バス、トラム、メトロでの乗車の際も、荷物は手から離さないで。

またダム広場東側の「飾り窓」エリアは女性ひとりでは近寄らないほうが無難。またこの地域では写真撮影がトラブルの原因になる場合もあるので控えましょう。

在オランダ日本国大使館

Tobias Asserlaan 5 2517KC Den Haag ／☎(070)3469544
www.nl.emb-japan.go.jp/itprtop_ja/index.html

主な祝祭日【2021年】

1月1日 元日
4月2日 聖金曜日※
4月4日 復活祭（イースター）※
4月5日 復活祭翌日の月曜日※
4月27日 国王の日
5月5日 解放記念日
5月13日 キリスト昇天祭※
5月23日 聖霊降臨祭※
5月24日 聖霊降臨祭翌日の月曜日※
12月25日 第1クリスマス
12月26日 第2クリスマス

※がついている祝祭日は移動祝祭日

覚えておきたい

オランダ語ひと言会話

ホイ！
Hoi! やあ！
＊店に入る時や軽いあいさつに

ダーハ！
Dag! じゃあね！
＊店を出る時や軽い別れのあいさつに

フーデモルヘン
Goedemorgen
おはよう

フーデミダハ
Goedemiddag
こんにちは

フーデナーヴォント
Goedenavond
こんばんは

トッツィーンス
Tot ziens
さようなら

ウェルトゥルストゥン
Welterusten
おやすみ

ダンクーヴェル
Dank u wel
ありがとう

レッカー
Lekker
おいしい

ヤー/ネイ
Ja/Nee
はい/いいえ

ソリー
Sorry
ごめんなさい

Index

Amsterdam
アムステルダム

見る・遊ぶ・その他

泊まる

買う

Zaanse Schans
ザーンセ・スカンス

Haarlem ハーレム

Leiden ライデン

おわりに

初版を出版してから６年が経過して、３歳だった息子は９歳に、その後産まれた娘は５歳になりました。時が経つのは本当に早い！そして当然、世の中も同じスピードで動いていて、アムステルダムのトレンドもかなり変化しました。この最新版では、今のアムステルダムをうまく切り取ることができたのではないかと思います。

編集の鈴木さんから「最新版を出版しませんか？」とお話をいただいた時には想像もつかなかった新型コロナウイルスの影響で、執筆活動が一旦中止に。再開後も、各店とも通常通りの営業ができないなかでの取材、撮影は本当に苦労しました。それでも無事に書き終えることができたのは、いつかまた自由に旅行ができるようになって、この本を片手にオランダ旅行を楽しんでいるみなさんの姿を想像することができたから。一日も早くそんな日が戻ってくることを願っています。
最後になりましたが、この本を出版するにあたって、かげで支えてくれた家族と友人、取材や撮影に協力してくれた現地のみなさん、おしゃれな本に仕上げてくださったデザイナーの長尾さん、もう一度本をつくるという夢のようなチャンスをくださった編集の鈴木さん。たくさんの方たちの支えがあったからこそ完成した本なのだと感謝の気持ちでいっぱいです。
アムステルダムはいつでもあなたを待っています！

2020年10月

My special thanks to Jim,Lewis,Dave and Sawako !!!

福島有紀
Yuki Fukushima

1979年千葉県生まれ。明治大学農学部農業経済学科卒業。大学生の時の海外旅行がきっかけでモロッコに滞在。日本帰国後アパレルショップ店員を経て、2007年からオランダに滞在。2011年にオランダ雑貨ショップOranDaran（オラン・ダラン）をオープン。2019年からFatima Morocco（ファティマ・モロッコ）のヨーロッパ代理店を務める。

Instagram @hely_hely_hely

旅のヒントBOOK

かわいいに出会える旅

オランダへ　最新版

文・写真　福島有紀
デザイン　長尾純子
マップ　ZOUKOUBOU
編集　鈴木利枝子

2020年10月30日　初版発行

著者　福島有紀 ©Yuki Fukushima
発行者　塩谷茂代
発行所　イカロス出版株式会社
〒162-8616
東京都新宿区市谷本村町2-3
電話　03-3267-2766（販売）
03-3267-2831（編集）

印刷・製本所　大日本印刷株式会社

＊海外への旅行・生活は自己責任で行うべきものであり、本書に掲載された情報を利用した結果、なんらかのトラブルが生じたとしても、著者および出版社は一切の責任を負いません